어둠이 걷힌 자리엔

어둠이 걷힌

자리엔

홍우림 지음

흐름출판

차례

서장

감기지 않는 눈

"이러다가는 망할 거예요."

종로 번화가에 새로 개장한 찻집 '티 하우스1' 주인의 우는 소리에 도성일보 기자 한우인은 가게 내부를 둘러보았다. 거금을 들여 개항지(開港地) 풍으로 지은 이 찻집은 개점 전부터 세간의 이목을 끌었다. 외양이 그렇다 보니 멋대로 조선 땅에 들어온 외세를 떠올리게 한다는 반감과 대부분의 조선인이라면 들어가볼 일 없는 공간에 대한 선망이 뒤섞여 사람들 입에 자주 오르내렸다.

광 나는 마루에 고급스러운 테이블과 의자들이 놓여 있고 화사한 식물 무늬 벽지를 바른 벽에는 생소한 서양화들이 걸려 있다. 벽면에 기댄 장식장에는 주인이 손수 모은 유럽의 공예품과 골동품이 전시되어 시대와 장소가 뒤섞인 독특한 느낌을 더했다. 출입구가 정면으로 보이는 자리에 위치한 카운터 옆쪽 계단을 따라 2층으로 올라가면 화단이 잘 정비된 넓은 테라스가 나오는데 진고개의 '미쓰코시 백화점' 옥상 정원 못지않다.

'나같이 주머니 사정 좋지 않은 월급쟁이가 기분 내기에는 딱이지.'

우인은 사춘기가 시작될 무렵 조선이 망하는 걸 본 세대로서 경성 한가운데에 들어선 이국적이고 사치스러워 보이는 건물을 탐탁치 않게 여기던 사람들 중 하나였다. 그러나 티 하우스1 개점 직후 직장 상사에게 이끌려 이곳을 방문했다가 생각이 바뀌었다. 가게의 규모와 화려함에 비해 저렴한 음료 가격에 반했고, 어느새 외근 중 기회가 있을 때마다 이곳을 찾게 되었다. 누군가는 티 하우스1 테라스에 앉아 모던보이 기분을 내는 그를 두고 허영이라 비난할지 모르지만 아침부터 다음 날 신문을 찍는 인쇄기가 돌아가기 직전까지 일에 치이는 우인에게 티 하우스1은 소중한 도피처였다. 그런데 이 소중한 아지트가 망할 거라니? 개점한 지 한 달 조금 넘었을 뿐이지 않나? 우인이 그런 생각을 하는지 알 리 없는 주인은 크게 한숨을 쉬었다.

"빈 자리를 좀 보세요."

주인이 고심해서 골랐을 테이블에 손님이 있는 자리는 3분의 2 정도였다. 어쩌면 딱 반 정도? 어쨌든 우인이 보기에 큰 문제는 없어 보였다.

"커피와 차를 마시기에는 애매한 시간에 이 정도면 손님이 꽤 있는 편 아닌가요? 음료와 다과는 물론이요, 분위기도 훌륭하고 가격도 합리적이고요. 날이 풀리면 점점 더 잘되겠죠. 종로는 번화한 곳이니까요. 여길 알게 된 후 기회가 될 때마다 들락거리게 된 저 같은 손님도 있잖아요?"

"그러니까요!"

걱정 말라는 뜻이었는데 주인은 그것 보라며 우인을 붙잡고 맹렬하게 속삭였다.

"제 티 하우스1은 모든 게 훌륭합니다. 하지만… 손님이 다시 찾지 않아요."

주인은 급격히 침울해져 중얼거렸다. 그렇지 않아도 나뭇가지처럼 마른 사람이 기운까지 없으니 곧 바스러질 것 같다.

"한 기자님이 거의 유일한 재방문 손님이에요."

"예에? 설마요."

우인의 반응에 주인은 고개를 절레절레 흔들었다.

"장사꾼의 눈썰미와 기억력은 얕볼 게 아니지요. 티 하우스1은… 손님이 다시 찾지 않아요. 오래 머물지도 않고요. 음료 한

잔 마시고 나면 다들 약속이나 한 듯 일어서지요. 그리고…"

그때 출입문이 열리면서 한 무리의 여자들이 들어왔다. 반짝이는 에나멜 구두와 어울리는 최신식 저고리를 곱게 차려 입은 그들은 기대에 찬 표정이었다. 거봐요. 손님들이 잘만 오잖아요. 우인은 주인에게 눈짓을 보냈다. 그런데 뜻밖에도 여자들의 환한 표정이 곧 머뭇거림으로 변하더니 출입구에 어중간히 서서 가게 안을 두리번거렸다. 그리고 약속이라도 한 것처럼 거의 동시에 마뜩잖은 눈빛을 주고받고는 카운터 너머에 서 있는 주인에게 미안한 미소를 지으며 도로 나가버렸다. 기대로 올라갔던 주인의 잘 다듬어진 콧수염이 힘없이 떨어졌다.

"바로 이겁니다! 들어온 손님의 반절 이상이 저렇게 바로 나가버린다니까요."

우인은 다른 가게들도 그럴 거라고, 둘러만 보고 나가는 손님도 많을 거라고 위로하려다 말았다. 신문기자인 자신보다 오랫동안 장사를 해온 주인이 훨씬 더 잘 알 것이다. 이만한 규모의 찻집을 차린 주인을 두고 친일파 귀족의 동생이라느니, 오랫동안 백성들의 고혈을 빨아먹은 양반 집안 출신일 거라느니 수많은 추측이 돌던 때가 있었지만, 알고 보니 그는 평양에서 걸음마를 때자마자 지역 객주에서 잔심부름으로 시작해 자수성가한 인물이었다.

"서구라파 건물을 통째로 옮겨온 착각이 들도록 하려고 발깔개가 닳도록 돌아다녔습니다. 먼바다 건너온 물건들을 사느라 거금도 털어넣었는데 말입니다."

사장은 고민을 털어놓기 시작하자 그간 마음의 둑 안에 가둬 놨던 걱정이 휘몰아치는 모양이었다. 자기도 모르게 고향 말이 섞이기 시작했다.

"그놈의 미술품이니 골동품이니 얼마나 비싼지 기겁초풍할 지경이었다니까요."

미술품.

골동품.

우인은 그 두 단어를 듣자마자 얼굴 하나가 번뜩 떠올랐다. 어쩌면 죽을상을 하고 있는 사장을 도울 방법이 있을지도 모른다.

"전화 좀 빌릴 수 있을까요?"

우인은 주인이 내준 전화기를 붙들고 막힘없이 다이얼을 돌렸다.

그로부터 한 시간 뒤.

티 하우스 1 주인은 자꾸 출입문을 쳐다보았다. 한 기자는 '이곳에 정말 아무런 문제가 없는데 문제가 있다면 그건 보통 사람이 해결할 수 있는 문제가 아닐지도 모른다'라는 알쏭달쏭한 말을 남기고 신문사로 돌아갔다. 주인은 불안감에 손을 쓸면서 한 기자가 전화로 부른 이에 대해 생각했다. '오월중개소의 미술품/ 골동품 중개인 최두겸' '보통 사람들은 보고 들을 수 없는 것들을 보고 들을 수 있는 능력을 가진 사람'. 한 기자는 그를 두고 그렇게 설명했다.

하이고야. 비행기가 하늘을 나는 세상인데. 주인은 비록 보통 학교도 나오지 않았으나 빠르게 변하는 세상을 따라가고자 나름대로 열심히 책과 신문을 읽는다는 자부심을 가지고 있었다. 그런 자신이 결국 마지막엔 미신의 힘을 빌린다는 게 한심했다.

다가닥 다가닥.

주인은 심란해서 카운터의 상아색 대리석 상판을 손가락으로 계속 두드렸다. 어떻게 생긴 사람일까? 달마대사처럼 부리부리하고 안광이 번득이는 눈을 가졌을까? 아니면 옛날 이야기 속 신선처럼 신비로운 노인일까?

다가닥 다가닥.

이거 혹시 사기 아니야? 요즘 시대에 저주이니 귀신이니 말이 되는 소리인가? 한 기자도 실은 기자가 아닐지도 모르지. 한 아무개랑 최 아무개랑 (이젠 아예 아무개다) 짜고 치는 사기일지 누가 안담? 불안한 사람들 약해진 마음 이용해서 등처 먹는 걸지도. 분명히 여길 둘러보다 적당한 골동품 앞에서 놀라 자빠지며

14

부적을 써야 된다며 호들갑 떨겠지! 누런 종이 쪼가리에 뻘건 돌가루 먹인 물을 아무렇게나 휘갈기고 거금을 내놓으라고 할 게 뻔해.

다가닥, 다가다가닥.

내가 미쳤지. 최 아무개에게 지금이라도 다시 연락해야겠어. 올 필요 없다고, 오지 말라고. 주인이 카운터 안쪽 전화기로 손을 뻗는 찰나, 출입문이 열리며 부드러운 목소리가 들렸다.

"저… 사장님 계신가요?"

주인이 고개를 들어 보니 삼십 대 중반 정도로 보이는 남자가 입구에 몸을 반쯤 들여놓고 있었다.

"에… 오월중개소에서 나오신 분?"

주인은 사고치다 걸린 꼬마처럼 어중간하게 굳어서 눈을 꿈벅거렸다.

"예, 맞습니다. 한 기자님 연락을 받고 왔는데요."

주인은 맥이 빠졌다. 제멋대로 최두겁이란 자를 사기꾼으로 결론짓고 쫓아내리라 단단히 마음먹은 참이었건만 눈앞의 사내는 달마대사나 신선을 닮기는커녕 평범 그 자체다. 단정하기는 하지만 길거리의 아무나 입었을 만한 특색 없는 양장, 키는 훤칠하지만 전혀 위압적이지 못한 태도, 속 쌍꺼풀이 곱게 자리 잡은 눈매 때문인지 짙은 눈썹에도 불구하고 인상마저 여린 느낌이었다. 뭐, 사기꾼이 나 사기꾼이요, 이마에 써 붙이고 다니는 건 아니요, 세상 믿음직한 얼굴로 뒤에서 탈탈 털어먹는 게 사기꾼이긴 하지만. 어쨌든 이놈이 허튼 수작을 부리면 당장 멱살 잡고 끌어낼 수 있겠는 걸? 주인은 김이 새면서도 안도했다. 그 순간 중개인이 티 하우스1의 입구 정면, 그러니까 카운터 위에 걸린 커다란 그림을 보며 괴상한 감탄을 내뱉었다.

"오… 와…."

주인은 다시 정신이 번쩍 들었다. 나왔다, 사기꾼 수법! 이제 부적을 파는 건가!

"굉장한 걸 구하셨네요."

주인의 적개심은 중개인의 이 한마디에 온데간데없이 사라졌다. 그는 그림에서 눈을 떼지 못하는 중개인 옆에 서서 같이 그림을 올려다보았다. 그림은 80년 전쯤 청나라 광저우의 번창한 상점에 걸려 있었다는 세화(歲畵)인데 돈복을 부른다고 해서 거금을 주고 제물포의 지인을 통해 사들인 물건이었다. 세화는 정월에 복을 기원하며 거는 그림이지만 그려진 지 80년이 넘은 것이라 그냥 예술품이라 치고 걸어둔 것이었다. 시대를 알 수 없는 무릉도원 같은 마을의 잔치를 그려낸 그림은, 화폭을 대각선으로 가로지르는 큰길을 중심으로 빼곡히 늘어선 집집마다 사람들이 문 앞에 서서 풍물패의 행진을 구경하는 모습이 몹시 실감났다.

주인은 이 세화가 아주 마음에 들었다.

"그렇죠? 멋지죠?"

주인의 반색에 '특별한 능력'을 가진 중개인은 난감한 표정을 지었다. 그림의 문틈과 창틈 안으로 보이는 어렴풋한 그림자, 숨어 있는 사람들, 노골적인 시선. 보통 사람에게는 보이지 않지만 최두겸에게는 보이는 감기지 않는 눈 수백 개가 그림 속 곳곳에 숨어서 두겸을 쳐다보고 있었다.

이야. 진짜 기분 나쁘네. 틈 안에서 몰래 지켜보는 시선이라. 창의적이지는 않지만 효과는 확실하다. 두겸은 당장 저 세화를 무엇으로든 가리고 싶었다. 혹은 이대로 발을 돌려 가게를 나가거나. 티 하우스1에 들어왔다 바로 나갔다는 손님들은 그림에서 비롯되어 이 공간을 채우는 불쾌함을 느꼈던 것이리라. 광저우의 번창한 상점에 걸려 있었다고? 그랬더라면 그것은 잠깐 뿐이지 않았을까? 저 그림이 걸린 후로 상점의 세는 기울었겠지. 저 세화는 축복이 아니라 저주다. 번창하는 상점을 질투한 누군가가 선물을 가장해 주었을까? 망하라고 고사를 지내면서.

"멋지다고는 못하겠지만 여러 의미로 엄청나긴 합니다."

"엄청나죠! 제가 골랐는 걸요!"

두겸의 대답을 칭찬으로 받아들였는지 주인은 심란함도 잊고 그림을 다시 올려다보았다. 두겸은 감탄했다. 그림도 대단하지만 이 주인도 만만치 않다. 친구인 우인이야 실재와 현재에 굳건히 발 딛고 사는 사람이라 무속과 신비의 세상에 영향받지 않는다는 걸 진작 알고 있었지만 이 그림에 아무런 거리낌 없는 주인 역시 보통 무던한 게 아닌가 보았다. 두겸은 미안한 미소를 지으며 주인을 향해 말했다.

"그림 자체는 정말 좋은데 안타깝게도 만들어진 의도가 너무 고약해요. 저건 손님을 쫓아내기 위해 만들어진 그림이에요."

"예에? 그럴 리가요! 분명히 복을 부르는 그림이라고 했는데요?"

주인은 중개인을 믿어야 할지 말아야 할지 모르겠는 눈치다. 아직 저울추는 미심쩍다는 쪽으로 기울어져 있다. 중개인은 이런 상황에 익숙한지 전혀 기분 상해하지 않고 차분하게 설명을 이어나갔다.

"좋은 의도로 포장된 저주이니 꽤 비겁한 저주이지요. 제 말이 의심스럽겠지만 저 세화를 당장 장사와는 상관없는 곳으로 치워보세요. 댁에 창고가 있다면 거기에 두는 게 좋겠군요. 어렵지 않으니 속는 셈 치고요."

"정말… 그거면 됩니까? 그렇게 간단히요? 부적은요? 굿은요?"

"네, 그거면 됩니다. 출장비만 주시면 전 이만 가보겠습니다."

주인은 어리둥절한 얼굴로 얼마 안 되는 돈을 두겸에게 건네고도 지금의 상황이 이해가 안 된다는 얼굴이었다. 두겸은 오히려 일이 간단히 해결되어 기분이 좋았다. 주인을 그 자리에 남겨둔 채 티 하우스1을 나와 가벼운 발걸음으로 걷기 시작했다. 그때 뒤쪽에서 다급한 외침이 들렸다.

"저기요! 잠깐만요!"

두겸이 돌아보니 티 하우스1 주인이 누런 종이로 대충 감싼 커다랗고 납작한 물건을 옆구리에 끼고 낑낑거리며 달려오고 있었다. 얼마나 급했는지 이 추운 날씨에 외투도 입지 않은 채였다.

"이 그림, 비용은 더 지불할 테니 가져가주세요!"

주인은 간절한 표정으로 그림을 두겸에게 떠밀었다.

"아무래도 찝찝해서요. 창고라고 해도 장사꾼 집에 손님 쫓는 그림을 두고 싶진 않아요."

오월중개소 창고에 짐이 하나 늘겠군. 두겸은 주인이 건넨 그림을 군말 없이 받아 들었다. 그림 자체는 멋지니 창고에서 오래 묵히지 않아도 될지 모른다. 조금만 달리 생각하면 이 세화와 딱 맞는 장소와 주인을 찾을 수 있을 것이다. 취향이 독특한 개인 수집가의 집이나 금고가 보관된 방처럼 사람들의 출입이 없을수록 좋은 곳이라면 오히려 환영받을 수도 있다. 내가 좀더 배짱 좋은 사람이었다면 일본인 사업가나 관리들에게 팔았겠지만.

타야 할 전차가 멀리서 모퉁이를 도는 게 보였다. 놓치면 안 된다. 오늘 오후 오월중개소의 예약은 꽉 찼다. 의뢰인을 기다리게 할 수는 없지.

많은 사람들이 두겸과 같은 생각인 게 분명했다. 단발머리 휘날리는 양장의 여인, 무릎을 기운 낡은 한복의 노인, 중절모 쓴 사내가 어디선가 나타나 전차를 놓칠 수 없다는 의지의 발걸음을 재촉한다. 두루마기, 치마저고리, 양복, 기모노가 뒤섞인다. 과거와 미래와 현재가, 시대의 아픔과 의지가 혼돈하는 어지러운 19nn년의 경성을 축소해놓은 듯한 무리 속에서 두겸 역시 힘차게 달리기 시작했다.

어쩌면 러브 스토리 1

1장

청계천 북쪽 조선인이 모여 사는 동네, 골목마다 장독대니 화분이니 온갖 잡동사니들이 집 밖에 나와 있어 생활감이 물씬 느껴지는 여러 골목 중 하나를 따라 들어가다 보면, 비슷비슷하게 생긴 도시형 한옥 몇 채가 지붕을 맞대고 옹기종기 모여 있다. 이 중에서 세월감이 고상하게 밴 호박색 목재 대문, 화강암 판석이 깔끔하게 깔린 마당, 반짝이는 정사각형 타일로 마감된 신식 화장실과 부엌칸 등 전체적으로 잘 관리된 집 한 채가 눈에 띄는데, 그곳이 바로 골동품 중개인 최두겸의 집이다.

　　이른 아침 두겸은 외투 두 벌을 놓고 고민 중이다. 어제부로 한파가 가시긴 했지만 아침저녁으로는 바람이 많이 차가웠다.

칙칙하지만 보온은 확실한 누비솜 외투를 버리긴 이를까? 장지문을 여니 쨍한 아침 햇살이 방 안으로 쏟아져 들어왔다. 일이 바빠 완전히 치우지 못한 눈이 마당 구석에서 맥없이 녹고 있었다. 두겹은 맵시 있는 푸른색 모직 롱 코트를 집어 들었다.

"추워!"

전차를 타기 위해 큰길에 다다랐을 즈음 두겹은 자신의 선택을 뼈저리게 후회했다. 아니 날이 이렇게 좋은데! 그는 최대한 몸을 웅크리고 하늘을 원망스레 올려다봤다. 짙은 파란색 허공에 새하얗고 뭉실뭉실한 구름이 듬성듬성한데―두겹은 더 자세히 보기 위해 눈을 가늘게 떴다―목화 솜 같은 것이 내려왔다. 설마, 눈?

두겹은 손바닥을 펴고 위에서 떨어지는 눈송이 하나를 받았다. 연약하고 작은 형체는 손바닥에 닿자마자 바로 녹아 사라졌다. 맑은 하늘에 눈이라. 날씨가 따뜻했다면 여우비였겠지. 여우가 시집가고 있나, 호랑이가 장가가고 있나. 전차에 올라 창가 좌석에 앉아 햇살 가득한 도시에 새하얀 눈송이가 흩날리는 광경을 보고 있노라니 기묘한 예감이 들었다.

'왠지 오늘은 특별한 손님이 찾아올 것 같은 느낌이군.'

오월중개소는 안국정(지금의 안국동) 큰길에서 한 골목 들어간 상점가의 모퉁이 건물로, 올리브색 2층 양옥은 주변의 붉은 벽돌과 고동색 목재 건물들 사이에서 단연 눈에 띄었다. 두겸이 힘차게 짙은 녹색 출입문을 열고 사무소 안으로 들어서자 경리 유호(성이 유, 이름이 호다)가 양 갈래로 땋은 머리를 흔들며 두겸을 돌아보았다.

"최 선생님 오셨어요?"

호는 보통학교를 졸업하자마자 취업 전선에 뛰어들어 고향의 부모님에게 다달이 용돈을 보내는 야무진 십 대다. 여우비, 아니 여우눈을 보고 느꼈던 두겸의 예감이 틀리지 않았는지 호는 의미심장한 눈짓을 했다.

"어서 들어가보세요. 손님이 와 계세요. 가끔 선생님을 찾으시는 특별한 손님 같아요."

오월중개소에서 일한 지 곧 3년 차가 되는 호는 두겸의 능력에 적응한 지 오래다. 두겸은 호의 말에 중개소 안쪽 제 사무실로 향하던 발걸음을 응접실로 옮겼다.

손님은 응접실 소파에 허리를 세우고 앉아 벽면마다 전시된 골동품과 미술품에는 눈길도 주지 않은 채 정면을 응시하고 있었다. 창백한 피부, 초승달 같은 눈썹, 가늘고 길게 빠진 눈꼬리, 참빗으로 곱게 빗어 넘긴 올림머리가 꼭 미인도를 연상케 했지만 갸름한 턱선이나 오묘하게 찢어져 올라간 입가가 보통의 미인도의 푸근함과는 다른 인상을 만들었다. 풍성하게 부풀려 곱게 차려 입은 옥색 한복은 마치 양갓집 규수 같기도 했다. 물론 인간이었다면 말이다. 사람의 모습을 흉내 낸 것일 텐데 요즘 경성에서 유행하는 차림새는 아니니 지방에서 오셨으려나? 손님은 두겸이 그런 생각을 하는 걸 알았는지 먼저 입을 열었다.

"제 소개를 하자면… 인간이 붙인 이름 중에서는 토지신이 가장 그럴듯하겠군요."

사근사근한 말투다.

"자연의 영물은 본래 인간에게 무관심한 편이지요. 헌데 그런 우리 사이에서도 당신은 유명하더이다."

종종 눈앞의 손님과 같은 존재가 찾아와 고민을 털어놓거나 문제 해결을 부탁하는 경우가 있곤 했다. 그럴 때 두겸은 그저 본인이 할 수 있는 것을 했을 뿐인데, 그 같은 두겸의 이야기가 손님 같은 존재들 사이에서 알음알음 퍼져나간 모양이었다.

스스로 토지신이라고 칭한 손님은 회색에 가까운 맑고 투명한 눈동자를 지그시 두겸에게 고정시켰다. 큰길에 면한 세 개의 길쭉한 창문을 통해 오전의 햇빛이 응접실 안으로 강하게 비쳐 들었다. 영물의 동공은 그 빛으로 인해 일정한 방의 밝기와 상관없이 바다의 조수간만처럼 커졌다 작아졌다 했다. 게다가 그는 눈을 감지도 않았다. 두겁은 고개를 끄덕였다. 과연. 정성스럽게 인간의 모습으로 꾸몄으나 인간과 전혀 다른 존재임이 숨겨지지 않는다. 도대체 무엇이 그로 하여금 몇 세기 전 조선 여인의 의복 차림으로 이 복잡한 도시까지 찾아오게 만들었을까?

"제 영역에서 무언가가 엄청난 소란을 피웁니다."

두겁의 궁금증을 읽기라도 한 듯 토지신은 오월중개소를 방문하기까지의 경위를 조곤조곤 설명하기 시작했다. 토지신 같은 자연의 영물도 인간 세상에 영향을 받는 법이다. 최근 인간의 수와 영역은 급속도로 확장되고 있고 전에 없던 모습으로 개발되기 시작했다. 토지신이 머무는 땅도 그 변화를 피해갈 수는 없었다.

"그로 인해 좀 피곤해서 요즘엔 자꾸 잠이 들어요. 헌데 근래에 뭔가 자꾸 공기를 뒤흔드는 겁니다. 실제로 바람이 분다는 얘긴 아닙니다. 오히려 열기나 냉기 같은 기척이랄까요. 갑자기 생긴 기척이라 곧 사라지겠지 싶었는데 없어지기는커녕 점점 선명해집디다. 어렵지 않게 원인을 찾아내긴 했는데… 저에겐 그것이 보이긴 해도 말소리가 들리지 않더군요."

토지신은 두겁과 눈을 마주치며 싱긋 웃었다.

"인간령이었던 것이지요."

아. 두겁은 토지신의 말을 바로 이해했다. 인간인 두겁은 인간의 영은 보고 듣지만 동물의 영은 대체로 볼 수 없다. 그들의 존

재를 눈치챘다고 하더라도 소리만 들리거나 반대로 모습만 보였다. 토지신은 두겸과 반대인 것이다.

토지신은 가져온 물건을 탁자 위에 올려 두겸 쪽으로 내밀었다. 평범하기 그지없는 나무토막이었다. 어른 무릎에 미치지 않는 키에 지름은 한 뼘 반 정도의 크기로, 수명을 다한 지 오래된 나무의 둥치인 듯 갈라진 껍질은 색이 바랬다. 껍질이 벗겨져 목질이 허옇게 드러난 부분이 있었는데, 무언가 스며든 것처럼 거뭇하게 물든 것이 그나마 특징적이었다. 하지만 그게 전부였다. 토시신의 잠을 괴롭혔다는 존재가 무엇이었든 여기에는 없는 것 같았다.

훗훗. 중개인이 어리둥절해하는 모습을 보던 토지신은 작게 웃으며 길고 가느다란 손가락을 나무토막에 살짝 갖다 댔다.

"말씀드렸듯이 보통 기운찬 녀석이 아니어서요. 너무 시끄러워 제가 잠시 수를 써두었지요."

토지신의 손가락이 나무토막에서 떨어지는 순간, 무척 놀란 혼령 하나가 두겸 앞에 나타났다. 주름 하나 없는 반투명한 얼굴에 길고 헝클어진 검은 머리칼. 아무래도 젊은 나이에 죽은 모양이로군. 두겸이 영혼의 주인이 죽은 나이를 가늠하는 사이 혼비백산한 눈동자는 서양식으로 꾸며진 응접실과 신식 헤어스타일에 양장을 입은 두겸을 오가며 요동쳤다. 주먹을 쥔 손이 파르르

28

떨리더니 불안과 분노가 뒤섞인 혼잣말이 나지막하게 들렸다.

"괴상망측한 방… 해괴한 차림새…. 내가 결국 지옥에 끌려왔는가!"

혼령 주위의 기운이 아지랑이처럼 흔들렸다. 두겸이 상황을 설명할 새도 없이 혼령의 반항적인 눈동자가 두겸에게 꽂혔다. 불안하게 흔들리는 기운이 공격적으로 변하며 두겸을 향했다. 두겸은 눈을 질끈 감으며 황급히 외쳤다.

"잠깐만요! 여긴 한양이에요! 조선 땅, 당신이 아는 이승이에요!"

곧 사방이 고요해졌다. 중개인이 조심스럽게 눈을 떠 보니 주변의 빛을 굴절하고 반사하는 기운이 수십 개의 화살촉처럼 자신을 향해 뻗어 있었다. 두겸은 가슴에서 튀어나올 기세로 내달리는 심장박동을 느끼며 혼령 쪽으로 조심스럽게 손을 뻗었다. 혼령이 쏘아낸 기운이 피부에 닿자 아렸다. 이 통증은 혼령의 두려움과 혼란일 것이다. 그것을 알고 있는 두겸은 아픔을 참으며 천천히 혼령 쪽으로 조금 더 손을 뻗었다.

"자, 만져봐요. 따듯할 거예요. 전 살아 있는 인간입니다. 차림새가 당신이 알던 모습이 아니지요? 최근에 많은 게 바뀌고 있습니다."

혼령은 여전히 의심의 눈초리를 거두지 않았지만 두겸은 기다렸다. 혼령이 머뭇거리며 두겸의 손끝에 제 손끝을 가져다 댔고 두겸의 체온이 그쪽으로 전달되었다.

"…정말 살아 있는 인간이로군."

푸른빛이 감도는 반투명한 혼령이 살과 피로 이루어진 두겸의 손을 붙잡았다. 호전적으로 치켜올라갔던 눈초리에서 힘이 빠졌다. 혼령의 공격적인 기운이 닿았던 자리의 통증이 서서히 가라앉았다. 혼령은 두겸의 손을 놓으며 물었다.

"그럼 나는 어째서 여기로 온 거지?"

두겸은 토지신을 공손히 가리켰다. 상황이 진정되니 이 난리통에 차분히 미소만 짓고 있는 영물이 살짝 원망스러웠다. 토지신님, 이 혼령이 보이진 않아도 공기의 흐름이 심상치 않다는 건 훤히 아셨을 텐데요! 이 영물은 인간이 얼마나 약한지 가늠이 잘 안 되는 게 분명하다. 지금의 소동 정도로 두겸이 다칠 수 있다는 것은 생각 못 했을 것이다.

"당신이 있던 곳의 토지신께서 당신을 걱정해서 저를 찾아오셨습니다."

두겸의 말을 들은 혼령의 눈이 커졌다.

"저자는 저승사자인 줄 알았어. 나를 끌고 지옥으로 온 줄 알았지."

두겸이 혼령의 말을 전하자 토지신은 온몸을 흔들며 종이 울리듯 웃었다.

"아아, 저도 저승사자는 한 번도 본 적이 없답니다."

기분 좋게 흔들리는 토지신의 어깨를 보는 혼령의 눈초리가 조금 부드러워졌다.

잠시 후 혼령은 두겸과 토지신이 마주보고 앉은 소파 사이, 낮은 탁자 위에 놓인 나무토막에 편히 걸터앉았다. 두겸은 혼령 앞에 호가 급히 준비한 약식 젯밥을, 토지신과 자신 앞에는 연잎차를 놓았다.

"팔자에도 없는 제사상을 받게 될 줄이야."

두겸이 수저를 꽂아놓은 과줄을 신나게 먹던 혼령이 이런저런 감회가 밀려오는지 가슴에 손을 얹었다. 언제까지나 홀로 간직할 사연일 줄 알았는데. 실로 오랜 시간 제 이야기를 들어주는 이도, 스스로 털어놓을 생각도 없었다. 그렇지만 얼마 전부터 답답증이 심해져 가슴속이 자꾸 요동쳤다. 어쩌면 누군가에게 속을 털어놓을 때가 된 것인지도 모르지. 앞으로도 계속 버티기 위해서.

혼령은 먹던 과줄을 내려놓고 시선을 돌려 두겸을 바로 보았다. 아무래도 내 이야기를 들어줄 이가 이자인가. 혼령은 두겸을 향해 자세를 바로 하고 천천히 입을 열었다.

"내 이름은 오고오. 대대로 아들 귀한 양반 가문의 장남으로 태어났지. 내가 태어난 날, 오 씨 문중의 제일 큰 어른인 조부를 필두로 집안 어른들이 죄다 종갓집 사랑채에 모여 앉아 내가 다리 사이에 그들이 염원하는 것을 달고 나오기만을 기다렸다고 들었어."

우렁차게 울며 세상에 나온 아기는 그들의 기대대로 가지고 있어야 할 것을 가지고 태어난 아들이었다. 그러나 '가지고 있어야 할 것'에 대한 염원이 지나쳤던 걸까? 귀한 종손은 가지고 있지 않아야 할 것 하나를 추가로 달고 세상에 나왔다. 혼령 고오가 길게 늘어뜨린 머리칼을 한쪽으로 쓸어 넘기자 그의 뒷목이 훤히 드러났다. 거꾸로 선 뼈 하나가 선명했다. 완만한 곡선이어야 할 뒷목 한가운데가 상어 이빨 모양으로 솟아 있었다. 두겸은 낮게 탄식했다.

"반골(反骨)…이군요."

반역의 상. 고사에서나 나올 법한 것을 실제로 갖고 태어난 사람이 있었다니.

그때 갑자기 혼령 고오가 손뼉을 쳤다.

"아직도 이 씨가 왕인가?"

두겸은 고개를 저었다. 조선은 더 이상 군주제의 나라가 아니지만 조선 사람 모두가 주인인 나라도 아니었다. 오히려 지금은 일본의 식민지로 20여 년째 흘러가는 중이었다. 그러나 두겸은 혼령에게 굳이 그 사실을 알리지 않았다. 찰나였지만 그림자가 훑고

32

지나간 중개인의 표정을 본 혼령 역시 더 이상 캐묻지 않았다.

"결국 이 씨 왕조는 망한 게로군. 내가 태어났을 때도 이미 태평성대라고 할 수는 없었어. 두 번의 왜란과 호란을 겪고 난 뒤였고…."

혼령 고오는 한 손을 뒷목의 거꾸로 선 뼈에 가져다 댔다.

"…반골을 가지고 태어나기에는 가혹한 어지러운 시기였지."

-오 씨 집안에 역적이 나겠구나.

갓난 오고오를 본 문중의 어른들은 집안을 말아먹을 아이라며 한탄했다. 허나 아들 귀한 집안에 오랜만에 태어난 사내아이였다. 어른들은 쉽게 아이를 버리라고 명하지도 못했다.

-이 아이는 계집아이로 키운다. 글자도 글도 가르치지 않는다. 부족함 없이 먹이고 입히고 놀려라. 저 머리가 그 어떤 생각도 하지 못하도록 그렇게 계집으로 길러라.

혼령 고오는 천천히 기억을 되짚었다.

"어머니는 말할 것도 없지만 아버지도 문중 어른들이 내린 결정에 토를 달 수는 없었지. 반골 자식을 낳은 것에 대한 죄를 물어도 항변할 수 없는 처지였을 테니까. 이제 생각하니 재미있긴 하네. 조부 말에 찍소리도 못 하는 부친이 어쩌다가 나 같은 자식을 보았을까? 어쨌든 몇 년 후, 오 씨 가문 어른들은 한숨 돌리게 돼. 작은집에 아들이 태어난 거야. 뒷목에 거꾸로 선 뼈 따위 없는, 매끄러운 목선을 가진 미남이었어. 부친은 그 아이를 양자로 들였어. 맞춰봐. 그래, 그 역시 집안의 결정이었고 내 부친은 어쩔 수 없지요, 하고 받아들였지."

혼령 고오는 당시의 상황을 떠올리기 위해 눈을 감았다. 사촌동생이 오 씨네 종손으로 대를 잇기 위해 자신의 집에 왔을 때가 아마 열 대여섯 즈음이었던 것 같다. 이름이 주오였던가. 부친이 사랑방에 자신과 그 애를 나란히 앉히고 이런저런 당부를 했던 게 기억난다. 주오야, 넌 이제부터 내 아들이다. 오 씨 집안의 장손은 너다. 고오야, 이건 당연한 결정이다. 너도 이해하지? 그때 부친의 표정이 어떠했더라? 미안해했었나? 아니다. 아마 외면했을 것이다. 주오 쪽은 확실히 이쪽 눈치를 보던 게 기억난다. 똥마려운 강아지처럼 안절부절하는 모습이 볼 만했다.

주오는 종손으로서 누릴 수 있는 권리를 빼앗긴 고오가 자신을 미워할 거라고 믿었다. 정작 고오는 뒤늦게 태어난 사촌동생 주오가 원래는 자기 몫이어야 할 극진한 대우와, 더 좋은 음식과 더 좋은 옷, 배움의 기회와 어른들의 웃음을 차지했어도 '없는' 아이답게 자라는 내내 이의 한 번 제기한 적 없었는데도 말이다.

당시를 설명하는 혼령 고오의 말소리는 높지도 낮지도 않았다. 마른 잎이 바스락거리는 것만 같았다. 오래된 기억을 더듬느라 가끔씩 뜸들이고 시선이 이쪽 저쪽으로 오갔을 뿐이다.

"나는 조용히, 집 안의 가장 어두운 구석에서, 기다렸어."

오고오는 그렇게 스물네 해를 여자로 살았다.

고오가 남자로 살 수 있다고 '허락'이 내려진 건 집안의 장손이 된 주오가 내리 딸만 낳고 불의의 사고로 죽은 후였다. 집안 어른들에게 선택의 여지가 없었다. 가문의 대는 이어야 했으니까. '오고오가 태어난 대로 남자로 살게 되었으니 이 김에 참한 처자를 찾아 혼례를 치르게 하지'라는 결정이 내려진 건 그런 이유에서였다.

집안의 어른들은 거리낌이 없었다. 단 한 번도 그들의 말에 싫은 소리를 하지 않았던 고오의 태도가 그들의 염치를 무디게 만들었던 것인지도 모르고, 애초에 염치가 없었기에 고오의 인생을 필요에 따라 좌지우지했던 것인지도 모른다.

문제의 그날, 오고오를 비롯한 오 씨 가문 남자들이 조부의 사랑채에 모였다. 집안 어른들이 서로서로 안부를 건네며 소소한 대화를 하는 내내, 평생 입었던 치마저고리 대신 사폭 바지를 입은 오고오는 장지문 앞에 다소곳하게 앉아 침묵을 지켰다. 좌중을 조용히 시킨 조부가 드디어 오 씨 가문의 장남 오고오에게 맞는 배필을 찾았다는 발표를 할 때까지.

긴 세월 굳게 다물려 있던 고오의 입이 천천히 열렸다.

"이보세요, 집안 어르신들."

어른들이 고오 쪽으로 일제히 고개를 돌렸다. 고오가 앞으로 몸을 기울이자 뒷목을 덮은 옷깃에 숨겨져 있던 거꾸로 선 뼈가 드러났다. 단단하고 날카롭게 솟은 모양은 여전했다. 몇몇 어른들은 그 뼈를 가문의 원수 보듯 노려보았고 몇몇은 집안의 수치인 것처럼 눈을 돌렸다. 오고오는 흔들림 없는 시선을 정면에 고정한 채 말했다.

"집안의 징손은 지금 죽어 흙 속에 묻혔는데 웬 해괴한 소리들이십니까?"

고오의 말에 어른들의 얼굴이 일그러졌다. 앞쪽에 앉아 있던 숙조부가 오 씨 집안을 대표하여 호통쳤다.

"네 이놈! 어디서 그딴 농을 하느냐?! 본래 네가 장손이란 걸 누구보다 네가 잘 알지 않느냐?"

고오의 눈이 번들거렸다. 흰자에는 핏발이 서고 동공은 확장되어 새카매졌다. 고개가 까딱하고 돌아간다. 그 모습에서 으스스한 분위기가 흘렀다. 오고오의 목소리는 잔잔하고 서늘했다. 감탄마저 얼핏 느껴지는 어조로 고오는 되물었다.

"저더러… 이 돼먹지 못한 집안을 대표하라는 말씀입니까?"

고오의 물음에 어른들이 붉으락푸르락 제각각 호통치며 벌떡 일어서려는 찰나, 태어난 순간부터 묵묵히 기다리며 점점 날카

36

롭고 단단해지던 오고오의 거꾸로 선 뼈는 24년이면 많이 참았다는 듯이 단번에 가죽을 뚫었다. 뚫린 곳에서부터 살가죽이 갈라지더니, 갈라진 틈으로 새빨간 피가 울컥울컥 솟구쳐 흘러 바닥에 웅덩이를 만들었다. 뚝뚝, 웅덩이에 핏물이 떨어지고, 철벅, 조각난 가죽들이 소름 끼치는 소리를 내며 그 위에 쌓였다. 사내로 태어난 오고오는 그 자리에서 탈피하더니,

진짜 여자가 되었다.

"그래, 다들 딱 이 표정이었어!"

혼령 고오가 입을 쩍 벌린 두겸을 보더니 배를 잡고 웃었다. 두겸은 새삼 놀라워 눈앞의 혼령을 찬찬히 살폈다. 이목구비를 포함한 두상의 선과 얼핏 보이는 상체의 골격이 중성적이어서 여인이라면 여인으로, 사내라고 하면 고운 사내로 볼 수도 있는 외형이다. 이런 사연이 있었을 줄이야. 두겸은 다 식은 연잎차를 쭉 들이켰다. 인내로 견딘 24년어치의 역전승이로군. 그 누구도 상상조차 하지 못했을 방법으로 오고오는 오 씨 문중에 커다란 한 방을 먹인 것이다.

"집안에 난리가 났겠군요."

"발칵 뒤집어졌지. 남녀노소 할 것 없이 집안 사람들이 죄다 우리 집으로 몰려왔어. 나를 방 한가운데 앉혀두고 결국 집안을

말아먹었다며 통곡했는데 지금 생각해도 굉장해. 내가 하루아침에 여자로 변한 것보다 대가 끊겼다는 사실에 더 충격을 받더라니까?"

두겸은 고오의 손을 바라보았다. 거친 손이지만 젊다. 작게는 오 씨 가문의, 크게는 당시 사회에 만연했던 뿌리 깊이 뒤틀린 가부장제에 오고오는 보란듯이 커다란 한 방을 먹였다. 그러나 그것이 과연 통쾌한 것이었을까? 속 시원한 승리였을까? 아니, 그랬을 리 없다. 지금 오고오는 젊디젊은 모습으로 혼령이 되어 내 앞에 있지 않나. 원통함에 저승으로 넘어가지도 못하고.

"고오 씨는…"

두겸은 머뭇거리며 물었다.

"대체 왜 여자가 되신 건가요?"

대부분의 여자들이 이름조차 남기지 못하고 살다 간 조선에서. 사연을 풀어놓기 시작한 후로 쭉 유쾌하던 혼령 고오의 얼굴에 장난기가 사라졌다.

"…똑같은 질문을 딱 한 번 받은 적이 있지."

죽은 사촌동생 주오의 아내 은수로부터였다. 이제는 얼굴도 기억나지 않는 사람이지만 고오가 탈피한 직후 자신이 입만 열면 화를 못 이기고 픽픽 쓰러져 나가는 집안 어른들을 뒤로하고 마당으로 나왔을 때였다. 자신을 뒤쫓아온 은수가 했던 질문만은 기억 속에 선명하게 남아 있다.

-대체 왜 여자가 되신 건가요?

사실을 말하자면 고오 스스로 '자, 오늘 나는 여자가 될 거야'라고 결정하지 않았다. 그저 조부가 자신을 다시 집안의 장손으로 되돌려놓고 대를 잇도록 혼인을 선언했을 때, 24년간 꾹꾹 눌러온 '내 언젠간 이 글러먹은 집안에 엿을 먹이리'의 '언젠간'이 왔음을 눈치챘을 뿐이다.

"은수도 위로 언니만 다섯이었어."

은수는 태어난 것만으로 집안에 엿을 먹인 인간이었다. 그래서 고오는 그저 본인이 그 모습으로 살고 싶었다고 대답했다. 너도 사람이 아니라 엿이지. 오고오가 아무리 뒷목의 거꾸로 선 뼈에 반항심과 고집을 꽉꽉 채워 태어났어도 차마 은수에게 집안 어른들을 엿 먹이려 성이 바뀌었다는 말은 할 수 없었다. 그 뼈는 은수를 향한 것이 아니었다.

"은수는 그때 나에게 배가 부른 사람이라고 했지. 그게 우리의 마지막 대화였어."

고오는 탈피 나흘 뒤, 오 씨 문중 땅 일부와 함께 이웃마을 터줏대감인 조 씨네로 넘겨졌다. 고상하게 말하자면 오 씨와 조 씨 가문 서로의 이해가 일치했고, 속되게 말하면 아다리가 맞았다.

오 씨 가문엔 한시 빨리 집안에서 치워버리고 싶은 한때의 장남, 이제는 장녀가 생겼고 조 씨 쪽엔 마땅히 혼처를 찾을 수 없는 골칫거리 차남이 있었던 것이다. 사람들 눈을 피하기 위해 해가 진 뒤 신부 가마가 홀로 조용하고 재빠르게 오 씨네에서 조 씨네로 이동하는 형식의 혼인이었다.

소쩍새 우는 밤 캄캄한 가마 안에 앉아 오고오는 신랑에 대해 생각했다. 이웃마을 조 씨 가문이라면 고오도 아는 땅부자 집이었다. 그 집안에 아들이 둘이나 있었던가. 이리저리 흔들리는 가마 때문에 멀미 기운이 슬슬 올라왔다. 차라리 의식을 놓고 비몽사몽으로 이동하면 메스꺼움이 덜하련만 멋대로 생각이 이어졌다.

체면을 목숨처럼 여기는 조부다. 아무리 내가 꼴 보기 싫어도 나를 멀쩡한 집안에 넘길 배짱은 없을 텐데. 그쪽에서 흥보는 게 싫을 테니까. 가마는 언덕인지 논두렁인지 구불거리는 비탈길에 접어들자 더욱 흔들렸고 고오 미간의 주름도 깊어졌다. 땅을 좀 얹어 주긴 했다만 나처럼 수상한 걸 덥석 며느리로 들이다니 어쩌면 조 씨네 차남도 만만찮은 인간일지 모르겠군. 혹시 사람 죽인 살인자라도 되는 거 아닌가.

오고오의 합리적인 의심이 짙어질 무렵 가마는 나지막한 산길을 넘어와 조 씨네 종갓집 뒷산에 면한 협문을 통해 집 안으로 들어갔다. 조 씨네 본채와 동떨어진 작은 별채에서 오고오는 신랑 조기(성이 조, 이름이 기다)를 만났다. 고급 병풍을 배경으로 쌍 촛대, 목각 기러기, 술과 떡 등 나름대로 구색을 갖춘 작은 초례 상을 사이에 두고 두 사람은 서로를 바라보았다.

기는 고오가 상상했던 인상과 많이 달랐다. 하얀 피부, 갸름한 얼굴선, 먹처럼 까만 머리카락과 눈썹, 깔끔한 이목구비의 단정 한 느낌을 가진 사람이었다. 표정은 온화했고 태도에는 여러 해 에 걸쳐 몸에 밴 조심스러움이 보였다. 허어. 고오는 눈을 가늘게 떴다. 이거 이상한데? 나에게 장가 오기엔 너무 멀쩡한 인간이잖 아? 그때였다.

"이힉, 히힉, 히히히끅힉히!"

고오는 깜짝 놀라 어깨를 작게 흠칫했다. 세상 얌전해 보이던 신 랑이 예고도 없이 온몸을 들썩이며 웃음을 터트렸기 때문이다. 웃 음 발작. 바로 이것이 기를 가문의 골칫거리로 만든 흠이었다.

기는 고오를 앞에 두고 몸을 가누지 못할 정도로 웃어댔다. 숨 이 모자라 얼굴까지 벌게졌다. 손으로 입을 틀어막아도 사정없 이 튀어나오는 웃음 사이사이, 기는 최선을 다해 자신의 상황을 설명하려고 애썼다. 고오가 자신 때문에 두려움을 느끼지 않길 바랐다.

"너도,"

하하학.

"느꼈겠지만,"

아히힉.

"내 웃음소리는 사람을 놀리는 것처럼 들려서."

기는 이 웃음 발작 때문에 어렸을 때부터 종종 시비와 다툼의 중심에 섰다. 온 사방에 사과하러 다니던 조 씨 집안 어른들은 기의 자유가 어른들의 수고와 체면에 비해 하찮은 것이라 생각했다. 고오는 그 대목에서 고개를 끄덕였다. 오호라. 그래서 너도 20여 년을 이 집에 갇혀 살았다 이거구나.

기가 다시 입을 막았다. 아학학, 학! 이힉! 끅끅끅! "미안." 그는 발작적인 웃음 사이사이 "금방, 지나가는 웃음이, 니까"라며 힘겹게 사과했다. 고오는 그 사과를 받을 마음이 없었다. 웃음 발작은 기가 어쩔 수 없는 것이었고 그것은 기가 미안해할 일이 아니었다. 같은 맥락으로 오고오는 오 씨 집안과 하등 다를 바 없는 조 씨 집안에 단 하루도 더 머물 생각이 없다는 점에 대해 기에게 미안하지 않았다. 고오는 기에게서 고개를 돌렸다.

"이봐, 나는 도망갈 거야. 너는 좋은 사람인 것 같은데 괜히 나랑 엮여서 신세 망치지 말아. 네가 잠든 사이에 이 방의 금품을 훔쳐서 도망갔다고 말하렴. 우리 집 사람들은 내가 어떤 인간인지 잘 아니까 널 탓하지 않을 거야."

"…도망가서 뭘 할 건데?"

조기의 목소리는 부드러웠다. 그래서 고오는 그의 얼굴을 다시 보았다. 맑은 얼굴이었다.

"내 손으로 운명의 짝을 찾을 거야."

기의 눈썹이 살짝 올라가더니 천천히 고개를 끄덕였다. 아래로 떨어지는 짙은 눈동자가 쓸쓸해 보여 고오는 잠시 망설이다 물었다.

"너도 나와 함께 네 짝을 찾으러 떠날래?"

기는 고오의 제안에 즐거운 듯이 입을 가리고 소리 없이 웃다가 고오를 마주봤다. 정직하고 곧은 눈이 잠시 생각에 잠겼고, 넷까지 천천히 수를 셀 정도의 고요가 지나간 후 기는 고개를 저었다.

"아니. 난 여기서 할 일이 있어."

"그렇다면야."

"안 좋게 들리겠지만, 네가 혼수로 가져온 땅은 내가 가져도 될까?"

뜻밖의 질문이었지만 고오는 망설임 없이 그러라고 대답했다. 아예 자신이 해코지하고 도망갔다고 고하고, 오 씨 집안에서 땅을 더 받아내도 좋을 거라고 덧붙였다. 조부가 그 말에 속아 땅을 준다고 해도 산 밑의 웅지를 주겠지만 그래도 받을 수 있는 건 죄다 받는 게 좋겠지.

아하하, 고오의 말에 기는 수줍게 웃으며 고오의 앞날에 행운을 빌어주었다. 고오 역시 기의 행운을 빌며 치렁치렁한 화관과 비녀, 댕기 같은 장신구를 모두 떼어내고 봉황이 수놓인 색동 활옷을 벗고 일어섰다. 미련 없이 돌아서는 고오를 기가 급히 부르려 했다.

이힉!

때마침 터진 웃음 발작은 조금 길다 싶을 정도로 이어졌다.

히히힉히, 힉히히, 끅끅, 아학하하.

고오는 부적절한 순간 터신 기의 웃음이 가라앉을 때까지 조용히 기다려주었다. 주체할 수 없는 웃음은 차차 가쁜 숨 소리로 잦아들었고, 옷자락을 움켜쥐고 웃음 발작을 견디던 기는 숨을 고르며 허리를 편 다음, 고오를 향해 맑은 눈을 하고는 천천히 말했다.

"저기, 정말로, 언젠가 내가 그 땅으로 뭘 했는지 보러 한번쯤은 와줘."

고오는 선선히 기에게 그러하리라 약속했다.

"그럼 안녕, 하룻밤 신랑."

오고오는 그 말 한마디와 함께 기를 그 자리에 남겨 두고 홀가분하게 그곳을 떠났다.

어쩌면
러브 스토리 2

2장

혼령 고오는 이야기를 멈추고 오월중개소 응접실 창밖을 바라보았다. 토지신은 잠이 든 것인지 잠시 혼자만의 시간을 갖는 중인지 눈을 감은 채였다. 집중해서 고오의 사연을 듣고 있던 두겸은 고오를 따라 벌써 오후의 빛깔로 변하기 시작한 늦겨울의 거리를 보았다.

"조기 씨는 기억에 많이 남은 사람이었군요."

고오의 한쪽 눈썹이 올라갔다.

"당신 목소리와 표정에서 그리움이 묻어나는 것 같아서요."

혼령 고오가 멋쩍은 듯 손으로 뺨을 쓸었다.

"…당신은 그리운 사람이 있어?"

두겸은 고오의 역질문을 슬쩍 피하려다 혼령의 진지한 표정에 고개를 끄덕였다. '사람'은 아니었지만 분명히 잊지 못할 그리운 이가 있었다. 생명의 은인이자 보통 사람들은 보고 들을 수 없는 것들을 보고 들을 수 있는 능력을 준 그 존재를, 두겸은 철든 후부터 기다리고 있었다. 아주 잠깐의 만남이었으나 초록과 푸른 빛의 불꽃이 일렁이던 거대한 눈동자는 사진처럼 기억 속에 각인되었다.

"종종 안부가 궁금하지요. 그분은… 분명 잘 지내고 있을 것 같지만요."

동의하는 고오를 보며 두겸은 다시 사연 쪽으로 대화의 방향을 틀었다.

"조기 씨를 떠나고 운명의 짝을 찾았나요?"

혼령 고오가 입을 쭉 내밀며 어깨를 으쓱였다. 고오는 탁자 위 때깔 고운 간식들이 놓인 접시의 가장자리를 손끝으로 따라갔고 거기에서 시선을 거두지 않은 채 이야기를 이어나갔다.

"내가 조기를 떠나고 처음 만난 사람은 소작농이었어."

고오는 반투명한 손가락 마디마디를 문질렀다.

"젊은 사람이었는데 일을 너무 많이 해서 이미 여기저기 아픈 데가 많았지. 자고 나면 손가락 마디가 부어서 이렇게 문질러 줘야 했어. 그렇지만 이웃들도 대부분 성한 곳이 없으니 그땐 그냥 그렇구나 했던 것 같아. 몸은 고됐지만 논의 벼들이 쑥쑥 자라는 걸 보는 기분은 괜찮았지. 뙤약볕 아래서 모내기를 하고 잡초를 뽑고 벌레를 잡고 있노라면 하루가 얼마나 긴지 몰라. 대체 해는 언제 지는 거야? 하루에도 하늘을 몇 번이나 확인했는지. 근데 참 이상하지? 하루는 그렇게 긴데 일주일은 금방 가. 정신 차리고 보면 벼가 이만큼 자라 있다니까? 또 얼마 뒤면 노랗게 영글어 쌀이 주렁주렁 달린 이삭이 고개를 숙이고 있고. 일 년이 순식간이었어."

수확의 시기가 왔다. 쌀독에 하얀 쌀이 그득 들어찬 광경을 보니 밥을 먹지 않았는데도 배가 불렀다. 차곡차곡 채워진 쌀이 어찌나 사랑스러운지 쌀독을 안고 자고 싶은 기분이었다. 그런데 그 쌀독이 하루아침에 텅 비어버릴 줄이야. 바닥이 보이는 쌀독에 고오는 자신이 귀신에 홀린 것만 같았다. 그리고 곧 연인에게 달려가서 쌀이 없어졌다고 난리를 피웠다. 주리를 틀 도둑놈이 간밤에 죄다 훔쳐갔다고. 우리가 일 년 동안 땀 흘려 수확한 쌀을 어떤 망할 것이 홀라당 가져갔다고.

그 말을 하는 혼령 고오의 표정이 무시무시했다. 그때의 분노가 여전히 생생한 것이다.

"그런데 말야. 그이는 나를 다독이면서 웃었어. 하하하. 이렇게 사람 좋게 말이야. 하하하, 고오야. 너 정말 도망친 양반집 규수인 것 아냐? 소작료 내고 나면 항상 이렇지 뭐, 하면서.”

혼령 고오의 이글거리는 눈동자가 두겸에게 고정되었다.

“당신, 내가 살았던 때에 소작료가 얼마였는지 알아?”

두겸은 알고 있었다. 심한 경우 칠 할에 육박했다는 것을, 가혹한 소작료를 견디지 못한 농민들이 결국 들고 일어났다는 것도. 그런 농민들을 왕과 조정이 군사를 동원해 짓밟았다는 것도 알고 있었다. 분노로 뻣뻣이 굳은 혼령의 어깨가 축 늘어졌다.

“그래…. 땅 주인이 칠 할을 가져갔다고… 어쩔 수 없다고 그이는 말했어.”

연인은 고오를 토닥이며 다행히 올해는 풍년이니 우리가 굶진 않을 거라고 위로했다. 고오의 뒷목이 욱신거렸다. 거꾸로 선 뼈가 다시 존재감을 드러내는 걸 느꼈다. 체념이 깃든 연인의 손을 쳐내고 싶었지만 자신의 분노가 향해야 할 곳은 그가 아님을 알았기에 이를 악물었다.

그날 밤 고오는 툇마루에 앉아 짚신을 천으로 단단히 둘러 묶었다. 낮에 연인을 붙잡고 캐물은 끝에 지주의 곳간이 어디에 있는지 들어두었다. 고오가 무슨 생각으로 곳간의 위치를 물었는지 꿈에도 모르는 연인은 자세히 설명해주었다. 고오는 짚으로 새끼를 꼬다가 꾸벅꾸벅 졸고 있는 연인을 돌아보았다.

"오늘 내가 늦도록 돌아오지 않아도 걱정하지 마. 우리 쌀을 꼭 다시 찾아올게."

연인은 잠이 잔뜩 들러붙은 눈꺼풀을 힘겹게 떴다. 한 박자 늦게 고오의 말뜻을 깨닫고는 번쩍 잠에서 깼다. 벌떡 일어나 무릎걸음으로 고오에게 다가와 빌었다. 가지 마. 난 정말 괜찮아. 네가 잡히면 우리 둘 다 큰일 나.

고오가 꿈쩍도 하지 않자 그는 자기가 더 열심히 일하겠다고 했다. 더 일찍 일어나고 더 늦게 자면 우리 둘, 배는 곯지 않을 수 있다면서. 고오는 울화가 치밀었다. 문제는 수확한 쌀의 칠 할을 빼앗아간 도둑놈에게 있는데 왜 연인이 더 일하겠다는 건가. 고오는 빈 쌀독을 가리켰다.

"난 저 꼴을 보고는 못 살아."

이렇다 할 대꾸없이 바닥만 쳐다보던 그는 고오에게 이별을 선언했다.

"넌 대단한 사람이야. 용감하고 거침없어. 하지만 나는… 그게 무서워."

고오는 낡은 바닥에 눈물 방울이 떨어지는 걸 잠시 바라보다가 집을 떠났다.

며칠 후 소작농이 새벽 일을 위해 방문을 열고 나왔을 때, 문 앞에 꾸러미 하나가 놓여 있었다. 사내가 꾸러미를 풀어 보니, 그 안에는 비싼 가죽과 짤막한 편지가 있었다.

> 흰 쌀밥 실컷 먹게 해주려 했더니 쌀 포대는 무거워서 그걸 들고
> 는 담장을 못 넘었다. 대신 이거로 알아서 사 먹어라.
>
> ―오고오
>
> 추신. 어디 멀리 가서 팔아라. 동네 장터에서 엿 바꿔 먹다 꼬리
> 밟히지 말고.

안녕. 안녕. 안녕, 나를 떠나줘. 그 이후 비슷한 이별이 이어졌
다. 잠녀, 갖바치, 연초 농사꾼, 또 다른 소작농. 각기 먹고사는 방
법도 다르고 사는 지역도 달랐지만 어쩌면 다들 똑같이 말도 안
되는 대우들을 견디며 사는지. 오고오는 매번 부당함을 참지 못
했고 연인들은 그런 고오를 감당하지 못했다.

다섯 번의 이별 후 더는 갈 곳도 가고 싶은 곳도 없었다. 고오
는 이름 없는 언덕배기에 앉아 있자니 갑자기 만사가 귀찮고 피
곤했고, 이상하게 오 년 전 두고 온 조기 생각이 났다.

배 꽃 활짝 핀 봄이었다.

멀리서 얼굴이나 보고 갈까. 고오는 오 년 전 타 넘고 도망친
조 씨네 담장 앞에 섰다. 언젠가 꼭 보러 오겠다고 약속도 했으니

까. 정작 조기는 그런 약속을 했다는 것조차 까먹었겠지만. 고오는 제법 부피가 되는 소지품 보따리를 밟고 뛰어올라 돌담 꼭대기에 매달렸다.

조 씨네 저택 안쪽의 별채에 조기는 보이지 않았다. 대신 까무잡잡한 얼굴의 계집종이 열심히 마루에서 걸레질을 하고 있었다. 고오를 발견한 여자아이의 동그란 눈이 더욱 동그래지더니 반가운 사람을 본 얼굴이 되었다. 이번에는 고오 쪽에서 당황했다. 내가 저 애를 알았던가? 전혀 기억에 없는 얼굴인데. 고오가 열심히 기억을 더듬는 사이 계집종이 쪼르르 다가왔다.

"고오 마님이시지요? 작은 나리께서 언젠가 범 기상의 여인이 찾아오면 잊지 말고 꼭 전해달라고 신신당부하신 말씀이 있었는데, 진짜 오셨네요?"

버~엄 기상? 그게 대체 뭔데? 그런 애매한 말로 내가 오고오인 걸 알아보았단 말인가? 고오가 당황하는 모습에 아이가 손으로 입을 가리고 귀엽게 웃었다.

"야생마 갈기처럼 휘날리는 눈썹이 씩씩하게 하늘로 솟았고, 구불거리는 잔머리는 제멋대로 이리저리 뻗었으며…"

"뭐라고?!"

"뒷목에…" 아이의 호기심 어린 눈동자가 고오의 목 언저리를 향했다. "험난한 길을 걸어가는 사람의 기개를 볼 수 있을 거라고 하셨어요."

허 참. 고오는 콧김을 뿜었다. 오 년 전 잠깐 봤을 때도 알아봤지만 기도 참 특이한 인간이다.

"그래서 네 작은 나리가 무슨 말을 전하라고 하더냐? 약속은 없던 일로 하고 그냥 떠나라고 하더냐?"

아이는 대체 무슨 소린지 모르겠다는 듯 입을 헤 벌렸다.

"아뇨. 남서쪽으로 삼 리만 더 오라고 하셨어요."

오 년 전 고오를 떠나보낸 후, 기는 고오가 가져온 땅 문서만 가시고 노비 하나 대동하지 않은 채 조 씨 문중의 저택에서 독립해 나갔다고 계집종은 덧붙여 소식을 전했다.

고오는 다시 남서쪽으로 걸었다. 짙은 흙내음이 봄바람을 타고 전해졌다. 지난 오 년 중 삼 년을 땅을 일구며 생계를 이어온 고오에겐 익숙한 냄새였다. 농민은 모내기를 시작으로 더위와 비, 벌레들과 싸워가며 벼를 키울 것이다. 그리고 가을이 오면 그들 중 많은 이들은 여섯 달을 애지중지 키워 얻은 쌀의 적게는 오 할에서 많게는 칠 할을 지주에게 소작료로 지급하게 되겠지. 젠장. 생각만으로도 속에서 화기가 치솟은 고오는 발치의 조약돌을 걷어찼다.

조기의 새 집은 계집종 말대로 조 씨네 집에서 딱 삼 리 정도 걸었을 때 나타났다. 어깨 높이의 밝은 색 토담엔 능소화 줄기들이 이리저리 뻗어 잎사귀가 돋기 시작했다. 담장 너머로 네 칸 정도 되는 정갈한 초가집이 보였다. 마당엔 키가 지붕에 닿을 듯한 돌배나무 두 그루가 접시꽃풀 무리 틈에 서 있었다. 고오는 흰 꽃이 흐드러지게 핀 돌배나무 그늘 아래에 섰다. 고오가 기를 떠나던 날처럼 하얀 꽃잎이 공기 중에 흩날렸다. 꽃잎들은 빙글빙글 돌며 제멋대로 방향을 바꾸며 지붕의 기와에, 세심하게 손질된 마당에, 색 바랜 툇마루에, 열린 장지문 너머 펼쳐진 책장 위에, 책장을 넘기는 하얀 손 위에 내려 앉았다.

평화롭고 아름다운 광경이었다. 이리저리 치이다 지친 모난 돌에겐 너무할 정도로.

오고오는 속이 벅차 충동적으로 소리를 내었다.

"야."

그 순간 책을 읽던 남자가 고개를 들고 두리번거렸다. 기는 담장 너머의 고오와 눈이 마주쳤고, 아학! 이힉힉하아학하! 웃음 발작이 터졌다.

"아무래도 그 웃음은 평생 갈 모양이군."

고오의 말투는 딱딱했지만 반가움과 염려가 담겨 있었다. 기가 자리에서 일어나 고오에게 다가왔다.

"너도 여전하구나. 다행이다."

"다행은 무슨 다행. 마누라 도망간 놈이 상투는 왜 틀고 앉았어? 그새 새 장가 들었냐."

아하하! 기의 표정이 환했다.

"그새라니. 벌써 오 년인 걸?"

고오의 짙은 눈썹 끝이 살짝 쳐졌다. 벌써라…. 맞는 말이지.

"잘 살고 있는 걸 봤으니 됐다."

진심이었다. 시도때도 없이 웃음이나 터트리는 맹숭맹숭한 위인이 어디 골방에나 갇혀 있는 건 아닐까 극단적인 상상까지 했는데. 새 장가 갔다고 하니 자격도 없이 섭섭하긴 하다만 그건 내 문제고 난 꺼져줄 때를 아는 하룻밤 인연 아니겠니.

"잘 먹고 잘 살아라."

"잠깐!"

기는 돌아선 고오를 불러 세우고 집 밖으로 담장을 돌아 달려 나왔다. 숨찬 호흡, 상기된 얼굴로 고오 앞에 서서 또박또박 말했다.

"잘 돌아왔어. 보고 싶었어."

고오의 미간이 살짝 일그러졌다. 얼마나 봤다고 보고 싶었다는 건가. 퉁명스러운 고오의 물음에 기는 간단히 대답했다.

"한순간이면 충분한 것들도 있는 거니까."

그의 표정이나 목소리만으로는 마치 '어제 잠을 설쳤더니 졸리네' 같은 일상적이고 평범한 얘기를 하는 것만 같았다. 그 아무렇지도 않음이 고오를 그 자리에 머물게 했다. 고오는 잠시 기를 물끄러미 보다 툭 내뱉었다.

"무슨 소린지 원. 아무튼 새 장가 안 갔다면 대문 열어라."

고오는 기에게 돌아온 자신이 염치가 없어 되려 뻔뻔하게 굴었다.

기의 방은 수수했지만 깔끔했다. 서책 가득한 책장 외에 장식품이라고는 게가 그려진 족자 하나와 화분 두 개뿐이었다. 책은 전부 한자로 되어 있어 고오가 읽을 수 없었지만 고오의 호기심을 눈치챈 기가 청에서 들여온 신식 농법서라고 설명해줬다. 고오는 침묵해도 되는 시간을 최대한 늘리기 위해 찬찬히 방을 둘러보았다. 기에게 고운 말을 하고 싶었다. 어느 순간 네가 보고 싶었다고, 참 이상한 일이라고, 몇 마디 나누었던 게 다였는데 그게 그렇게 생각이 났다고. 하지만 정작 고오의 입에서 나온 말은…

"이젠 나로 살기 피곤하다. 원하는 아내상이 있다면 말해봐. 어떤 아내이든지 되어주마."

기는 큼지막한 외꺼풀 눈을 깜박, 깜박 몇 번 감았다 떴다. 고오의 자포자기한 말에 대답하는 대신 창가의 서랍장 위에 놓인 작은 나무 상자를 열어 내밀었다.

"곶감 먹을래?"

기의 대답은 뜬금없는 것이어서 고오는 웃었다. 팽팽하게 힘을 주고 있던 마음이 기의 말 한마디에 툭하고 느슨해졌다. 고오는 곶감 상자를 꺼내 탁자 위에 두고 앉은 기의 맞은편에 털썩 주저앉았다. 두 사람은 그렇게 한참 동안 말없이 곶감을 나눠 먹었다.

"고오야. 괜한 생각은 말고 내 계획이나 한번 들어볼래?"

고오는 대답 대신 곶감을 하나 더 베어 물었다. 기는 그것이 들어줄 테니 말해보라는 고오의 답인 것을 잘 알았다.

"어떤 사람들은 많은 누림을 손에 쥐고 태어나. 나처럼."

물론 웃음 발작 때문에 새장 속 새처럼, 찬밥 신세로 갇혀 살긴 했지만 어쨌든 조기는 집안의 부 덕에 많은 것을 누렸다. 끼니 걱정해 본 적 없고 깨끗한 옷을 입었으며 하루의 대부분을 학문에 정진해 소과에 급제할 수 있었다. 기에게 공부는 아주 힘들거나 어려운 일이 아니었으니 본과에 급제하면 관직에도 나갈 수 있었을 것이다. 부와 명예를 누릴 수 있다면 누리면 된다. 그것은 잘못이 아니었다.

"그러나 어떤 누림은 잘못이라고 생각했어."

조기가 누렸던 부와 명예가 그러했다. 왕후장상의 씨가 따로 있는 사회의 부와 명예였다. 조 씨 집안을 비롯한 많은 양반 지주들은 두 번의 왜란과 두 번의 호란, 몇 차례의 자연재해를 겪으며 가난에 허덕이는 농민들이 쌀을 담보로 땅을 빌리게 하고, 감당할 수 없는 이자를 부과해 결국 양반 지주들에게 땅을 양도할 수밖에 없도록 만들었다. 대대로 농사를 기반으로 하고 살아온 이 지역의 농민들은—특히 소작농들은—하늘에서 일확천금이 굴러 떨어질 일도 없고, 과거에 급제하여 녹봉을 받을 수도 없으며, 기술이나 장사를 배울 길조차 없었다. 지주에게 수확한 쌀의 반절 이상을 내야 하는 현재의 소작료는 벗어나기 힘든 가난의 굴레였다.

오 년 전, 고오가 신혼 첫날 밤에 도망칠 때 조기가 '네가 가져온 땅을 갖겠다'라고 한 것은 소작제를 개선하고 싶기 때문이었다. 세상은 요지경인지라 기가 보기에 소작제를 개선하는 가장 쉬운 방법은 지주가 되는 것이었다. 기는 염치를 버리고 기회를 잡았다.

"조기는 다른 지주들을 설득해 소작료를 낮추고 싶다고 했어."

지금까지 막힘없이 얘기하던 혼령 고오가 머뭇거렸다. 두겸은 고오의 손이 뒷목으로 올라가는 걸 보았다. 속상할 때 거꾸로 선 뼈를 만지작거리는 것이 버릇인 듯 싶었다.

"나는…"

혼령의 목소리가 작아지고 시선은 떨어져 오동나무 탁자의 옹이 근처를 맴돌았다.

"그때 조기에게… 너도 제 명에 못 살고 가겠구나,라고 냉소를 가득 담아 말했어. 츳, 하고 작게 혀를 찼고, 모난 돌은 정 맞아, 아는 척하며 한마디 더하는 것도 잊지 않았지."

그때 고오가 일부러 한 못된 소리에 기는 또다시 웃었다.

"아하하하하."

혼령이 무표정한 얼굴로 몸을 들썩였다.

"발작이 아닌 진짜 웃음을 이렇게 환하게 웃었다니까? 어이없지. 사기한테 단명할 거라고 저주한 못된 인간한테."

고오는 웃었지만 두겸은 그 속에서 짙은 후회와 자책을 느꼈다.

"그야 기 씨는 고오 씨가 어떤 마음으로 한 말인지 알았기 때문이겠지요."

두겸의 말에 혼령은 아랫입술을 물었다.

"내가 어떤 마음이었건 상관없어. 어쨌든 결국 내가 한 말은 기가 비명횡사할 거라는 말이잖아. 기에게 남은 건 실제로 내 입 밖으로 튀어나온 못된 소리들인 거야."

두겸은 반사적으로 그렇지 않을 거예요,라고 말하려다 입을 다물었다. 고오가 스스로를 너무 탓하지 않길 바라지만 고오의 말이 맞다. 조기는 분명 고오의 가시 돋친 말에서 자신을 걱정하는 진심을 보았겠지만 그렇다고 그 순간 고오가 던진 말이 사라지진 않는다. 죽고 나서도 수백 년을 간직한 후회에 한두 마디 허울좋은 위로를 얹어봤자 혼령 고오에겐 무의미할 것이다. 두겸은 말없이 고개를 천천히 끄덕이는 것으로 위로를 대신했다.

"기 씨가 당신의 운명의 상대였나요?"

탁자의 나뭇결을 다 외울 기세로 내리 깔려 머물던 고오의 시선이 천천히 올라왔다. 두겸은 마주 본 눈동자에 많은 감정과 기억들이 순식간에 스쳐 지나가는 걸 본 듯한 기분이 들었다. 기를 추억하는 고오에게서 빛이 나는 것 같았다. 고오가 기를 떠났다 돌아왔을 때, 아담한 마당에 피었던 봄볕 아래의 새하얀 돌배나무 꽃잎이 이렇게 빛나지 않았을까?

혼령 고오는 눈을 감으면 선명히 그려지는 당시의 기억 속으로 다시 빠져들었다.

"어쩌다 보니 일주일을 함께 보냈고, 일주일이 한 달이 되었고, 그게 두 계절이 되었지."

어느새 오고오와 조기는 서로와 함께하는 일상에 익숙해졌다. 평화로운 날들이었다. 계절 둘이 더 갔고, 일 년이 지났다.

언제부터인가 고오는 뒷목의 거꾸로 선 뼈가 만져지지 않는다는 걸 눈치챘다. 신기한 일이었다. 그렇게 단단하고 선명하게 존재감을 드러내던 뼈인데. 고오는 뒷목을 문지르며 대문 쪽을 봤다. 실바람이 기분 좋아 대청마루에 앉아 수를 놓던 중이었다. 눈이 침침하다 싶었는데 자수에 집중한 사이 해가 이미 뉘엿하게 저물고 있었다.

기가 올 때가 되었는데.

아니나 다를까, 고오가 자수 틀과 반짇고리를 정리하고 나자 이내 반가운 발소리가 들렸다. 그러나 땀을 닦으며 대청마루에 걸터앉는 기의 어깨는 풀이 죽어 있었다.

"다른 지주들을 설득하는 게 보통 일이 아니네. 설득은커녕 우리가 소작료를 너무 낮췄다고 한 소리 들었어. 다들 화가 많이 났더라. 모두를 적으로 돌리고 싶지 않으면 우리 소작료를 원상회복하라고…."

이웃 지주들과 무슨 대화를 나누었는지 작은 목소리로 낮의 일을 전하는 기에게서 얼핏 두려움이 보였다. 고오는 마음이 아팠다.

"사람들이 흥분해서 목소리가 커지니까 놀라지 말아야지 하면서도 자꾸 깜짝깜짝 놀라서, 언제라도 또 웃음 발작이 터질 것 같았어. 그게 너무 무서웠어."

기가 몸을 웅크렸다. 자신으로 인해 험악해졌던 당시 상황을 떠올리는 것만으로도 기의 심장이 불안하게 두근거렸다. 고오는 어깨가 동그랗게 말린 기 옆에 다가가 붙어 앉았다. 맞닿은 어깨와 팔로 고오의 체온이 기에게 전해졌다. 긴장으로 굳은 기의 어깨가 스르륵 풀렸다.

고오는 마음이 쓰렸다. 아마도 기 또한 거꾸로 선 뼈를 가지고 태어난 인간일 것이다. 존재감이 넘치다 못해 아예 뒷목에 자리를 잡아버린 고오의 것과는 다르게 기의 거꾸로 선 뼈는 마음 속에 있을 뿐이다. 고오는 눈을 감았다. 기도는 하지 않았다. 불의를 참지 못할 팔자를 줬으면 외로움과 두려움은 주지 말았어야지. 천지신명은 엉터리다.

"무서우면 천천히 해도 돼. 우리에게 시간은 많으니까."

고오의 나지막한 위로에 기는 고개를 들었다. 두 사람은 눈을 마주쳤고, 히히, 비밀을 나눈 개구쟁이 아이들처럼 숨죽여 웃었다.

그 일이 일어난 밤에도 기는 주막에서 이웃 지주인 윤 생원을 만나 소작료를 낮추길 설득했다. 주막은 윤 생원이 조기를 제 집으로 들이고 싶어 하지도, 조기의 집을 방문하고 싶어하지도 않았기 때문에 고른 장소였지만 기방을 자주 들락거리는 윤 생원인지라 그는 이 수수한 주막에서의 만남에 입이 댓 발은 나와 있었다. 그는 애써 제 기분을 맞추려 노력하는 조기에 못마땅한 티를 감추지 않으면서도 젓가락을 들어 노릇하게 지진 전 하나를 집었다. 점차 분위기가 풀리면서 둘의 대화는 조심스럽게 본론으로 향했다.

그때 조기는 자신과 윤 생원의 대화를 엿듣는 이가 있음을 꿈에도 몰랐으리라. 주모와 손님이 지나다니는 통로를 사이에 두고 젊은 남자 하나가 골 난 얼굴로 술잔을 만지작거렸다. 흑색 운문(雲文) 비단 답호, 주황색 산호와 마노가 교대로 엮여 가슴까지 내려오는 갓끈, 소소한 장신구까지 모두 사치스럽기 그지없어 시골 주막에 영 어울리지 않는 차림새였다. 남자는 안주를 씹으며 조기 쪽을 자꾸 흘깃댔다. 마치 오래전부터 알던 원수라도 보는 듯 분심이 덕지덕지 붙은 시선이었다.

사내는 고관대작의 아들 김성지로, 한양 저잣거리에서 안하무인에 잔인하기로 소문난 인사였다. 보름 전에도 제 패거리와 뱃놀이 후에 잔뜩 술에 취해 크게 사고를 쳤던 터였다. 길에서 만난 거지 아이 둘을 투견처럼 싸움을 붙였고, 그걸 말리던 선비 한 명을 피가 떡이 되도록 두들겨 팼다. 아들의 뒷수습에 진력난 부친은 김성지를 한양에서 먼 지방으로 쫓아 보냈다. 이것이 김성지가 이 고을 주막에 앉아 술을 푸고 있는 이유였다.

김성지가 속 쓰린 기억을 곱씹는 동안 소작료를 낮추기 위한 조기의 설득은 계속되고 있었다. 김성지는 짜증이 치밀어 관자놀이를 문질렀다. 미친 새끼. 왜 남의 소작료를 가지고 트집인가? 양반 지주들이 땅을 빌리라고 협박한 것도 아니잖나? 지들이 좋아서 땅을 빌려놓고 약속된 값이 비싸다고 징징대는 사정까지 왜 땅 주인이 살펴야 하느냐고.

김성지는 참는 데 익숙하지 않은 인간이었다. 짜증이 점점 더 치밀어 그대로 앉아 있다가는 당장 무슨 일이든 낼 것만 같아서 술병을 들고 주막에서 나왔다. 초롱 불빛으로 밝은 입구에서 조금 비켜 난 어둠 속에 서서 치솟는 화를 다독였다. 그때 안쪽에서 두 사람이 나왔다. 윤 생원과 조기였다. 윤 생원이 종종걸음으로 떠나는 걸 확인한 김성지는 조기를 노려보며 초롱불의 그림자 속에서 조용히 빠져나왔다. 재수 없는 새끼. 면상이나 보자. 김성지가 조기의 어깨로 손을 뻗었을 때 갑자기 거칠게 돌려세워진 기가 펄쩍 뛰었다. 누가 자길 잡았는지 확인할 겨를도 없이 호흡이 흐트러졌고 그만, 이힉, 하학하, *끅끄끄*! 예의 그 웃음 발작을 터트렸다. 그 웃음소리는 욱한 김성지의 머리를 파고들어 가뜩이나 속에서 울컥대는 불기운을 자극했다. 김성지는 순간 다짜고짜 들고 있던 술병을 휘둘렀다. 퍽, 불길한 파열음이 밤공기를 갈랐다. 기는 그 순간 집에서 기다리고 있을 고오를 떠올렸다.

아… 고오야….

오고오가 밤새도록 기다렸던 남편은 동이 트고서야 집으로 돌아왔다. 흰 천으로 덮여, 들것에 실려, 차디찬 몸뚱어리로.

잠시의 소란 후 마당엔 죽은 기와 고오 둘만 남았다. 고오는 기의 시신 옆에 앉아 멍하니 마당을 바라보았다. 막 피기 시작한 붉은 접시꽃 무리가 흔들흔들 바람에 흔들렸다. 초여름의 싱그러운 햇살로 사방이 반짝였다. 고오는 다시 시선을 돌려 죽는 순간의 놀란 표정이 그대로 남은 기의 얼굴을 물끄러미 보다가 손을 뻗어 눈을 감겨주었다.

"내 다정한 남편. 자기가 왜 죽는 줄도 모르고 죽었구나."

죽은 기의 머리를 쓰다듬어주는 고오의 눈에서 눈물이 소리 없이 흘러내렸다.

김성지는 처벌받지 않았다. 김성지의 아비는 한양의 권력자였던 반면, 조기는 집안에선 내놓은 자식이요 지역 유지들에겐 소작료를 내리자는 발칙한 소리를 하던 문제아였다. 고오가 조기 사건의 판결을 알았을 때 김성지는 이미 그 지역을 떠나고 없었다. 오고오는 항의하지도 고민하지도 않았다. 대신 덧신을 동여매고 봇짐의 어깨 끈을 움켜잡고 길을 나섰다. 김성지가 어디로 갔든 상관없지. 살아만 있다면 찾을 테니까. 기다리는 것이라면 자신 있었다. 스스로 가죽을 벗어 오 씨 가문에 엿을 먹이기까지 24년 불평 한마디 없이 인내했던 그다.

이 년 뒤 겨울, 고오는 정말 김성지를 찾았다. 김성지가 부친의 명으로 청나라 유학을 갔다가 환국해 한양으로 돌아가던 길목에서였다. 김성지는 그의 아비가 붙인 호위이자 감시원들과 함께 압록강을 건넜다. 고오는 더욱 몸을 낮췄다. 숨죽여야 해. 그림자가 되어야 해. 김성지가 두 호위와 떨어져 혼자가 되는 때를 기다렸다.

기회는 오래 지나지 않아 찾아왔다. 김성지는 청나라에서의 화려한 방탕 생활이 벌써 아쉬웠는지 그새를 참지 못했고, 어느 외딴 길목에서 호위들을 따돌리고 홀로 평양으로 향했다. 고오는 오래전 오 씨 가문의 가장 어두운 구석에서 인내하고 또 인내했던 때처럼, 김성지에게 더 다가가지도 멀어지지도 않고 놈이 제 무덤 자리 안으로 활기차게 들어가는 모습을 지켜보았다.

얼마 후, 오고오는 날 선 단도를 품고 드디어 김성지와의 거리를 좁혔다.

북방의 숲속 겨울밤은 무척 추웠다. 바람은 불지 않는 잔잔한 밤이었지만 고요 속 찬 공기는 그 자체로 매서웠다. 며칠 동안 내리던 눈은 그쳤으나 잠시의 소강 상태일 뿐이었다. 하늘은 언제라도 다시 눈을 뿌릴 준비가 되어 두꺼운 회색 구름으로 빽빽했다. 다행히 군데군데 벌어진 틈 사이로 달빛이 비쳐 사방을 분간할 수는 있었다. 거친 날씨에 대한 대비 없이 충동적으로 호위에게서 탈출한 김성지의 걸음은 설피를 신은 고오의 걸음으로도 쉽게 따라잡았다.

이제 맨눈으로도 김성지가 걸친 의복의 장신구까지 보였다. 눈길을 걷느라 지친 김성지는 숨을 헐떡이며 부친에 대한 욕을 허공에 쏟아내느라 고오의 기척을 알아채지 못했다. 이제 고오는 김성지의 갓 아래로 빠져나온 머리카락 올까지 볼 수 있었다. 꽁꽁 싸맨 털가죽 옷 아래 향낭을 잔뜩 지녔는지 향 냄새가 고오의 코에 닿았다.

지금이다.

사박.

고오는 일부러 발소리를 냈고 김성지가 놀라 몸을 돌렸다. 귀신을 본 얼굴이었다.

"밤에 잠은 잘 오더냐?"

고오는 딱 한마디를 던지고 단도로 김성지의 목을 그었다.

조기 같은 사람이 이유도 모르고 죽었는데 네가 왜 죽는지 알 필요 없지.

김성지 목에서 울컥울컥 솟구친 붉은 것은 뜨거웠고, 그것은 곧 김성지의 몸을 타고 흘러 쌓인 눈을 녹이며 붉은 웅덩이를 만들었다. 빠르게 퍼지던 피 웅덩이는 금세 얼어붙어 고오의 설피를 덧댄 동그니 신에 닿기 전에 멈췄다.

함박눈이 내리기 시작했다. 바람이 불지 않아 배꽃만 한 눈송이가 토오옥… 토오옥… 하늘에서 곧장 떨어져 땅에 천천히 쌓였다. 고오는 김성지의 피에 젖은 옥색 저고리와 치마를 벗어 던지고 봇짐에서 새것을 꺼내 갈아입으며 우두커니 앞을 보았다. 이젠 뭘 하지. 하고 싶은 것도 해야 할 것도 없었다.

이런.

…이런.

…집에나 가자.

고오는 발등에 쌓인 눈을 흩트리며 발걸음을 뗐다. 앞으로 할 것도, 갈 곳도 없다면 돌아가면 되는구나. 오 년 전엔 그에게로, 이제는 그가 없는 우리의 집으로. 고오는 죽은 조기가 많이 생각났다.

돌아간다는 것은 조바심 나는 것이었다. 오고오는 잠잘 때 빼고 쉬지 않고 걸었다. 지난 이 년 동안 걷는 데는 익숙해졌다. 어느덧 집까지 고개 하나만 넘으면 되었을 때, 그 고개 입구에 석장승을 사이에 두고 큰길과 지름길의 갈림길이 있었다. 고오는 망설임 없이 지름길을 택했다. 석장승 앞에는 그 길을 지나간 무수한 행인들이 고개를 무사히 넘길 기원하며 쌓은 돌탑이 여러 개였다. 고오는 그냥 지나치려다가 조기를 생각하며 개중 작은 돌탑에 돌 하나를 얹었다. 기의 원수를 갚았으니 이제 내 남편 저승

69

가는 길 편하고 무사하게 해주시오. 조기라면 이미 원통함 따위 뒤로 하고 홀가분하게 저승으로 떠났을 게 분명했지만 그래도 혹시 모르니까.

지름길은 좁고 험했다. 설상가상으로 눈발도 점점 거셌다. 가파른 암벽을 따라 난 오솔길을 올라가던 순간, 고오의 발목이 휙 꺾였다. 어? 감탄인지 한탄인지 모를 외마디와 함께 몸이 기울었다. 절벽에 가까운 가파른 경사면에 떨어지다시피 넘어졌는데 구르는 몸을 멈추기에 비탈은 너무 가팔랐다. 잔뜩 쌓인 낙엽과 지금도 계속 쌓이는 눈은 시나치게 미끄러워서 고오의 몸은 멈추기는커녕 데굴데굴 굴러 떨어지는 데 속도가 점점 붙었다.

쿵.

고오의 몸은 아름드리 고목의 둥치에 부딪히고 나서야 멈췄고, 고오의 목은 그 충격으로 부러져버리고 말았다.

생명이 서서히 꺼져가는 동안 오고오는 화가 났다. 정말 아주 열불이 났다. 빌어먹을. 김성지 따위를 죽였다고 내게 천벌을 내려? 그저 억세게 운이 나빴던 것이지만 오고오는 자신의 죽음이 천벌이라고 생각했다. 내 착한 남편을 죽인 김성지는 몇 년씩 잘 먹고 잘 살도록 놔뒀으면서 그놈을 죽인 나는 원수를 갚자마자 천벌을 내리다니. 씨익…씨익…씨익…. 분으로 떨리는 숨소리가 점점 약해졌다. 오고오는 스스로에게 맹세했다. 어디 옥황상

제든 염라대왕이든 저승사자든 네놈들 계획대로 풀리게 둘까 보냐! 그러나 질식하는 괴로움은 길지 않았고 떨리던 분노도 오래 가지 못했다.

오고오는… 한겨울 추위에 발끝이 얼기 전에 죽었다.

숨이 끊어진 고오가 혼령이 되어 눈을 떴을 때, 사방은 달도 뜨지 않은 어두운 밤처럼 새까맸다. 눈앞의 등불 한 점 같은 작은 빛이 유일한 빛이었는데 그건 저승길이었다. 염라는 나를 이렇게 어처구니없이 죽게 해놓고는 순리를 따라 저승으로 순순히 오라는 건가. 그 길은 부나방 앞의 불꽃처럼 거부할 수 없는 부름이었지만 희대의 반항아 오고오는 죽음에마저 반항했다.

엿이나 먹어라!

버티고, 버티고, 버텼다.

갈림길을 지키던 석장승이 그 집념에 탄복해 결국 고오의 저승길을 가려주었다.

시간은 또 흘렀다.

세상이 변하면서 옛 신들에 대한 사람들의 믿음이 옅어졌고, 그 변화에 석장승 역시 신성을 잃었다. 한낱 돌덩이가 된 석장승은 더 이상 고오의 저승길을 가려줄 수 없었으므로 또다시 열린 저승길이 고오를 유혹했다. 그러나 오고오는 오고오였다. 이제는 삭고 썩어 뿌리 부근 둥치밖에 남지 않은 고목에 깃든 혼령일 뿐이었지만 고오의 눈빛은 여전히 날카롭고 뒷목에 거꾸로 솟은 뼈도 여전히 선명했다. 그는 여전히 하늘과 운명과 염라에게 화가 나 있었다.

"이 무책임한 것들! 오만방자한 멍청이들!"

공명정대의 공도 모르는 놈들이 뭐 그렇게 대단들 하시다고. 옥황상제든 염라대왕이든 착한 조기를 그렇게 일찍 비참하게 죽게 한 몫까지 괴롭히고 골치를 썩게 하리라. 오고오는 다시 농성을 시작했다. 토지신의 잠을 방해할 정도로. 결국 그 토지신이 '특별한 능력을 가진 인간'인 최두겸을 찾아 경성까지 오게 만들 기세로.

두겸이 고오의 사연을 전해주자 토지신은 온몸을 흔들며 웃었다. 호쾌하고 거리낌 없는 기분 좋은 웃음이었다.

"이 녀석, 옹고집도 이런 옹고집이 없구나! 네 사정을 알고 나니 내 잠을 방해했던 소란이 이해된다."

두겸으로선 고오 같은 경우는 처음이었다. 엄밀히 말하면 고오는 원혼이 아니다. 원혼이란 저승길을 잃어버려 이승에 묶인 존재였으므로 스스로 저승길을 거부하는 고오는 독특한 경우다. 두겸의 말에 토지신은 가늘고 길게 찢어진 눈을 초승달처럼 휘며 혼령 오고오를 바라보았다.

72

"짐승이건 인간이건 죽으면 저승으로 가는 것이 섭리라지만 본인이 싫다는데 어쩌겠나. 네가 이승을 떠나고 싶을 때 떠나야지."

고오가 동의한다는 의미로 고개를 끄덕였다. 토지신이 두겸 쪽으로 고개를 돌렸다.

"이 아이는 제가 다시 데려가겠습니다. 저도 예전 같지 않아 자꾸 잠이 드는 처지이지만 이 아이의 저승길 정도는 보이지 않게 해줄 수 있습니다."

호호호. 다시 터져 나온 감탄의 웃음이 응접실 안의 공기를 울리며 퍼져나갔다. 그 울림에 나무토막 위에 떠 있던 혼령 고오가 파도를 타듯 허공에서 둥실둥실 흔들렸다. 유쾌한 파동은 두겸에게도 전달되었다. 두겸은 감탄했다. 토지신은 제 힘이 예전 같지 않다고 했지만 두겸이 느끼기엔 여전히 대단했다. 분명히 토지신이라면 고오의 혼령이 저승으로 가고 싶어질 때까지 저승길을 가려줄 수 있을 것이다.

"안녕히 가세요. 토지신님, 고오 씨."

두겸은 호와 함께 오월중개소 현관에 서서 길을 따라 미끄러지듯 멀어지는 토지신과 고오를 배웅했다. 토지신의 옥색 한복이 단감처럼 붉은 노을 빛을 받아 완전히 새로운 빛깔로 하늘거렸다. 현실과 환상의 경계가 흐려진 듯한 광경이로군 그래. 두겸

73

이 감상적인 기분에 젖어갈 때 옆에서 호가 북받친 한숨을 내쉬었다. 너도 같은 기분인 거니. 두겸과 호는 짧게 눈을 마주쳤다. 그 찰나의 순간 토지신은 감쪽같이 사라지고 없었다. 두겸은 호와 함께 텅 빈 길을 한동안 바라보았다.

차가운 것이 콧등에 떨어져 두겸은 고개를 들었다. 특별한 손님들이 찾아왔던 오전처럼 그들이 떠난 길에도 하늘에서는 어디에서 내리는 것인지 모를 눈이 내렸다.

3 장

귀빈

유호는 보통 정해진 시간보다 삼십 분에서 한 시간 먼저 오월
중개소에 출근한다. 하숙집이 가깝기도 하거니와 (원래 지각은 가
까이 사는 사람이 하게 되어 있다는 법칙은 호에겐 통하지 않는다) 시끄럽
고 좁은 하숙집에 있느니 아무도 없는 이른 오전의 중개소에서
혼자만의 시간을 만끽하는 게 백배 낫기 때문이다.

　오월중개소 사장인 경소흠은 본업이 배우로, 자신의 주 분야
에서 성공가도를 달리고 있기 때문인지 오월중개소 운영의 많은
부분을 두겸에게 일임했고, 의외로 취향이 뚜렷하지 않은 두겸
역시 호가 사무소를 꾸미는 대로 두었다. 덕분에 호는 중개소 로
비가 제 영역처럼 느껴졌다.

오늘도 일찍 중개소에 도착하니 이미 우편배달부가 다녀갔는지 우편함에 우편물이 가득했다. 그러나 그것들을 살펴보기 전에 할 일이 있다. 호는 익숙하게 중개소 뒷마당부터 온갖 물건으로 가득 차 한 사람이 겨우 지나다닐 정도로 좁은 통로만 남은 창고까지 중개소 안팎을 샅샅이 훑었다. 휴, 다행이다. 최 선생님을 찾아온 '특별한 손님'은 없다.

이 특별한 손님들은 보통 인간의 상식과는 먼 이들이라 꼭두새벽부터 중개소를 찾아와 기다린다든지, 잠긴 문과 창문은 아랑곳 않고 중개소 안에 들어와 다락이나 탕비실처럼 엉뚱한 곳에서 기다린다든지 하기 때문에 출근 후 한 번은 사무소 곳곳을 확인해야 한다. 유호가 이 특별한 손님들을 볼 수 있는 것은 그들이 실체가 있거나 제 모습을 보이고자 할 때뿐이고 그 외의 손님들은 두겸이 출근할 때까지 그냥 놔둘 수밖에 없지만 말이다.

아침 정찰 후 호는 로비의 제 자리에 앉아 우편물들을 훑어보았다. 대부분은 두겸에게 온 의뢰서였고 경 사장 앞으로 온 고지서 몇 통에… 어? 가장 두툼한 봉투의 수신인을 확인한 호의 표정이 환해졌다. 은자다! 고향 친구 은자에게서 온 편지였다. 봉투 속 노란 편지지에는 연필로 또박또박 쓴 글씨가 빼곡했다.

유호야.

잘 지내니? 네가 보내준 박가분은 정말 잘 쓰고 있단다. 있지, 최근에 우리 마을에 정말 이상한 일이 일어났어. 어쩐지 으스스한 일이라 도움을 요청하고 싶었는데, 네가 편지로 너희 중개소로 찾아오는 신기한 손님들과 최 선생님에 대해 들려줬던 이야기가 생각났어. 혹시 이 편지를 최 선생님께 보여드릴 수 있니? 그분께서 내가 겪은 일이 있을 법한 일이라고 하시면 안심하고 지낼 수 있을 것 같아.

여기까지 읽었을 때 출입문의 작은 종이 울렸다. 9시 정각에 칼같이 출근한 두겸이었다.

"선생님! 급해요 급해!"

구두를 벗기도 전에 달려온 호의 호들갑에 두겸이 긴장했다. 언제나 침착한 호가 팔을 휘두르며 뛰어오다니? 이런. 경 사장이 드디어. 심장이 덜컥 내려앉았다. 오월중개소 수입 일부를 독립운동 지원금으로 보내는 걸 걸렸구나! 그러나 새파랗게 질린 두겸을 올려다보는 호의 표정이 나쁘지 않다. 하긴, 경 사장이 불령선인으로 잡혀갔다면 호의 반응은 팔을 휘두르며 뛰어오는 정도가 아니었겠지. 자라 보고 놀란 가슴 솥뚜껑 보고 놀란다더니 딱 그 모양이로군. 신문기자인 한우인과 불안정한 국내외 정세에 대해 대화한 게 바로 엊그제라 신경이 곤두서 있었던 탓에 호의 "급해요"를 바로 경 사장의 검거로 연결해버렸다. 일본의 공황과 만주 침략, 다시 가혹해질 기미를 보이는 식민지 정책, 만주를 기점으로 재점화한 독립운동. 하루의 햇살 속에 웃음 속에 언제나 불안정과 비극의 그림자가 도사리고 있음을 잊을 수 없다. 정말 나 같은 겁쟁이가 살기엔 가혹한 시대야.

"일단 이거 먼저 좀 확인해주세요."

힘이 빠진 두겹을 토닥이며 호가 편지를 전달했다. 편지엔 작은 마을의 한 소녀가 겪은 이상한 사건이 생동감 넘치게 적혀 있었다. 두겹은 순식간에 편지 내용에 빠져들었다.

안녕하세요? 제 이름은 은자입니다.

선생님. 저주는 정말 있는 걸까요? 저주가 진짜라면, 만약 저도 모르는 사이에 누군가에게 저주를 걸었다면, 만약 수십 명의 사람들이 자기도 모른 채 누군가에게 저주를 걸었다면…

우리는 죄를 지은 걸까요…?

지금으로부터 한 달 반 전인 4월 초중순, 충청남도 해안가 지척의 작은 마을. 소박한 읍내를 벗어나면 펼쳐지는 논두렁은 1년 농사를 앞두고 보수작업이 한창이었다. 은자는 포장이 거칠게 찢어진 소포를 품에 안은 채 그 사이를 가로지르는 흙길을 울면서 지나고 있었다. 오매불망 기다리던 소포엔 경성에 상경한 소꿉친구 유호가 보내준 박가분도 있었는데 은자가 받았을 때는 이미 박살 난 상태였다. 마을의 망나니 개철, 아니 대철의 짓이었다. 소포에 적힌 호와 은자의 이름을 보고 돈 될 만한 물건이 있나 하고 제멋대로 뜯은 것이다. 박가분을 부순 건 순전히 심술에서였을 테고. 호도 은자도 대철에겐 만만한 계집애들이니까.

히이…익, 쿵! 은자는 자꾸만 흐르는 눈물 콧물을 청색의 은방울꽃무늬 저고리 소매로 훔쳤다. 대철에게 항의했으나 그가 주먹을 치켜들며 위협하는 바람에 찍소리도 못하고 돌아섰다. 똥은 피하는 게 상책이야. 개철이는 애도 패고 노인도 패고 여자도 패는 인간 말종 중 상 말종이니까. 은자는 애써 자신을 달래보지만 분한 건 어쩔 수 없다. 제대로 한마디 할 수도 없었기에 속상한 마음은 집이 가까워져 올수록 점점 더 커졌다.

귀신은 개철이 같은 인간 안 잡아가고 뭐 하는지 몰라. 분심을 잔뜩 담아 걷어찬 자갈이 누런 대나무를 엮어 만든 울타리까지 떼구르르 굴러갔다. 울타리 입구엔 '은 여관'이라고 적힌 작은 간판이 달려 있었는데 간이역 근처에서 운영 중인 은자네 여관이었다. 가족들에게 대철을 만나 무슨 수모를 겪었는지 미주알고주알 다 일러야지. 은자는 울타리 문을 열면서부터 "엄마! 있잖아"라고 외치며 밝은 색 자갈이 깔린 마당으로 뛰어들어가다 말고 입구에서 우뚝 멈췄다.

볼품없는 시골 여관 마당에 호가 경성에서 가끔 보내주는 잡지에서나 볼 수 있는 모던 걸이 있었습니다. 옥색으로 맞춘 양산과 양장이 어찌나 곱던지요. 짧게 자른 머리를 거의 가릴 정도로 눌러쓴 모자 챙 밑으로 늘어진 레이스는 아주 정교하고 촘촘했습니다. 그 레이스에 얼굴이 가려 새빨간 연지를 칠한 입술만 겨우 보였지요. 비현실적인 광경이었습니다. 저는 너무 신기해서 인사도 잊고 손님에게 다가갔습니다. 잘그락, 마당에 깔린 자갈 소리가 울렸어요. 그 소리에 손님이 돌아섰습니다.

-너, 읍내에서 속상한 일이 있었지?

저는 손님의 말에 황급히 눈가를 비볐지요.

'속상한 일이 있었니'도 아니고 '있었지'라니, 지금 생각해보니 꼭 직접 본 것처럼 말한 것도 이상하지만 그땐 거기까지 생각이 미치지 않았습니다.

-여기에 한 달 정도 묵으려고 하는데 혹시 뒷마당에 작은 텃밭을 일궈도 될까?

정말 특이한 손님이구나 싶었습니다. 부모님께서 여관을 운영하신 지 5년 정도 되었지만 텃밭을 가꿔도 되는지를 묻는 손님은 처음이었습니다. 안 될 것은 없지만 이 여관과 주변은 땅이 안 좋아 작물을 기르기엔 부적합하다고 알려드렸지요. 제 말에 손님은 생긋 웃었습니다.

―아아. 괜찮아. 좋은 거름을 구할 예정이거든.

그때 여름 바람이 불어와 손님을 스치고 저를 지나쳤습니다. 갑자기 오싹한 기분이 들었습니다. 무언가 잘못된 느낌. 위화감. 저는 절 불안하게 만든 원인을 곧 알아냈습니다. 냄새였습니다. 한참 닫아둔 광의 냄새랄까요? 습한 땅의 냄새랄까요? 생명력으로 작열하는 초여름 태양 아래에서 제가 맡은 것은 바로 지하 세계의 냄새였습니다.

은 여관은 울타리 입구로 들어가면 자갈이 깔린 앞마당이 나오고, 네 칸짜리 ―자형 목조 건물이 앞뒤로 나란히 배치된 형태였다. 손님은 뒷동 맨 끝 방에 자리를 잡았다. 손님 방 앞엔 곧 작은 텃밭이 일궈졌다. 여관 전체 배치로 보면 입구에서 가장 먼 위치였다.

처음에 은자는 손님이 신경 쓰여 잠을 못 이룰 지경이었지만 사람은 적응의 동물이라고 했던가, 이내 여관의 유일한 숙객에게 익숙해졌다. 손님은 매주 월요일에 일주일치 숙박료를 맞춰 지불했다. 조용히 외출했다가 조용히 돌아왔고 그 외에 하는 일이라고는 굉장한 생명력으로 자라는 풀과, 대조적으로 시들거리는 덩굴이 뻗은 텃밭을 가꾸는 것뿐이었다. 어쩌면 정체 모를 손님보다 더 큰 문제거리가 마을을 활보하고 다녔기 때문에 손님에게서 느꼈던 애매한 꺼림칙함 따위는 쉽게 잊었는지도 모른다. 마을의 개망나니 대철.

씨익, 씨이익. 대철이란 이름이 다시 등장하자 옆에서 심상치 않은 숨소리가 들리기 시작했다. 응접실 소파에 두겁과 나란히 앉아 편지를 읽던 유호였다.

"호야. 너도 이 대철이란 자를 아니?"

"완전 인간 말종이에요!"

호가 허공에 주먹을 휘두르며 열을 냈다. 대철의 이름을 떠올리기만 해도 분한 모양이었다. 조금 더 열을 내면 호의 양 갈래로 땋은 머리가 도깨비 뿔처럼 머리 위로 솟을지도 모르겠다고 두겁은 생각했다.

"그 자식은 제가 실제로 만난 사람들 중 가장 악랄해요."

호는 쓰디쓴 여주를 씹은 표정으로 경성에 상경하기 전에 겪은 일들을 알려주었다. 호의 말에 따르면 대철은 그야말로 개망나니였다. 집요하고 잔인한 성격으로 어린애들을 괴롭히기 일쑤요, 큰 덩치로 어른에게조차 막 대하는 인물이었다. 부모도 어쩌지 못한다고 했다. 호를 비롯해 편지 속 은자와 주변 친구들도 대철에게 많이 시달렸던 모양이었다. 특히나 호는 친구들을 괴롭히는 대철에게 맞서다 더 괴롭힘을 당했었다며 그때를 기억하면 아직도 분이 풀리지 않는다고 씩씩거렸다.

"힘들었겠구나."

"저는 이제 대철이랑 엮일 일 없으니까 괜찮아요. 걱정되는 건 은자죠. 소심한 애가 선생님께 편지까지 쓴 걸 보면 분명 보통 일이 아닐 거예요."

호의 가느다란 갈매기 눈썹이 팔자로 휘었다. 두겸은 서둘러 편지를 다음 장으로 넘겼다.

5월 초라고 믿을 수 없을 만큼 푹푹 찌는 날이었습니다. 엄마 심부름으로 읍내에 갔는데 닭집 앞에 사람들이 바글바글했어요. 대철이 끈으로 나무에 닭 모가지를 매달아 돌을 던져 죽이고 있던 것을 닭집 아저씨가 발견했다고 했습니다. 대철은 아저씨 손에 끌려 닭집까지 오긴 했지만 반성은커녕 서슬 퍼런 얼굴로 아저씨를 노려보며 씨근거리고 있었습니다. 그 소란을 구경하던 아주머니가 고개를 절레절레 흔들었지요.

-개철이 저 징그러운 새끼. 닭을 죽이려면 한 번에 모가지를 비틀든가. 산 닭을 걸레짝으로 만들 생각을 어찌 하나!

모여 있던 사람들도 한마디씩 거들었습니다.

-쯧. 제 잘못은 생각 안 하고 뻗대기는?

-귀신은 저런 거 안 잡아가고 뭐 하나 몰라.

대철이 악에 받치는 게 훤히 보였습니다. 하지만 날뛰기엔 수적으로 불리한 걸 알았는지 그대로 물러나더군요. 대철이는 자기가 이길 수 있을 때를 귀신같이 고르거든요. 하지만 바로 그날 밤 일이 터졌습니다. 대철이 닭집 아저씨네 닭장에 불을 지른 겁니다. 저희 집 식구들도 불 끄는 걸 돕기 위해 달려갔습니다. 닭집은 읍내 뒷산에 바로 붙어 있고 이웃한 집도 많아서 불이 번지면 정말 큰일이었으니까요.

선생님, 저는 그 광경을 잊지 못할 것 같습니다. 불에 타 죽는 닭들의 소름 끼치는 비명이 아직도 귀에 생생합니다. 한 마리라도 구해보겠다고 이리 뛰고 저리 뛰던 닭집 아저씨의 울음도 계속 메아리칩니다. 제일 잊지 않는 건 대철의 웃음소리입니다. 대철은 멀찍이에서 아비규환을 지켜보며 신나게 웃고 있었습니다.

사람이 어떻게 그럴 수 있을까요?

그 일은 너무 끔찍했어요. 누구라도 좋으니 얘기를 나누고 싶었습니다. 그래서 저는 손님을 찾아갔습니다. 진짜로 지독한 짓을 저지르고 다니는 인간이 주변에 있는데 오싹한 느낌과 이상한 냄새는 더 이상 무섭지도 않았습니다.

닭집 방화 사건 다음 날, 은자가 방 네 개가 一자로 붙은 뒤채로 다가가자 짙은 향기가 은자를 맞았다. 부엌에서 엄마가 짓고 있는 점심 냄새도, 여관 앞마당 빨랫줄에 걸린 빨래의 비누 냄새도 손님의 방 쪽에서부터 흘러오는 향기가 집어삼켰다. 지금까지 이런 화려한 향기는 맡아본 적 없었다.

손님 방 앞의 직사각형 텃밭 가득 어린애 손바닥만 한 하얀 꽃들이 만발해 있었다. 진득한 향기는 그 흰 꽃 무리에서 뿜어져 나온 것이었다. 은자는 놀라움에 입을 벌리고 손님이 가꾼 식물을 쳐다봤다. 가장자리를 따라 심긴 하얀 꽃들은 나리꽃처럼 생겼지만 나리꽃은 아니었다. 은자가 모르는 종류였다. 텃밭 가운데를 차지하고 있는 알 수 없는 덩굴은 처음 봤을 때도 영 시원찮더니 여전히 시들해 보였다. 주변의 흰 꽃 무리의 생기가 너무 강력해 상대적으로 시들어 보이는 것인지도 몰랐다.

저 덩굴은 아무래도 참외나 수박 같은 작물인 듯한데…. 어쩌면 손님은 화초는 몰라도 작물은 키워본 적이 없을지도 몰라. 좀 자세히 볼까? 화단 가까이로 다가간 은자가 허리를 굽혀 덩굴을 자세히 들여다보려는 찰나 손님 방의 문이 열렸다. 은자의 심장이 방망이질했다. 쿵쿵쿵쿵. 그저 텃밭을 좀 자세히 보려고 한 것

뿐인데 나쁜 짓을 하다 걸린 것처럼 얼굴이 화끈거렸다.

매미가 울기 전의 계절이었다. 한낮의 이른 더위에 새들도 울음을 잠시 멈춘 시간이었다. 사방이 조용했다. 방 안에 사람이 있었더라면 인기척이 들렸을 텐데 기척은 없었다. 그런데 갑자기 문이 열리더니 손님이 밖으로 나온 것이다. 흰색 레이스 양말부터 정장과 같은 옥색 클로슈까지 갖춰 입은 채로.

"놀라지 말렴."

손님이 새빨간 연지가 칠해진 입술을 부드럽게 휘었다.

"오늘도 마음이 어지러운 일이 있었구나."

처음 만난 날 '읍내에서 속상한 일이 있었지?'라고 확신했을 때처럼 의문문이 아니었다. 은자는 얼어붙은 채 손님의 입가─코 위로는 모자에서 내려온 촘촘한 검은 레이스로 가려서 잘 보이지 않았다. 이제 와서 생각하면 그게 과연 레이스 때문이었을까? 레이스 너머는 꼭 물에 번진 수묵화처럼 흐릿하여 은자는 무의식적으로 그 너머를 쳐다보는 걸 피했던 것 같기도 하다─를 얼이 빠져 보다가 고개를 끄덕였다.

"네, 네…! 엄청난 일이 있었어요."

공기가 움직였고 꽃향기도 물결치듯 농도가 바뀌었다.

어느덧 은자는 툇마루에 손님과 나란히 앉아 대철이 저지른 짓을 설명하고 있었다. 닭집 방화까지 모두 얘기하고 나서 은자는 잠시 입을 다물었다. 손님은 질문을 하거나 의견을 덧붙이지 않고 반짝이는 복숭아색 에나멜 구두를 여유롭게 까딱였다.

까딱.

까딱.

"대철이 같은 사람이 바뀔 수 있을까요?"

은자가 속삭였다.

"있죠, 전 태어나면서부터 악한 사람이 있다고 믿게 되었어요. 어떤 사람은 평생 힘들게 살면서도 다른 사람들을 사랑하고, 어떤 사람은 부족한 거 없이 살아도 다른 사람들을 괴롭히죠. 살아서 잠든 닭들이 있는 닭장에 불을 질러놓고 즐겁게 웃을 수 있는 건 태생이 잔악하기에 가능한 게 아닐까요?"

은자는 고개를 돌려 손님을 올려다봤다.

"태어나길 악한 사람이 바뀔 수 있다고 생각하시나요?"

손님의 고개가 천천히 은자 쪽으로 돌았다. 미소를 잃지 않은 입에서 나긋한 목소리가 흘러나왔다.

"바람(望)은 강력하단다."

은자는 얼핏, 손님에게서 기쁨을 읽었다.

"원망 하나, 원망 둘, 원망 셋…. 바람이 모이면 무슨 일이 일어날 수 있는지는 아무도 몰라."

손님의 말엔 의미심장한 울림이 있었습니다. 선생님, 저는 그때 손님을 처음 만났을 때 느꼈던 오싹한 기분을 다시 느꼈습니다.

편지에 집중한 두겸의 눈썹이 일자가 되어 미간에서 모였다. 원망 하나, 원망 둘, 원망 셋. 강력한 바람. 분명 예전에 비슷한 말을 들어본 적이 있다. 어디에서였더라. 누가 이 말을 해줬더라.

"아, 그래!"

두겸이 갑자기 손뼉을 치며 외치자 옆에 앉은 호가 깜짝 놀라 악! 하고 함께 소리 질렀다. 두겸을 돌아보는 호의 이마에 '왜 갑자기 소리를 지르시는 거예요 제 상사만 아니었더라면 등짝을 때렸을 거예요'라고 적혀 있었다. 두겸은 목을 살짝 움츠렸다.

"내가 오월중개소에 취직하기 전에 이런 비슷한 사건을 맡은 적이 있어. 그때도 대철처럼 마을 사람들의 골칫거리인 아이가 있었고… 그 아이는… 실종되었지. 하루아침에 흔적도 없이 사라져서 다신 목격되지 않았어."

두겸의 말에 호가 거의 끝나가는 은자의 편지를 재빨리 훑었다. 그리고 곧 편지를 내려놓은 은자의 표정이 얼떨떨했다.

"선생님…. 대철이도 사라졌대요."

기차는 힘차게 논길을 따라 달렸다. 멀리 보이는 들판과 산은

6월 초의 싱그러움을 한껏 뽐내고 있었다. 사람 마음을 들뜨게 하기 충분하다 못해 넘치는 경치였지만 2등칸에 앉아 있는 두 사람의 표정은 어두웠다. 두겸은 은자의 편지를 읽자마자 며칠 간의 일정을 조정하고 곧장 은자에게 가기로 결정했다. 유호의 고향이기 때문에 평소와 다르게 호도 두겸을 따라 나섰다.

후우. 턱을 괴고 차창 밖을 보는 호는 백한 번째 한숨을 내쉬었다. 두겸에게서 은자를 비롯해 마을 사람들에게는 아무 일 없을 거라는 위로 아닌 위로를 들었지만 그래도 심난했다. 호는 등받이에 머리를 기대고 눈을 감은 두겸 쪽으로 고개를 돌렸다.

"대철을 찾을 수 있을까요?"

딱히 찾고 싶은 건 아니지만요,라는 말은 속으로 삼켰다. 진심이었지만 지금 상황에서 입 밖으로 내뱉을 말은 아닌 것 같았다. 천천히 눈을 뜬 두겸은 혀끝을 살짝 깨물며 말을 골랐다. 두겸과 어느덧 3년째 일하고 있는 호는 상사의 반응에 대답을 듣지 않아도 알 수 있었다. 대철은 발견되지 않을 것이다. 혹 발견된다고 해도 일반적인 의미의 발견은 아닐 것이다.

"그럼 저희는 은자의 편지에 나온 손님을 만나러 가는 건가요?"

"우리는 은자를 위해 내려가는 거란다."

두겸이 손을 입가에 갖다 댔다.

"아마도 우린… 손님을 만나지 못할 거야."

이미 늦었을 테지. 두겸은 혼잣말을 하듯 덧붙였다. 호는 그의 말뜻이 이해가 잘 되지 않았지만 더는 묻지 않았다. 마을에 도착해서 은자를 만나고 두겸을 따라다니다 보면 자연스럽게 알게 될 일이었다.

두겸과 유호는 충청남도 서해안에 조금 못 미쳐 엉겅퀴꽃이 이리저리 핀 간이역에 내렸다. 역사의 나무 의자에 앉아 두 사람을 기다리던 은자가 벌떡 일어나 둘을 반겼다. 우는 건지 웃는 건지 흥분한 새들처럼 지저귀며 깡충깡충 뛰는 두 아이를 보며 두겸은 조용히 웃었다. 은자의 편지를 읽은 뒤부터 내내 들러붙은 찝찝함도 잠시 사라지게 하는 풍경이었다.

반가운 벗과 한차례 요란한 인사를 마친 은자가 두겸 앞에 섰다. 와주셔서 정말 감사하다는 인사를 마치자마자 고개를 숙인 채 손가락으로 남색 치마를 만지작거리는 은자의 모습에서 혼란과 망설임이 느껴졌다. 이럴 땐 이쪽에서 대화를 이끄는 게 상황을 파악하기 쉽다. 두겸은 은자와 호를 간이역 출구 양옆에 놓인 나무 벤치 한쪽에 앉히고 자신은 조금 떨어져 앉았다.

"내게 편지를 보낸 뒤에 마을에 별일은 없었니?"

은자가 수줍게 고개를 끄덕였다. 호와 신이 나서 인사할 때와는 딴판이었다. 낯을 많이 가리는 듯했다. "저어…" 하고 입을 연

은자의 귀가 새빨개졌다. 두겸을 쳐다봤다가 급히 고개를 숙이는 게 꼭 혼나는 아이 같았다.

"괜찮아. 천천히 말해보렴. 내가 불편하면 자리를 비켜줄게. 호에게 설명해도 된단다."

"아뇨, 죄송해요. 선생님이 불편한 게 아니에요. 그게… 대철이가 돌아왔어요."

은자는 그렇게 말하며 고개를 푹 숙였다. 편지에 대철이 없어졌다고 써서 두겸이 이곳까지 내려왔는데 대철이 다시 나타났으니 은자로선 두겸을 볼 면목이 없었던 모양이었다.

"그치만, 제 말을 꼭 좀 들어주세요."

떨리는 목소리에서 두겸은 두려움을 읽었다. 호가 은자의 손을 꼭 잡았다. 은자는 편지를 보낸 뒤의 상황을 설명했다. 흥분했는지 말이 빨라져서 중간중간 두겸이 진정시켜야 했다.

"대철이 사라졌는데 아무도 찾지 않았어요. 당연하죠. 다들 속이 시원하다고 했어요. 돈 좀 만져보겠다고 큰 도시에 나갔을 거라면서요."

은자가 대철이 없어졌다는 소식을 손님에게 전하러 갔을 때 손님은 방에 없는 것 같았다. 은자는 굳이 손님의 장지문을 두드리지 않았다. 툇마루에 홀로 서 있자니 어쩐지 께름칙했기 때문이다. 빙글, 몸을 돌려 다시 여관 입구 쪽으로 돌아가려는데 텃밭의 변화가 눈에 들어왔다. 하얀 꽃들은 여전히 만개했는데 중앙의 덩굴 사이사이 허연 덩어리가 보였다. 힐끗, 다시 한번 잠잠한 손님의 방문을 살피고 은자는 하얀 꽃줄기를 헤치고 텃밭의 중심부로 들어갔다.

허연 덩어리는 덩굴의 열매였다. 그새 꽃이 폈던 걸까? 열매는 처음 보는 작물이었다. 박 종류 같긴 한데 아직 너무 작아 정확한 종을 알아보기 힘들었다. 은자는 나중에 손님을 만나면 물어봐야겠다고 생각했지만 그 뒤로도 손님과 자꾸만 엇갈렸다. 좀처럼 손님의 치마 끝단조차 볼 수 없었다. 그 사이 덩굴의 열매는 쑥쑥 자랐다. 손님이 무슨 비료를 주었는지는 모르겠지만 효과는 만점이었다. 대철이 실종되고 이튿날에는 어른 주먹만 해지더니 실종 나흘 뒤엔 어른 머리통만 해졌다.

"잘 자라기는 했는데 작물로서는 적합하지 않아 보였어요."

은자가 손으로 허공에 열매의 모양을 그렸다.

"어떤 건 사람 머리통같이 둥글둥글하고 어떤 건 팔다리마냥 길쭉한 게 모양이 들쑥날쑥했거든요. 모양이 일정하지 않은 것까진 상관없을지도 모르지만…"

은자는 미간을 찌푸리며 입꼬리를 구부렸다.

"제 눈엔 그 열매들이 기분 나쁘게 생겨서 이런 건 먹고 싶지 않다고 생각했어요."

"그 열매들은 아직도 거기에 있니?"

두겸의 질문에 은자가 고개를 저었다. 겨우 좀 편해진 듯 보였던 은자의 얼굴에 다시 두려운 기색이 비치고 눈동자가 불안정하게 흔들렸다.

"아까 제가 대철이 돌아왔다고 말씀드렸지요? 소리 소문 없이 사라졌을 때처럼 대철이가 돌아오는 걸 본 사람은 아무도 없었지만 대철은 돌아와 있었어요."

어제, 심부름으로 주조장에 갔다가 여관으로 돌아가는 길이었다. 여관에 묵는 손님들에게 대접할 막걸리로 가득 찬 주전자는 무거웠다. 게다가 막걸리를 쏟지 않으려다 보니 더욱 무겁게 느껴졌다. 낑낑거리며 논길을 걷노라니 한숨이 절로 나오고 서럽기까지 할 지경이었는데 그때 등 뒤에서 익숙하지만 결코 반갑지 않은 목소리가 들렸다.

"은자야. 안녕?"

대철이었다. 사라진 게 아니었구나, 하는 실망이 밀려올 새도 없이 대철이 뜻밖의 소리를 했다.

"주전자 무겁지? 들어줄게."

뭐라고? 개철이가 갑자기 왜 이러지? 평생 안 하던 친절한 소리를 하니 더 기분 나빠. 은자는 괜찮다고 거절하며 슬금슬금 뒷걸음쳤다. 대철은 은자의 거절에도 발끈하지 않았다. 원래 대철은 거절당하는 것 자체를 참지 못하는 인간이었는데 눈앞의 대철은 오히려 미소를 지었다.

"나중에라도 도움이 필요하면 언제든지 불러. 그리고 걱정하지 마. 난 모두가 알던 대철이 아냐."

은자는 정말로 당황했다. 무슨 일이 일어난 거야? 왜 갑자기 저답지 않게 구는 거지? 그 순간 뇌리에 손님이 했던 말이 떠올랐다.

-염원하는 마음이 모이면 무슨 일이 일어날 수 있는지는 아무도 몰라.

염원하는 마음. 대철의 부모는 매일 대철이 사람다워지길 빌었을 것이다. 그 염원이 대철을 바꾼 걸까? 은자는 뒤를 돌아보았다. 온화한 미소를 띈 대철과 눈이 마주쳤다.

죽은 눈이었다.

은자는 몸을 떨었다. 누군가를 저렇게 바꾸는 건 소망이나 기도 같은 긍정적인 염원은 아닐 거야. 대철은 흐리멍덩한 눈동자와 풀어진 입매를 하고 억양 없이 중얼거렸다.

"예전의 대철은 이제 없어. 그러니 정말로 걱정하지 마."

은자의 다리가 후들거렸다. 그래. 사람을 저렇게 만드는 건 소망이 아니라 원망일 것이다. 은자는 그대로 도망쳤다. 철길을 따라 쉬지 않고 달렸다. 주전자가 이리저리 흔들려 기껏 받아온 막걸리가 여기저기 넘쳐 흘렀지만 그딴 것은 조금도 신경 쓰이지 않았다.

숨이 턱까지 차 여관에 도착했을 때 엄마는 그 손님의 방을 치우고 있었다.

"방세가 어제까지였잖니? 항상 제때 지불하던 분이 소식이 없길래 봤더니 방문이 열려 있지 뭐니. 확인해보니 글쎄, 짐을 싹 빼놓으셨더라."

은자는 머뭇머뭇 고개를 돌려 손님의 텃밭을 보았다. 며칠 전만 해도 주렁주렁 열려 있던 열매들이 모두 사라져 있었다. 수명을 다한 것처럼 시든 덩굴을 새하얀 꽃들이 잠식하기 시작했다. 여전히 매혹적인 향기를 뿜으면서. 순간 그 향기가 기만적으로 느껴졌다. 이상해. 이상하고 잘못된 것 같아. 수상하고 구린 이면을 숨기려는 것처럼.

은자는 재빨리 손님이 묵었던 방을 나와 종종걸음으로 여관 앞마당에 면한 대청마루로 피했다. 사방이 트이고 멀리 바다 쪽에서 맑은 바람이 불어오자 불안이 조금 가셨다. 호와 오월중개소의 최 선생님이 내일 여기 도착할 거라고 하셨어. 그 선생님께서 오시면 무슨 일인지 다 밝혀질 거야….

은자의 이야기를 전부 들은 두겁은 생각에 잠겼다. 간이역 앞의 흙마당에 검은 나나니벌이 애벌레를 물고 가는 중이었다. 벌침에 쏘인 나방 애벌레는 마비되어 움직임이 없었다. 이대로 나나니벌의 땅굴에 끌려 들어가 얼마 뒤면 알을 까고 나올 새끼 나나니벌의 양식이 될 것이다.

땅굴. 텃밭. 애벌레. 대철.

텃밭. 정체불명 손님의 텃밭, 그 아래.

손으로 차양을 만들어 하늘을 보았다. 쨍쨍한 초여름의 태양이 남쪽 하늘 높이 떠 있었다. 그래. 해가 지기 전에 어서 해야 할 일을 해치워야겠어. 두겁은 양손으로 무릎을 짚고 벤치에서 일어났다.

"대철은 나중에 만나도 될 것 같다. 너희는 읍내에 가서 놀다 오렴."

그러나 두 아이는 한사코 두겁을 따라오겠다고 했다. 할 수 없이 두겁은 여관에 도착한 뒤에는 움직이지 말라는 약속을 단단히 받고 출발했다.

사방이 시원하게 펼쳐진 평야의 논에서는 막 6월을 맞아 사람들이 숨 가쁘게 모내기 중이었다. 이제 한 해 농사가 본격적으로 시작이구나. 논길을 빠르게 걷자 땀이 베어 나왔다. 두겁은 상아색 셔츠 앞섶을 흔들어 청량한 바람이 통하게 했다. 지금 손님의 텃밭 아래에 있을 것으로 예상되는 걸 확인하러 가기에는 유감스러울 만큼 싱그러운 날이었다.

탁 트인 논에서 벗어나 미루나무, 호두나무, 비파나무 그늘을 따라 잠시 걷자 은 여관에 도착했다. 대나무 울타리 입구에 하얀색 페인트로 칠해진 입간판이 보일 정도로 가까워지자 두겸과 호가 동시에 숨을 들이마시며 두리번거렸다. 은자가 말한 꽃 향기가 났기 때문이다.

"정말 굉장하네. 은자, 네 말대로 기만적일 정도구나."

화려한 향기는 여관 구석구석 고루 퍼져 있었다. 무언가의 영역을 지키는 결계처럼.

세 사람이 마당 안으로 들어서니 은자네 부모님이 버선발로 마중 나왔다.

"아휴 선생님, 정말 별일도 아닌데 어째 은자 이 지지배 말만 듣고 그 먼 길을 오셨대요? 참말로 죄송해서 이걸 어째요?"

은자네 엄마가 은자의 등짝을 찰싹 때리며 두겸에게 고개 숙여 사과하는 걸 말리는 소동이 잠시, 이내 은자네 세 식구는 서로를 붙들고 마당 한 구석에 서서 두겸을 바라보았다. 붙잡을 동아줄을 찾는 듯한 불안이 전해졌다. 두겸은 그들이 안심하도록 짐짓 여유를 가장했다. 은자네 부모님은 '별일도 아닌데'라고 했지만 내심 지난 몇 주 동안 이 여관에 묵은 손님이 여느 손님과 다르다는 걸 감지했을 것이다. 다년간 숙박업을 해온 주인의 감이라는 게 있을 테니.

후우. 두겸은 심호흡을 했다. 삽을 들고 혼자 손님의 텃밭으로 향하는 발걸음이 무거웠다. 이건 여러 사람이 겪지 않아도 될 일이다. 특히 이 장소를 집으로 삼고 살아가야 할 사람들은 목격할 필요 없다. 푹, 푹. 텃밭을 파헤치는 삽질엔 의욕이 없었다. 두겸은 이 아래에서 자신이 발견할 것이 무엇일지 알고 있었다. 만개하다 못해 이제는 극성을 부리는 것만 같은 흰 꽃들 사이, 시들어 버린 덩굴 아래, 새카만 흙 속에서 모습을 드러낸 것은…

대철의 시체였다.

"우욱!"

구더기가 끓기 시작한 희뿌연 눈을 마주친 두겸은 속을 게웠다. 초여름 날씨에 부패하기 시작한 시체에서 나는 악취는 작열하는 꽃향기를 뚫고 두겸의 코에 닿았다가, 곧 정신을 아득하게 하는 향취에 잡아먹혔다. 두겸은 비틀거리며 텃밭에서 나와 여관 툇마루에 주저앉았다. 오래전 그의 도움을 받은 마을신이 해준 이야기가 떠올랐다.

-어른들이 아이들을 겁줄 때 말을 듣지 않으면 괴물이 잡아갈 것이라고 하지. 그런데 말야. 진짜로 있어. 나쁜 아이들을 잡아가는 귀신이. 그것은 사람들의 염원을 듣고 와.

-말도 안 돼요.

당시 두겸은 그렇게 대답했었다.

-귀신이 누구 좋자고 나쁜 아이들을 골라 잡아갑니까?

히히히히. 마을신은 웃었다. 그리고 두겸의 귓가에 속삭였다.

-귀신 좋자고 잡아가지. 왜냐하면 그런 아이들은 사라져도 아무도 찾지 않으니까.

두겸은 대철의 시체를 확인하고 경성제대 부검의인 우 선생과 우인을 불렀다. 우 선생은 두겸을 통해 『삼국지』 관우와 관련된 희귀한 도자기를 모으는 수집가로, 두겸이나 오월중개소 일에 대해 잘 알고 있었고 괴이가 얽힌 시신이 나올 경우 도움을 주는 인물이었다. 우 선생은 대철의 시신을 신원불명의 피해자로 처리해줄 수 있을 것이다. 두 사람은 두겸의 연락을 받고 이튿날 오전에 바로 현장에 도착했다.

"찜찜하지만 가짜 대철이 살아서 버젓이 마을에 돌아다니고 있으니 어쩔 수 없지."

대철의 시신을 본 우 선생은 스스로를 납득시키려는 듯 고개를 끄덕였다. 사람들 눈에는 대철이 멀쩡하게 살아있는데 이 피해자가 대철이라고 할 수는 없다.

"근데 신원이나 사인이야 그럴듯하게 꾸며낸다고 해도 여기

사람들 눈엔 외지 여자가 여관에 시체를 유기한 후 잠적한 사건 이잖아. 이런 사건은 삽시간에 경성까지 소문이 퍼질 텐데. 은자 네가 괴롭겠는 걸."

인간이 아닌 것이 개입한 사건이다. 범인은 영원히 잡히지 않을 것이고 사건의 내용 또한 기괴하다. 그렇기 때문에 사람들은 더욱 오래 호기심과 동정과 악의와 연민을 가지고 은자네 주위를 맴돌 것이다. 우 선생도 두겸과 같은 걸 염려하고 있었다. 두 사람 옆에 서 있던 우인이 부드러운 삽살개 털 같은 고수머리를 넘기며 취재 공책을 닫았다.

"그래서 제가 선생님과 말을 맞춰 치정 사건으로 기사를 쓸까 합니다."

도성일보 기자인 우인은 이 사건을 적당히 각색해줄 적임자였다. 이런 경우 있을 법한 사연과 범인상을 만들어내는 것이 차라리 사건이 빠르게 잊히게 만드는 방법이라는 것을 우인과 두겸은 지금까지의 경험으로 알고 있었다.

두겸은 울타리 밖에서 훌쩍이는 은자와, 은자를 끌어안고 위로하는 호를 보았다. 해가 지기 시작해 하늘은 살구색으로 물들고, 자홍색과 비둘기색이 뒤섞인 구름이 천천히 흐르고 있었다. 칫칫 치짓칫, 개굴개굴. 풀매미와 개구리 울음소리에 가려 두 소녀의 울음소리는 들리지 않았다. 은자는 이 경험을 떨쳐낼 수 있을까? 두겸은 그럴 수 있길 빌었다.

이제 제일 막막한 과제만 남았다. 다른 사람들은 몰라도 대철의 부모에겐 진실을 알려야 하는데. 두겸은 관자놀이가 지끈거렸다. 지금 멀쩡히 돌아다니는 철든 아들이 사실은 대철처럼 생긴 열매이고 진짜 대철은 죽었다는 걸 어떻게 설명해야 하나. 그러나 두겸의 걱정이 무색하게, 두겸이 대철의 부모를 찾아갔을 때 두 사람의 반응은 예상 밖이었다. 그동안의 마음고생 탓인지 실제 나이보다 더 늙어버린 여자와 남자는 서로의 손을 잡았다.

"선생님…. 저흰 이미 알고 있습니다. 그냥 모른 척해주세요. 이제야 화목한 가족처럼 살게 됐습니다."

"…하지만 그것은 사람이 아닙니다."

대철의 부모는 무감각한 얼굴이었다. 긴 시간에 걸쳐 서서히 감정을 버려온 사람들처럼.

"선생님. 애초에 대철이는 사람이 아니었어요."

밤비가 내리기 시작했다. 우 선생과 우인은 사건을 신속히 처리하기 위해 먼저 경성으로 올라갔다. 혼자 남은 두겸은 은 여관 대청에 걸터앉아 멍하니 시골의 비 오는 밤 풍경을 바라보았다. 사실 온 사방이 깜깜하여 어둠을 응시하며 빗소리를 듣는 것에 가까웠지만. 옆에 놓인 작은 원형 칠기 상엔 은자 부모님이 마련해준 탁주와 간재미 전이 식고 있었다. 경성에서 주머니 사정이 넉넉치 못한 직장인은 맛볼 수 없는 귀한 별미지만 영 식욕이 없는 두겸은 술만 들이켜게 되었다.

짭짤하다. 뒷맛이 좋지 못하다. 취기를 빌려 생각이 많아지는 이 시간대를 버티려고 했건만 오늘따라 몇 잔을 마셔도 정신이 멀쩡했다. 공기는 점점 습해졌다. 우 선생과 우인을 배웅하고 돌아온 뒤 갈아입은 하얀 모시옷이 그새 눅눅해져 피부에 들러붙었다. 날씨마저 기분전환을 도와주지 않는 군. 두겸은 인상을 쓰며 뻐근한 뒷목을 주물렀다. 그때, 번쩍하고 사방이 환해졌다. 엄청난 번개가 마을 뒷산 너머로 내리쳤다. 벼락이 하늘에서 떨어진 순간, 지상에서 푸른색 빛줄기 하나가 솟구쳐 번개로 뛰어들었다. 곧 무시무시한 전류 덩어리와 푸른 불꽃이 부딪혔다. 번쩍! 청색 파편들이 폭발하며 사방으로 튕겨 나갔다. 깜박, 눈을 감았다 뜨니 다시 새카만 밤하늘이었다. 내가 지금 뭘 본 거지? 망막엔 번개와 조각난 불꽃의 잔상이 남아 있지만 다시 눈을 감았다 뜨니 그 잔상도 빠르게 흐려졌다. 무엇을 본 건지도 헷갈렸다. 정말 뭘 보긴 본 건가…?

인기척에 돌아보니 호가 와 있었다. 신기루 같은 푸른 불꽃에 대한 생각이 두겸의 머릿속에서 빠르게 밀려났다. 호는 기름 먹인 종이로 만든 우산을 털며 두겸으로부터 조금 떨어져 앉았다.

호 역시 눈 밑에 피곤이 가득했다.

"은자가 충격이 큰가 봐요. 울다가 겨우 잠들었어요."

그렇겠지. 가장 안전해야 할 공간인 집에서 무서운 일을 겪었으니. 툭, 툭, 호가 한쪽 발끝으로 땅을 끌며 다리를 찼다.

"선생님. 그 손님은 대체 뭐였을까요?"

두겸은 손마디를 문질렀다. 정말 손님의 정체는 무엇이었을까? 대철의 시신엔 장기가 없었다. 그러니 인간의 장기를 먹거나 이용하는 귀(鬼)였을지도 모른다. 자신이 사냥한 인간 대신 산 사람처럼 움직이는 가짜를 두고 사라진 것은, 아무도 찾지 않을 나쁜 아이를 사냥감으로 고른 것은, 그것이 손님의 생존 방법일지도 모른다. 혹은 한때 사람들의 신이었지만 이제는 쇠락해 귀가 되어버린 무언가일지도 모른다. 은자는 이 마을의 모두가 대철이 사라지길 빌었다고 했다. 귀신은 저런 인간을 안 잡아가고 무얼 하나. 모두가 반복해서 말하고 빌었던 원망이 괴물이 된 옛 신의 귀에 닿았을지도. 한때는 사람들의 기도를 들어주며 살았던 옛 신이, 이 마을 사람들의 염원을 들어주고 싶어 찾아온 게 아니었을까? 그것이 뒤틀린 방식일지언정.

두겸의 의견에 호는 입술을 잘근잘근 씹었다.

"은자도 그랬어요. 손님은 자신들의 원망을 듣고 온 귀신이었다고요. 그러면서 울더라고요. 자기도 대철에게 괴롭힘을 당할 때면 항상 대철이 사라지길 빌었으니 대철의 죽음에 일조한 거라고요."

인상을 쓰며 고집스럽게 입을 쭉 빼는 호의 콧잔등이 벌겠다.

"하지만 그건 대철로서는 자업자득인 거예요. 아니, 자업자득이어야 해요. 은자가 죄책감을 갖고 살지 않아도 되는 거예요. 세상에서 업보라고 부르는 게 바로 그런 거 아닌가요?"

"나도 그렇게 생각한단다."

두겸의 상냥한 목소리에 호가 코를 훌쩍였다. 두겸은 은자가 이번 일로 자책하지 않길 진심으로 바랐다. 대철은 분명 스스로의 악행에 대한 대가를 치른 것이라고 믿는다. 허나 그 대가가 과연 이런 죽음이어야 했을까? 살아서 바뀔 가능성은 없었을까? 거기까지 생각하면 아무런 답도 할 수 없었다.

쏴아아-.

제법 거세진 빗소리를 들으며 두겸은 눈을 꾹 감았다. 오늘은 정말 뒷맛이 썼다.

두겸은 이틀을 더 은 여관에 머물며 은자네 가족을 살핀 후 경성으로 돌아왔다. 호에겐 일주일 간의 휴가를 주었다. 1년 만에 고향을 방문했으니 가족들과 할 말이 잔뜩 쌓였을 것이다. 친구인 은자 곁에 조금이라도 더 있어줄 수 있으면 그 역시 좋겠고.

두겸이 경성역에 도착했을 때는 이미 밤이었다. 기분도 적적하고 몸도 피곤했다. 비구름도 두겸을 따라 북상했는지 공기에서 희미하게 비 냄새가 났다. 진득하게 피부에 들러붙기 시작하는 기운. 계절이 바뀌어간다. 이제 곧 장마가 올 것이다. 기나긴 비와 함께 또 새로운 손님들이 찾아오겠지. 꼬리를 무는 생각들에 잠겨 집에 도착했을 때 분명히 단단히 잠그고 간 대문이 열려 있었다. 대문 손잡이에 매달린 쇠 자물쇠는 비틀리고 뜯겨진 채였다. 불길함에 뱃속이 뚝 떨어지는 것 같았다. 이대로 도망가야 하나? 집 안을 확인해야 하나? 두겸은 용기를 내 열린 문틈을 들여다보았다. 도시형 한옥의 본채와 작은 화장실 사이 좁은 틈에 허연 것이 보였다.

사람 발?

두겸은 반사적으로 대문 안으로 뛰어들어갔다. 웬 젊은 여자가 어두운 틈새의 벽에 기대 누워 있었다. 진짜 죽은 건 아닌지 두려움에 떨며 맥을 짚어보려는데 여자가 눈을 번쩍 떴다.

"으악!"

두겸은 기겁하며 뒷걸음쳤다. 묘령의 여인은 몸을 가누기가 힘든지 인상을 찌푸리며 천천히 몸을 일으켰다. 엉거주춤한 자세라 확실치는 않았지만 키가 꽤 커 보였다. 180센티미터 조금 안 되는 두겸과 비슷하거나 살짝 작은 정도. 날개뼈까지 내려오는 반 곱슬머리는 먼지투성이에 이리저리 뻗쳤고 창백한 얼굴에 입술조차 허옜다. 밤하늘 달빛 아래에서 보니 푸르스름하기까지 해 비인간적인 인상이었다.

"누, 누구신지요? 괜찮으세요?"

얼마나 당황했는지 두겸의 목소리가 뒤집어졌다.

"나야 나."

건조하고 여유 넘치는, 딱 기분 좋을 정도로 쉰 목소리.

"…예?"

두겸의 되물음에 낯선 이가 고개를 들었다. 여인과 눈이 마주쳤을 때 푸르고 녹색인 빛이 여인의 새까만 홍채 안에서 춤을 추듯 일렁였다.

설마.

저 웃음, 저 눈빛. 잊을 수도, 헷갈릴 수도 없다.

"…치조님?"

두겸의 말에 한밤의 방문객이 눈꼬리가 크게 휘며 활짝 웃었다.

4장 ✿

귀신 잡아먹는

우물

치조라고 불린 방문객을 자신의 방 앞 툇마루에 앉혀 두고 부엌으로 들어온 두겁은 타일 바닥에 주저앉았다. 오래도록 다시 만날 날을 꿈꿔왔던 이가 전혀 예상하지 못한 모습으로 뜬금없이 눈앞에 나타났다. 20여 년 전, 고향에서 만난 치조님은 이런 모습이 아니었다. 머리가 제대로 돌아가지 않았다. 내가 뭐 하러 부엌에 왔지? 맞다. 상처투성이에다 흙먼지로 뒤덮인 치조님의 맨발. 발을 씻을 따듯한 물과 대야를 가지러 왔지.

두겁은 능숙하게 아궁이에 불을 붙이고 부엌 뒷문으로 나가 수돗가의 펌프 손잡이를 잡고 위아래로 열심히 펌프질을 하기 시작했다. 땅 아래 지하수가 부글거리며 올라오는 것이 금속 손잡이를 통해 전해졌다. 두겸은 새삼 이 펌프 역시 치조와 관련되었다는 걸 깨달았다. 이웃들은 모두 공동 우물을 사용하지만 두겸은 거금을 들여 굳이 이 수도 펌프를 설치했다. 그에게 우물은 상처이자 큰 공포였기 때문이다.

끼릭끼릭. 펌프 손잡이 이음쇠의 규칙적인 마찰음이 최면술사의 추처럼 두겸을 과거로, 그가 열두 살 소년이었던 1905년 겨울로 데려간다.

텅—

하고 식칼이 떨어진다.

텅—

하고 꽃신이 떨어진다.

텅— 하고 우물에 사모관대, 제비댕기, 죄인 시체 떨어진다.

불길한 것, 거북한 것, 귀신 들린 무서운 것 전부 떨어진다.

모두 떨어지다 우물에 잡아먹힌다.

우물 바닥까지 도착하는 것은 아무것도 없다.

열두 살 소년은 골이 나서 마을 뒷산으로 가는 중이다. 어깨에 멘 보따리엔 소년이 손수 만든 짧은 낚싯대와 기름 등이 들어 있다. 소년은 발소리를 죽이고 사방을 살피며 속도를 올렸다. 사람들 눈에 띄면 귀찮아진다. 특히 지금 소년의 목적지가 '귀신 잡아먹는 우물'이라는 걸 들키면 혼나는 걸로 모자라 엄마는 그를 붙잡고 통곡할 것이다. 엄마가 우는 건 싫어. 하지만 마을 사람들이 이대로 섭섭이를 잊는 것도 싫어. 소년은 입을 삐죽였다.

섭섭이는 이 씨 부자네 시종으로 소년의 동갑내기 친구였다. 그러나 이제는 아니다. 죽었기 때문이다. 지난 달 함박눈 내리던 추운 밤에 섭섭이는 이 씨 부자네가 새로 장만한 식칼로 자살했다. 알고 보니 그 식칼이 저주받은 물건이었고, 그런 줄도 모르고 섭섭이가 그 칼을 쓰다가 그만 회까닥 돌아버려 고기며 채소를 썰어야 할 칼로 제 목을 따버렸다고 했다. 고아였던 섭섭이는 마을 밖 어딘가에 묻혔고 섭섭이가 자해하는 데 사용된 식칼은 소년이 지금 향하는 곳, 귀신 잡아먹는 우물로 보내졌다. 언제부터 마을 뒷산에 있었는지 모를 아주 특별한 그 우물은 사람들이 기억하는 한 언제나 마을의 문젯거리들을 집어삼켜주었다. 이번에도 마을 사람들은 우물에 식칼을 던져 넣고 섭섭이의 죽음에 대해서 깨끗이 잊고 돌아섰다.

"어디까지 판 거야."

귀신 잡아먹는 우물에 도착한 소년은 낚싯대에 기름 등을 걸어 우물 안으로 내렸다. 밑도 끝도 없는 새카만 구멍에서 스산한 냉기가 올라왔다. 소년은 갑자기 피어오르는 공포를 억누르기 위해 섭섭이를 떠올렸다.

저주받은 식칼 때문에 섭섭이가 미쳤다고? 웃기지 마. 섭섭이는 괴롭힘 때문에 자살한 거야. 고아인 섭섭이는 아기였을 때 제대로 못 먹어서 그런지 자라서도 왜소했던 데다 말더듬이에 움직임까지 굼떴다. 열심히 일했으나 영 야무지지 못했다. 실수가 잦았고 제대로 변명도 설명도 못했다. 이 씨 부자네 사람들은 섭섭이를 심하게 구박하곤 했다. 그들은 자기들이 섭섭이를 괴롭혀서 죽였다는 사실을 외면하기 위해 저주받은 식칼 운운한 것뿐이다. 소년은 이를 악물고 우물 안을 살폈다.

충분히 긴 끈이라고 생각했는데 우물 깊이에 비해 터무니없이 짧았다. 보이는 건 이끼가 잔뜩 낀 우물 내벽과… 저게 뭐지? 소년은 눈을 찌푸렸다. 매끈한 벽 위로 울퉁불퉁한 이물질이 보였다. 이끼나 물때가 아니라 진흙보다 붉은 무언가였다. 사실 우물 안은 이상할 정도로 어두워서 잘 분간이 되지 않았는데, 붉은 진흙 같은 것으로 그려진 문양인지 글씨인지가 어렴풋하게 눈에 들어왔다. 아. 저게 문제가 아니지. 소년은 우물 벽면에서 시선을 돌렸지만 역시 아무것도 보이지 않았다. 실망한 소년은 기름 등을 거두고 어설프게 만든 대나무 낚싯대를 근처 풀숲에 던졌다.

섭섭이가 자해하는 데 사용한 칼을 우물에서 건져 집으로 가져갈 계획이었는데. 그 칼엔 저주 따위 걸리지 않았다는 걸 증명할 때까지 숨겨두었다가 사람들에게 섭섭이가 저주로 미치지 않았다고 말하려고 했는데. 소년의 마음을 알 리 없는 겨울 바람이 옷 틈으로 들어왔다. 소년은 몸을 떨며 터덜터덜 산을 내려갔다. 어쩌면 식칼을 찾아서 가지고 있어봤자 소용없었을지도 모른다. 그 역시 마을에서 제 정신 취급받는 아이는 아니었으니까.

소년은 마을 사람 모두가 믿는 귀신 잡아먹는 우물을 믿지 않아서 미움을 받았다. 섭섭이만이 아니었다. 건넛집 정이 누님도 있었다. 도망친 정이 누님이 붙잡혀 왔을 때 사람들은 누님이 귀신 들린 꽃신 때문에 미쳐서 도망쳤다고 했다. 그러나 실상은 남편의 잦은 주먹질 때문이었다. 그가 걸핏하면 누님을 죽도록 두들겨 패는 걸 마을 사람들도 모르지 않았다. 소년은 이해할 수 없었다. 왜 사람들이 알면서도 모르는 척하는 것인지. 왜 애꿎은 식칼이며 꽃신을 탓하는 것인지. 이해가 되지 않아서 물었고 사실을 알고 있으니 말했을 뿐인데, 그래서 소년은 마을의 눈엣가시 같은 아이였다.

-두겹이 걔야말로 귀신에 홀렸을지도 몰라. 그러니까 그 우물이 무서운 게지. 귀신 잡아먹는 우물이잖아!

-듣고 보니 말 되네. 하는 짓이 꼭 우리 등을 떠밀어서 그 우물을 없애버리려는 것 같잖아.

-걔 애비도 미쳐서 죽었잖아. 제 발로 강에 걸어 들어가 죽

었지.

-어휴, 기분 나빠.

식칼을 가지고 있었더라면 소년 역시 저주받았다는 또 다른 증거가 되었을지도 모를 일이다. 그런 생각이 들자 헛웃음도 나고 눈물도 났다. 뒷산에서 마을까진 금방이었다. 저 멀리 소년과 동생, 엄마 셋이 사는 허름한 초가집이 보였다. 소년은 집을 향해 달리기 시작했다. 잠시나마 괜한 짓으로 엄마를 또 곤란하게 만들 뻔했다고 생각하니 괜스레 미안해졌다. 저와 달리 본인을 향한 냉대를 모른 척하지 못하는 엄마이니까.

아빠가 자진한 후부터 가능한 한 이 마을 사람이 되고 싶었던 엄마는 마을의 생리에 최대한 맞춰 살려 애썼다. 그래서 소년이 귀신 잡아먹는 우물에 대해 의문을 제기할 때마다 엄마는 곤란한 얼굴을 했다. 소년은 소년대로 답답했고 엄마는 엄마대로 난감해했다. 소년은 빨리 자라 엄마와 동생을 데리고 이 마을을 떠나고 싶었다.

그 일이 일어난 것은 그로부터 며칠 지나지 않아서였다. 그날, 소년이 쌀과 바꿀 약초와 버섯을 따러 산에 들어간 사이에 여덟 살 동생이 발작을 일으켰다. 엄마의 비명을 듣고 달려온 마을 남자들이 동생의 팔다리를 붙잡았고, 동생은 발버둥치며 시뻘겋고 땀으로 번들거리는 얼굴을 무시무시하게 일그러뜨렸다.

"아파, 아파, 아프다고! 엄마, 엄마, 나 좀 살려줘요. 엄마!"

작은 아이의 입에서 거친 소리가 터져 나왔다가 애처롭고 가냘픈 목소리가 흘러나오기를 반복했다. 오락가락하는 소리를 주워 삼키는 동시에 괴력을 발휘하며 붙잡은 장정들을 떨쳐내려고 펄떡거렸다. 곧 마을 사람들이 우르르 몰려왔다.

"귀신 들렸다!"

사람들은 강에 빠져 죽은 제 애비를 홀린 귀신이 큰아이를 건너 뛰고 작은아이에게 갔다고, 큰애는 기가 세서 지나치고 여린 동생에게 간 것이라고 수군거렸다.

"저 집 귀신이 옮겨오기 전에 없애야 해."

마을 사람들의 결정은 빨랐고 정해진 이상 아이가 갈 곳은 한 곳뿐이었다.

귀신 잡아먹는 우물.

엄마는 현장에서 쫓겨났다. 집에서 멀찍이 떨어진 약방에서 마을 사람들이 부를 때까지 기다리라는 지시를 거부하지 못했다. 사람들은 신속하게 움직였다. 어린 아이, 아니 귀신 들린 그것은 하얀 삼베에 쌓여 금줄로 묶였다. 그것은 믿을 수 없이 뻣뻣해졌고 엄청난 힘으로 몸부림쳤다. 사람들은 퍼렇게 질린 채 탄식했다.

"정말 고약한 것에 걸렸다!"

그때 소년은 아무것도 모르고 콧노래를 부르며 산에서 내려왔다. 약방에서 괜찮은 값을 쳐주는 버섯을 발견해서 기분이 좋았다. 적어도 일주일 치 쌀은 받을 수 있지 않을까? 하는 기대에 부풀어 약방 문을 열었다. 그런데 거기에 소년의 엄마가 있었다.

"어? 엄마? 왜 여기에 있어요? 어디 아파요?"

소년은 약방 대청에 망연자실해 앉아 있는 엄마에게 다가갔다. 분위기가 이상했다.

"…동생은요?"

소년의 물음에 엄마는 횡설수설했고 모호한 답만 해댔다. 아…. 나쁜 예감이 들었다. 소년은 자리에서 벌떡 일어나 집으로 냅다 달렸다.

소년이 집에 도착했을 때 흙 묻은 발에 어지럽혀진 방과 활짝 열린 문이 보였다. 집 안으로 들어가려고 하자 옆집 할머니가 소년에게 소금을 뿌리며 썩 꺼지라고 고함을 쳤다. 그 순간 모든 정황이 짐작되었다. 소년은 숨도 제대로 고르지 못한 채 다시 그대로 마을 뒷산으로 내달렸다.

하늘이시여, 천지신명이시여, 살려주시오. 내 동생을 살려주시오. 그 아이는 잘못이 없습니다. 그저 아플 뿐입니다. 가여운 아이를 살려주시오, 제발. 심장은 달음질보다 절망에 더 빠르게 벌렁대는 것 같았다.

소년이 한달음에 우물에 도착했을 때, 뙤약볕 아래 우물 주변은 정적만 감돌았다. 그 광경이 기이하고 을씨년스러웠다. 소년은 고르지 못한 숨 사이로 꺽꺽 울음을 삼키며 우물로 다가가 시커먼 구덩이를 들여다봤다. 아무것도 보이지 않았다. 비릿한 물 냄새 뒤로 썩은 내가 옅게 스며 올라왔다. 대체 얼마나 깊은 우물인가? 태양 아래에서도 끝이 보이지 않는 이 우물은? 아아, 불쌍한 내 동생.

"뭐가 귀신이야! 뭐가 귀신이냐고! 없어져! 없어지라고!"

소년은 빈틈없이 쌓인 우물 벽을 작은 주먹으로 내리쳤다. 이 우물 때문에 동생이 살해당한 것이다. 동생은 그저 아팠을 뿐인데. 사람들이 귀신 들렸다며 여기에 버려서 '죽였다'. 마을 사람들이 무섭고, 미워서 죽을 것만 같았다. 마을 사람들을 이토록 무섭게 만든 것도 모두 이 우물이다. 소년은 돌덩이며 나뭇가지며 손에 잡히는 대로 우물 속으로 던져 넣기 시작했다. 이 빌어먹을 우물을 다 메워버리리라. 메우지 못하면 부수기라도! 그때 거친 손 하나가 두겹의 뒷목을 잡아챘다. 얼굴은 땀으로 번들거리고 핏대가 서 일그러진 사람은 소년의 엄마였다. 엄마의 입에서 낮은 쇳소리가 흘러나왔다.

"대체 어쩌자는 거냐, 어? 막내가 그렇게 간 마당에 너까지 정말 미쳐버린 게야? 대체 왜 이러는 게야!"

울부짖는 목소리가 갈라졌고, 억센 손아귀가 두겸의 머리통을 잡고 흔들어댔다. 소년은 엄마에게 매달리며 울었다.

"엄마, 동생은 귀신 들린 게 아니에요. 그저 아팠던 거예요. 의원이 필요했을 뿐인데 사람들이 죽인 거예요!"

소년은 그동안 마을에서 일어난 사건 사고의 진실에 대해, 우물에 대해 토해냈다. 정이 누님의 죽음에 대해서, 섭섭이의 죽음에 대해서. 그것 외에도 우물에 던져지고 덮인 수많은 일들에 대해서. 모든 것은 이 우물 때문이라고. 이 우물이 사람들의 눈을 가리고 귀를 덮어버린 것이라고. 엄마는 허옇게 질린 얼굴로 아들의 어깨를 잡고 흔들었다.

"헛소리 그만해라! 마을에 분란을 일으키려는 게냐, 응? 그런 소리나 해대면서 사람들 심기나 거스르고, 이 작은 마을에서 서로 다투게 하려는 거냐?"

"엄마." 소년은 엄마에게 저항하며 버티고 섰다.

"엄마. 그것이 정말 귀신이었을까요…?" 울음을 눌러 삼킨 목소리로, 소년이 물었다.

"엄마도 사실은 알고 있잖아요. 동생을 그렇게 만든 게, 그게 정말 귀신이었나요…?"

자신을 노려보는 아들의 시선을 마주보지 못하고 엄마는 눈을 감았다.

"엄마도 사람들도 무서웠던 거지요? 동생은 그저… 조금 특이한 발작이었을 뿐인데, 그런 모습은 처음 보니까 무서웠던 거예요. 그래서 동생을 죽여버린 거,"

콱.

여인의 거친 손이 소년의 입을 틀어막았다. 작은아이가 우물 속에 던져지는 걸 지켜만 봐야 했던 설움과, 분노, 스스로와 마을 사람들을 향한 증오가 뒤섞인 끔찍한 시선이 소년을 노려보았다.

"네가," 쉬고 억눌린 목소리였다.

"우리 막내는, 네가 죽인 게야. "

여인은 자신이 해서는 안 될 말을 하고 있음을 알았지만 북받치는 감정에 휩쓸리기 시작하자 멈추지 못하고 소년에게 저주와 원망의 말을 쏟아냈다.

"집집마다 서로 숟가락 개수까지 아는 마을에서, 남들과 조금이라도 다른 건 흉이 되는 이 작은 마을에서, 남편은 미쳐서 강에 뛰어들어 죽고 먼 타지에서 와 친인척 하나 없는 과부의 자식 새끼가 되었으면 숨죽이고 살아도 구설수에 오르게 마련인데."

여인의 눈에서는 보이지 않는 피눈물이 솟구치고 있었다. 이를 악물며 어린 아들을 밀쳐낸 여인의 힘에 소년은 힘없이 엉덩방아를 찧었다. 여인은 주저앉아 통곡했다.

"막내를 죽인 건 네놈이다. 네가 그런 망발을 아무렇지 않게 떠들고 다니니 마을 사람들이 우리 집안이 귀신 들린 집안이라고 하는 거야. 막내를 죽인 건 마을 사람들이나 내가 아니라…"

여인의 눈이 소년에 못박혔다.

"…너다."

눈물을 뚫고 쏟아지는 원망 어린 시선이, 그 말이 너무 아파서 소년은 정신을 잃었다.

그날 이후 소년은 과묵해졌다. 엄마는 초췌해졌고 점점 정신을 놓은 날이 늘었다. 어미가 되어 싸우지도 않고 자식을 포기해 버린 후회와 자책이 감당할 수 없는 무게로 덮쳐온 것이었다. 거기에 더해 큰아이의 몫이 아닌 원망을 그 아이에게 쏟아낸 자괴감까지 여인을 괴롭혔다.

"두겸아…. 내가 너에게 못할 말을 했다. 너는 상냥한 아이인데… 따뜻한 아이인데…."

두꺼운 이불 속에 숨은 엄마가 중얼거렸다.

"두겸아. 말해보렴. 정말 막내는 귀신 들린 게 아니었을까…?"

방구석에 웅크린 소년은 엄마의 질문에 무릎을 더욱 끌어안았다. 여인을 향해 일말의 가여움도 느끼고 싶지 않은데 마음이 아팠다. 엄마를 사랑했다. 지금도 사랑한다. 그 모든 일에도 불구하고. 그것은 소년의 의지대로 품었다 버릴 수 있는 감정이 아니었다. 그러나 동시에 엄마가 누구보다 미웠다. 실제로 동생을 살해한 마을 사람들보다 더 싫었다. 한심하면서도 가여웠고, 영영 보기 싫었지만 보지 않겠다고 생각하면 견딜 수 없었다. 열둘 남짓한 나이의 아이가 감당하기에는 지나치게 복잡하고 무거운 감정이었다.

"두겸아, 제발 말해주렴. 막내는 정말 그저 아픈 거였을까?"

엄마는 자꾸 물었고 소년은 끝내 대답하지 않았다.

그로부터 얼마 후, 이번에는 소년이 눈을 까뒤집고 쓰러졌다. 소년은 발작하는 와중에도 운명을 예감했다. 운이 나빴을 뿐이다. 그저 굉장히 희박한 확률로 동생과 같은 병을 앓는 것뿐이지만 나도 의원이 아니라 우물로 보내지겠지. 그 예상은 빗나가지 않아서 이내 하얀 천이 소년의 눈을 덮었고, 금줄이 몸을 옭아맸다. 머리부터 발끝까지 둘러맨 천을 뚫고 방 안쪽에서 엄마의 절규가 귓속을 파고들었다.

"내 자식을 또 건드리면 당신들 다 죽여버릴 거야!"

동생이 실려 나갔을 때 진작 터뜨렸어야 할 절규였다. 뒤늦은 울부짖음이 서러웠다. 엄마, 늦었어요. 몸이 묶인 채 숨죽여 울던 소년은 장정 몇에 의해 몸이 들렸고 뒷산으로 옮겨져 깊이를 알 수 없는 우물 속에 던져졌다. 겨울이 가고 봄이 이제 막 도착한, 목련이 피기 시작한 무렵이었다.

쿵!

-후두둑.

무명천으로 감싸인 소년의 몸이 우물 안 벽에 세게 부딪쳤고, 벽의 무언가를 긁고는 계속 아래로 떨어졌다.

… 텅

텅…

… 텅

툭.

몇 번의 부딪침 끝에, 이상할 만큼 오랫동안 밑으로 떨어지다가 소년의 몸은 커다랗고 서늘한 무엇에 안착했다. 그리고 투둑, 하고 소년을 동여맸던 금줄이 저절로 끊어졌다. 사라락, 흰 무명천이 풀어지며 열렸다.

잠시 후 정신을 차린 소년이 천천히 눈을 떴을 때, 암흑 속에서 거대한 눈이 빛났다. 짙은 푸른색과 녹색이 오묘하게 섞인 가느다란 눈동자가 숨이 끊어지기 직전의 소년을 바라보고 있었다. 소년도 그것을 마주보았다. 소년은 자기 몸이 누운 곳이 그것의 손바닥 안임을 알아챘다. 그것은 두 팔과 손을 가진,

거대한 뱀이었다.

"귀신이 정말 있었나…."

소년이 낮게 내뱉은 말에 뱀의 커다란 입꼬리가 양쪽으로 휘

어져 올라갔다.

"그럼. 있고 말고."

소년은 힘없이 흐느꼈다.

"내가 틀렸던 거군요. 하지만 대체 왜 그런 게 존재하나요? 왜 정이 누님의 발을 멋대로 움직여 도망치게 만들었나요? 왜 섭섭이를 조종해 자진하도록 한 거죠? 그리고 왜, 왜 제 동생 몸에 들어와 아프게 했나요?"

후후. 뱀은 낮은 소리로 웃었다.

"너는 왜 이제 와 잘못된 질문을 하지? 얼마 전 내 집을 부수러 왔을 때에는 제대로 말하더니만."

뱀의 녹색 눈동자가 더욱 가늘어졌다.

"남편의 체면이 내 안전보다 귀할 수 있는가? 살기 위해 남편에게서 도망친 나를 왜 아무도 도와주지 않았나? 나는 맞아 죽지 않을 수 있었는데. 행동이 조금 굼뜬 것이, 말을 더듬는 것이 그토록 미움 받을 일인가? 단지 병으로 발작하는 내가 귀신 들렸다며 산 채로 우물에 던져질 만큼 잘못되었던 걸까?"

소년의 얼굴이 혼란으로 굳었다. 길게 찢어진 뱀의 입꼬리는 말려 더 위로 올라갔다. 벌어진 입술 사이로 날카로운 이빨이 번득였다.

"너희 인간들이 내 집에 던진 낡은 꽃신과, 날 선 식칼과, 그리고 작은 몸에 붙어 있던 혼령이 내게 물었던 것들이다. 이번에도, 그 전에도, 그보다 더 전에도 너희가 던져 넣은 것들은 늘 슬퍼하고 원망하며 비슷한 질문을 하지."

아. 결국 그런 것이었나. 죽어가는 소년은 울었다.

"죽은 제 동생은 어찌 됐나요?"

"내게 주어진 임무대로 이 우물에 던져진 모든 것이 맞이한 결말을 맞이했다. 난 그것들을 전부 잡아먹었다."

뱀의 목소리에 감정은 없었다. 임무라니. 누가 무엇을 위해 이 기묘한 존재에게 임무를 남겼는가. 이 답은 이 이야기의 시작이자 훗날 벌어질 커다란 사건의 원인이었으나 소년은 그때는 알지 못했고 물을 생각조차 하지 못했다. 그저 우물에 던져진 동생의 최후와, 동생 이전에 던져진 모든 것들의 최후를 알았을 뿐이다.

"아아! 가여운 내 동생. 가여운 사람들. 가여운 당신."

뱀의 녹색 눈동자가 짙어졌다 옅여졌다를 반복했다. 우거진 나무에 바람이 불어 나뭇잎들이 온갖 농담의 녹색으로 물결치는 것 같았다. 그 녹색에서 눈을 떼지 못하고 소년은 힘없이 눈물을 흘렸다. 소년을 물끄러미 보던 뱀은 고개를 갸웃거리며 혼잣말을 하듯 물었다.

"대체 그건 어떤 마음인가? 자신의 일도 아닌데 가엽다며 울

수 있는 건 어떤 마음이지? 동시에 이웃을, 벗을, 가족을 이 우물에 던지는 것은. 그것은 또 어떤 마음인가?"

거대하고 긴 몸에 새하얀 고운 팔이 달린 기이한 존재가 소년을 양손으로 조심스럽게 감쌌다.

"나는 인간의 마음을 알지 못한다. 죽은 인간의 혼은 제 사연에 겨워 울고 소리지르고 발버둥치지만 나는 그 강렬한 마음을 막연히 짐작만 할 뿐이지."

뱀은 아주 오랜 시간 동안 똬리를 틀었던 몸을 풀었다.

"그래서 내게 던져지는 모든 것에 아주 질려가는 참이었다."

생명이 거의 빠져나가 창백해진 소년의 얼굴에 달빛이 닿았다. 작고 여린 인간이로구나. 뱀은 고개를 들어 우물 입구를 보았다. 딱 우물 둘레만 한 동그란 하늘이 보였다. 지금이 어느 계절인지 절기인지 몰랐지만 어느 달의 보름이었던 모양이다. 우물의 작은 하늘을 보름달이 가득 메웠다. 드디어 봉인이 풀려 몇 백 년 만에 보는 하늘이었다. 어쩌다 어린 인간의 불행한 사정이 나의 자유로 이어진 것인가? 인연이란 알다가도 모를 일이로구나. 소년은 알지 못했으나 소년의 몸이 낙하하며 우물 벽에 새겨진 봉인을 긁어 망가뜨렸고, 그 덕에 뱀은 우물 밖으로 나갈 수 있게 된 것이었다. 뱀이 소년의 귓가에 속삭였다.

"죽어가는 아이야. 내 너에게 선물을 하마. 내 혼의 일부를 주

127

지. 그것을 태워 꺼져가는 네 혼을 되살려라."

뱀의 말이 끝나는 순간 소년은 번개처럼 날카롭고 무서운 힘이 자신의 몸을 관통하는 것을 느꼈다. 눈앞이 새하얗게 점멸하고 심장이 터질 듯이 뛰었다. 손끝의 핏줄까지 모두 불씨로 변한 듯 온몸이 뜨겁고 아렸으며 온 뼈 마디마디가 아드득거리며 아팠다.

"흐읍!"

소년이 새 숨을 크게 들이켜는 것을 본 뱀은 환히 웃더니 작은 소년을 손에 쥔 채로 몸을 펴 단숨에 우물 밖으로 날아올랐다.

몇 각이나 지났을까. 정신을 차린 소년은 우물 옆에 누워 뱀이 기지개를 켜듯 허공을 누비는 것을 보았다. 달빛 아래에서 보니 뱀의 기괴한 형상이 제대로 눈에 들어왔다. 어떻게 그 좁은 우물 안에 갇혀 있었는지 의문일 만큼 몸통은 아름드리 나무보다 굵고, 커다란 머리에 사람처럼 돋은 길고 검은 머리카락은 산발인 데다, 머리에서 몸통으로 이어지는 부근에 인간의 것처럼 생긴 창백하고 길쭉한 두 팔이 늘어져 있었다. 공중에 뜬 뱀의 몸뚱이가 검정과 짙은 푸른색으로 빛나며 천천히 유영하듯 흔들렸다. 소년의 눈에 그것은 기괴하다기보다 신비롭고 아름다웠다.

"… 당신은 누구신가요?"

소년의 말에 뱀이 천천히 돌아보았다. 우물 속에서 보았던 깊은 초록빛 눈동자가 일렁거렸다.

"내 이름은 치조. 보다시피 끔찍하게 뒤틀리고 망가져버린 괴물이다."

아니에요. 아닙니다. 당신은 강력하고 아름답고 경이로워요. 소년은 그렇게 말하고 싶었지만 목소리가 나오지 않았다.

후후. 소년의 생각을 알아챈 것인지 기묘한 존재는 산울림 같은 낮은 웃음소리를 내며 손가락 끝으로 소년의 이마를 건드렸고 소년은 그대로 깊은 잠에 빠졌다.

몇 시간 후. 푸르스름한 새벽 기운이 하늘에 번질 무렵 소년은 잠에서 깼다. 눈앞의 풍경은 이전과 달라져 있었다. 뒷산에서 시작되는 산맥엔 묵직한 청록의 기운이 뻗었다. 언제부터 서 있었는지 모를 거대한 고목은 거인 같은 그림자를 뒤집어썼다. 군데군데 숲 안쪽으로 알 수 없는 기운이 피어올랐다. 이전에는, 아니 인간의 눈으로는 볼 수 없는 것이었다. 소년은 자신이 보통 사람들이 볼 수 없는 것을 보게 되었음을 알았다.

소년은 우물 앞에서 감당하지 못할 감정에 북받쳐 한참을 울었다. 주변의 나무와 풀과 바위의 경계가 선연해질 때쯤 몸을 일으켰다. 우물은 그대로 거기에 있었다. 이제 더 이상 귀신 잡아먹는 우물일 수 없었으나 마을 사람들은 알지 못할 것이다. 소년은 살아 있었으나 마을 사람들에게도 엄마에게도 살아 있어서는 안 되는 존재였다. 나는 다시 태어난 거야. 이제 내게 고향은 없다. 엄마를 생각하면 가슴이 아팠지만 그 또한 이제는 어쩔 수 없는 일이라고 생각했다.

소년은 일어나 고개를 숙이고 묵묵히 걷기 시작했다. 그리고 꿈속에서 본 듯한 그 초록의 눈동자를 떠올렸다. 이곳에서 기억할 것은 그것뿐이다. 치조라고 했던가.

치조.

그 이름을 잊지 말아야지.

언젠가 다시 만날 수 있을지도 모르니.

아니, 꼭 다시 만날 수 있기를.

다시 돌아오지 않을 길을 떠나는 소년의 머리 위로 흰 목련 꽃잎이 떨어져내렸다.

5 장

치
조

두겁이 여전히 감상에 젖은 채 따듯한 물이 담긴 대야를 들고 치조가 기다리는 마당으로 나왔다. 고향을 떠나던 날의 이야기를 꺼내니 치조가 무릎을 쳤다.

"하하하, 그래 그래. 그때의 넌 지금의 반만 했는데. 처음 봤을 때보다 활기차게 자랐구나. 보기 좋다!"

충격과 벅참으로 녹초가 되어버린 두겁 옆에서 치조가 속 편하게 웃었다. 굳은 흙먼지와 피딱지를 씻으라고 둔 대야의 물로 즐겁게 물장구까지 치면서. 두겁은 치조 옆에 앉아 은인에게서 눈을 떼지 못했다.

"이렇게 뵙게 되어 믿을 수 없이 반갑긴 한데… 괜찮으신 건가요? 일부러 인간의 모습으로 오신 건가요?"

"아아, 그게 말이다."

치조가 눈알을 굴렸다.

"좀 긴 얘긴데…."

소년 두겸이 고향을 떠났듯이 치조 역시 뒤도 돌아보지 않고 우물에 봉인되었던 땅을 떠났다.

자유! 더 이상 귀신들의 울음소리를 듣지 않아도 된다! 더 이상 원혼들을 잡아먹으며 흉측한 모습으로 변해가지 않아도 된다!

치조는 우물 안에 갇힌 후로 한 번도 제대로 펴지 못했던 몸을 마음껏 움직이며 싱그러운 풀과 맑은 물의 내음, 산과 들의 향기를 들이마셨다. 저 멀리 바다 넘어 산 넘어에서부터 불어오는 바람을 갈랐고 별이 손에 닿을 듯 날아올랐다가 가장 깊은 골짜기까지 곤두박질쳤다.

자유!

뜻하지 않게 찾아온 해방의 기쁨을 온몸으로 만끽했다. 하늘 위를 날 때 인간들은 자그마한 점처럼 보였다. 이제 저 지긋지긋한 것들과는 정녕 이별이로구나. 참으로 재미없던 시간이었다.

-너 하나가 수십수백수천의 목숨을 구할 것이다. 나를 용서해

다오.

나를 봉인했던 비구니는 그렇게 말했던가. 치조는 비구름을 뚫고 날며 생각했다. 당시엔 재미있는 일인 줄 알았다. 수백수천을 구한다니 꽤 멋지잖아? 인간 같은 건 안 구해도 그만이지만 구하는 쪽이 더 그럴 듯하니까. 가볍게 생각했고 가볍게 승낙했다. 그 비구니도 분명 잠시만 갇혀 있으면 된다고 했고. 츳. 이제 보니 그 비구니는 인간이면서도 인간들에 대해 영 아는 게 없었던 것이다. 공중을 유영하던 치조의 머릿속이 수백 년 전을 되짚기 시작했다.

호랑이와 용이 산과 물을 다스리던 시절에도 사람들은 전란과 기근, 악정(惡政)과 전염병으로 죽어 나갔다. 많은 사람들이 고향을 버리고 살 곳을 찾아 떠돌았는데, 훗날 두겁네 마을의 조상이 될 무리 역시 마찬가지였다. 하지만 어딜 가나 사람들이 너무 많이 죽은 땅뿐이었다. 이 무리가 정착한 곳도 다를 바 없었다.

그 땅은 한때 사람들이 살았으나 외적의 침입으로 몰살당해 하루아침에 폐촌이 된 후 오랫동안 버려졌던 곳이었다. 그 땅에서 죽임을 당한 인간들의 피와 원념과 한숨이 오랜 시간 방치되었고, 사람을 잡아먹는 괴물을 만들어냈다. 그 땅뿐만이 아니었다. 비극이 방치된 전국 곳곳에 그런 괴물들이 생겨났다. 사람들은 그것을 '다려가귀'라고 불렀다.

다려가귀는 예고 없이 땅에서 솟았다. 돌과 자갈이 진득한 피 같은 것이 사람 형상으로 뭉쳐진 다려가귀는 폐촌 주변 어디에 서든 운 나쁜 자의 발 밑에서 불쑥 솟아올라 땅 속으로 사람을 끌고 들어갔다. 남겨진 사람들은 불안에 떨었다. 그럼에도 폐촌 에 정착한 사람들은 계속 그 땅에서 살았다. 그동안의 떠돌이 생 활로 어딜 가나 마찬가지라는 걸 알았기 때문이다.

남은 사람들이 무작정 견디며 살아가던 때에 비구니 하나가 등장했다. 그 비구니는 마을 사람들에게 뒷산에 깊은 구덩이를 하나 파라고 명했고, 데리고 온 뱀 하나를 그 구덩이에 봉하고는 사람들에게 말했다.

"원혼은 산 사람들의 잘못으로 생기는 것이다. 그렇기에 원혼 의 서러운 마음은 산 사람들이 풀어주어야 마땅하다. 그러나 이 땅의 원혼들은 하소연을 들어주는 이 없이 오랜 시간을 보냈고, 결국 악귀 다려가귀가 되어 산 사람을 너무 많이 잡아먹었다. 원 래는 악귀들의 한을 풀어주고 저승으로 보내주어야 하지만 내가 덕이 부족하여 그러지 못하고 너희 산 사람들을 우선으로 살리 기 위해 이 뱀을 여기 봉인한다."

비구니는 슬픈 눈으로 사람들을 바라보았다.

"이 뱀은 다려가귀를 모두 잡아먹을 것이다. 영물이라 용이 될 수 있는 이 뱀은 악귀를 모조리 잡아먹고 요괴가 될 것이다."

마을 사람들은 고개를 숙였다. 비구니의 눈빛은 날카롭고 무거웠다.

"너희는 너희를 위해 요물이 될 이 뱀과, 원통한 마음을 위로 받지 못하고 이 뱀에게 잡아먹힐 혼령들을 기억해야 한다. 다려가귀가 사라지고 땅이 정화되어 기운을 회복하면 요물이 된뱀 역시 영물로서의 모습을 되찾고, 언젠간 봉인을 풀고 자유로워지겠지. 너희는 꼭 그리 되도록 힘써야 한다."

마을 사람들은 머리를 조아렸다. 그러나 이 말은 훗날까지 전해지지 않았다. 기록되지 않은 비구니의 존재와 행적은 모래 위에 그린 그림처럼 허무하게 잊혔다. 사람들을 살리기 위해 요괴가 되어버린 뱀 역시 잊혔다. 그 뱀이 바로 치조였다.

우물에 갇힌 치조는 그 땅의 원념을 모조리 잡아먹었고 다려가귀는 사라졌다. 그러나 애석하게도 비구니가 구한 사람들은 뱀에게 감사하고 땅의 정화를 비는 대신 원한과 자신들이 만든 원혼을 우물에 던져 넣고 잊는 쉬운 길을 택했다.

어리석은 비구니! 인간의 수명은 기껏해야 몇 십 년이니 진작에 죽었겠지? 저승은 편히 갔나 몰라. 거기까지 생각하던 치조는 고개를 흔들고 생각을 털어버렸다. 이미 지나간 과거 따위 생각해서 무얼 한담. 치조는 비구름 위로 솟구쳤다. 미세한 물방울들이 치조의 비늘 틈새까지 감쌌다. 파앙! 몸을 털자 물방울들이 증기처럼 뿜어져 나갔다. 아하하, 상쾌하구나!

한바탕 뛰놀고 난 치조는 바람을 가르며 제 고향을 향해 날아갔다. 기운을 간직한 산의 맑은 정기 속에서 원래의 모습으로, 신성한 뱀으로 돌아가야지. 그러나 고향 산은 더 이상 치조가 알던 모습이 아니었다. 치조가 우물에 갇힌 사이 산을 둘러싼 인간의 고을은 이전보다 크고 많아졌고, 인간들은 치조의 터전 깊숙이 들어와 있었다. 그래도 영산은 영산이어서 아직도 신령한 기운을 꽤 간직하고 있었지만 문제는 치조가 예전의 그가 아니었다는 점이다. 치조는 그동안 인간의 원귀와 원한을 너무 많이 먹어 자연의 영물도, 인간이 말하는 귀신도 아닌, 어디에도 속하지 못하는 이질적인 '괴물'이 되어 있었다. 산은 그런 치조를 온전히 품어주지 못했다.

아, 인간의 영혼이 먹고 싶군. 요괴로 변해버린 치조는 인간의 영혼이 고팠다. 기가 막힌 일이었으나 안에서 솟구치는 식욕은 강렬했다. 게다가 산속인데도 저승길을 잃은 영혼들의 소리가 들렸다. 봉인에서 해방된 직후의 들뜬 마음이 가라앉자 그 소리는 짐승들의 울음소리, 바람 소리, 물 소리를 뚫고 치조의 귀를 파고들었다.

시끄러워! 내 집에서까지 이 소음을 들어야 하다니. 치조는 자신이 이해할 수 없는 인간의 울음소리가 정말 듣기 싫었다. 참고 또 참았다. 버티고 또 버텼다. 얼마나 버텼는지 두겁의 경우로 설명하자면 열두 살 소년이 서른 중반의 중개인으로 성장할 만큼 버텼다. 그러나 참는 것은 임시방편일 뿐 치조는 한계에 다다랐다.

나를 정화해야겠어. 인간의 원혼으로 부정탄 것을 다 씻어버려야지. 치조는 그렇게 하면 원래의 모습으로 돌아갈 수 있을 것이라고 믿었다. 그런 다음 산속에 숨어 새로운 세상에 적응할 생각이었다. 그래서…

벼락에 뛰어 들었다.

지금으로부터 일주일 전쯤, 돌풍과 비를 동반한 폭우가 내린 날이었다. 그리고…

산산조각이 났다.

말 그대로 몸이 조각조각 박살나 온 사방으로 흩어져버렸다.

시간이 얼마나 지났을까. 치조는 의식이 돌아온 뒤, 이렇게 죽는 건가 생각하며 눈을 떴다. 비는 어느새 거의 멎어 있었다. 수풀 속 찬 흙바닥에 누운 채로 치조는 하늘을 올려다보았다. 뭔가 이상했다. 또아리를 틀려고 했는데 몸이 어색하게 꺾였다. 고개를 들어 몸을 봤다. 이게 뭐야! 자그많고 허옇고 볼품없는 팔다리가, 역시 볼품없고 짧고 약해 보이는 몸통에 붙어 있었다. 인간? 내가 인간의 모습이 되었다니?

"으악!"

치조는 외마디 소리를 지르며 머리를 움켜쥐었다. 목소리도 우스꽝스러웠다. 몸에 엉겨 붙은 젖은 흙의 촉감이 이질적이었다. 숲을 채운 비 내음도, 공기도 생소했다. 왜 하필이면 인간의 형상인가. 도마뱀, 방울뱀, 구렁이, 하고 많은 것 중에서? 차라리 지렁이가 인간보단 나을 것이다. 어이구야. 치조는 한참을 그대로 누워 있었다. 이런. 이 모습으로는 못 살 것 같은데.

그때 불현듯 유일하게 제 죽음보다 죽은 것들의 사연을, 치조 자신을 가여워하던 작은 소년을 떠올렸다. 괴물의 형상을 한 자신을 경이롭게 바라보던 눈빛을 기억했다. 치조에게 던져진 수많은 죽은 것들, 죽어가는 것들 사이에서 유일하게 살아난 아이. 아니, 치조가 살리기로 마음먹었던 유일한 인간.

잘 살아 있겠지?

잘 살고 있는지 궁금한 걸?

…그 아이를 어떻게 찾아낸담?

어느새 두겸은 입을 벌리고 치조의 이야기를 듣고 있었다. 그러고 보니 정말 치조님은 여길 어찌 알고 찾아오셨을까?

"운 좋게도 내가 떨어진 곳은 도깨비들의 놀이터였다. 놈들 중

하나가 신이한 존재들과 대화할 수 있는 인간에 대해 알고 있더군. 그 인간이 너일 줄은 몰랐지만 너를 찾아낼 단초는 될 거라고 생각했지. 그 도깨비가 날 이 근처까지 데려다주었다."

이제는 청년이 된 아이를 치조는 싱글거리며 바라보았다.

"정말 재밌는 건, 도깨비들이 말한 인간이 바로 너였다는 점이다. 이 집에 오자마자 냄새로 바로 알 수 있었다."

두겸은 아직도 꿈을 꾸는 기분이었다.

"그런데 이 누더기는 그 도깨비가 준 겁니까?"

두겸의 시선이 치조의 옷에 가 붙었다.

"아아, 이것 말이냐. 그리 못 볼 걸 보고 있다는 표정일 것까지야. 이게 뭐 별거라고. 이건 허수아비에서 벗겨냈지."

치조는 그리 말하고 목 깊은 곳에서 만족스럽게 낄낄거렸다. 치조의 말이 끝나자마자 두겸이 이마를 짚더니 바람처럼 집 안으로 뛰어들어가 뭔가를 들고 나왔다. 깨끗한 바지와 저고리였다. 두겸은 그걸 들고는 빨리 갈아입으라며 채근하더니 물로 씻어 더욱 선명히 보이는 피딱지 앉은 치조의 발을 보고 콧잔등을 찌푸렸다. 손에 들고 있던 빳빳한 옷가지를 치조의 품에 밀어넣고 다시 후다닥 사라지더니 연고를 가지고 다시 나타났다. 허둥지둥한 두겸을 보며 치조는 자기도 모르게 입꼬리가 슬쩍 올라갔다. 예나 지금이나 남 일에 속 끓이는 것은 여전한 모양이로군.

두겁은 치조가 깨끗하고 보송해져서야 다시 치조 옆자리에 앉았다. 정말 정신이 하나도 없구나. 이게 꿈이라서 내일이 되면 다 사라지는 것은 아닐까? 벼락에 맞아 인간이 된 영물은 듣도 보도 못했는 걸. 저도 모르게 튀어나온 두겁의 말에 치조가 동의했다.

"그래. 하필이면 인간의 형상인 건 나도 당황스럽다."

"어떻게 해야 원래의 모습으로 돌아가실 수 있나요? 제가 도울 수 있는 게 있다면 뭐라도 할게요."

치조는 손가락 끝으로 제 턱을 톡톡 쳤다.

"번개 때문에 산산조각 난 내 조각들을 모으면 원래 모습으로 돌아갈 수 있을 거다. 우물에서 잡아먹은 원귀들의 영향을 덜 받은 조각을 골라 흡수하면 괴물이 되기 전과 비슷하게 될지도 모르지."

치조는 가볍게 말했다. 자신만만한 그 태도에 두겁은 마음이 놓였다. 치조님이 그렇다면 그런 거겠지.

"다행이네요."

"응. 문제는 벼락 맞은 타격이 너무 크다는 건데,"

치조가 두 손으로 무릎을 짚고는 고개를 돌려 두겁을 보았다.

"새 몸을 좀 파악하고 이 타격을 회복할 동안만 신세 좀 지자."

6장

담비 동자

"우리 최 선생님~, 오셨습니까~. 우리 선생님~."

티하우스1의 주인이 싱글벙글하며 테라스 구석에 앉은 두겸과 우인에게 다가왔다. 티하우스1은 얼마 전 두겸의 조언으로 문제의 세화를 없앤 이후 손님이 점차 많아져 이젠 거의 항상 모든 자리가 꽉 찬다. 당연히 주인의 광대는 내려올 줄을 몰랐다. 참잘된 일이지만 두겸으로선 딱 한 가지가 난감했다.

"두 분께서 주문하신 커피입니다. 당연히, 아시죠?"

찡긋찡긋. 해바라기씨 같은 주인의 눈이 '제가 대접하는 겁니다'라고 말하고 있었다.

"사장님, 자꾸 이러시면,"

난감한 두겸의 항의가 끝나기도 전에 주인은 어느새 종종걸음으로 종업원들 사이로 사라졌다. 어떻게 매번 저렇게 사라지지? 사실 상인이 아니라 비밀요원 같은 게 아닐까? 매번 주인 몰래 종업원에게 값을 치르려니 자신마저 비밀요원이 될 것 같았다. 두겸이 그런 실없는 생각을 하는 동안 마주앉은 우인이 호박색 찻잔에 커피를 가득 따랐다.

"지방에 가면 울적해서 못 견디겠어. 너도 알겠지만 그쪽은 진짜 사정이 안 좋아."

우인은 색이 옅은 고수머리를 흔들었다. 홍천면 근처에서 흉악한 살인 사건이 있다며 며칠 보이지 않더니 취재를 다녀온 모양이었다.

"경성도 가난하지만, 정확히 말하면 경성에 사는 대부분의 조선인이 사는 게 어렵지만 지방은 처참할 정도라고."

부패한 지배층의 수탈에 고혈이 말라가던 조선 백성들의 생활은 나라가 일본의 식민지가 되면서 더더욱 좀처럼 나아질 기미가 보이지 않았다. 이런 나라 사정을 아는 우인과 두겸은 티하우스1의 차와 디저트를 먹으며 양심의 가책을 느끼곤 했다. 오월중개소의 사장 경소흠은 이런 때일 수록 누릴 수 있는 행복을 열심히 누리며 어지러운 시대를 버텨야 한다고 강력하게 주장했지만.

두겸은 화제를 돌려 우인의 기삿거리에 대해 물었다.

"살인 사건이라고 했었지? 범인은 잡혔어?"

우인이 고개를 저었다.

"자살이었어. 숲에서 목을 맸는데 발견이 늦어져 짐승들이 건드린 모양이야. 그래서 꼭 끔찍하게 살해당한 것처럼 보였던 거지. 젊은 친구였는데 안됐지. 아니, 그보다 말야."

우인의 얼굴에서 청년에 대한 안타까움이 금세 사라지고 호기심이 차올랐다. 두겸은 우인이 그 사이 뭔가 희한한 사건을 발견했음을 눈치챘다.

"경성으로 돌아오는 길에 잠시 들른 곳에서 만난 노파에게 희한한 이야길 들었어. 그 노파가 다니는 절의 대웅전 불상의 머리가 하루아침에 싹둑, 잘려 나갔다지 뭔가? 일이 있어 그곳 승려들이 절을 비워둔 상태였는데 말이지. 노파가 새벽 불공을 드리러 혼자 올라갔다가 식겁해서 내려왔다고 호들갑이었어."

우인은 콧구멍을 벌렁거리며 두겸을 흘깃거렸다. 뭔가를 기대하는 눈빛이었으나 두겸은 딱히 아는 바가 없었다. 무엇보다 지금은 우인의 호기심을 받아줄 만큼의 기력이 없었다. 치조와 함께 지낸 지 보름, 인간의 몸이나 생활에 익숙하지 않은 치조를 챙기는 일은 꽤 신경 써야 할 게 많았다.

무엇보다 치조는 좋고 싫음은 명확하지만 그 외의 감정엔 놀라울 정도로 무뎠다. 지루함, 화와 서운함 같은 것이 동할 때 몸의 반응을 낯설어 했다. 그때마다 두겸은 여태 당연해서 의문을 품어본 적 없는 것들을 치조에게 하나하나 설명해야 했는데 그게 말처럼 쉬운 일이 아니었다.

게다가 요 며칠 꼭두새벽부터 반갑지 않은 손님을 상대하고 있었다. 웬 담비 한 마리가 인간 흉내를 내면서 동도 트기 전에 두겸의 집을 찾아오고 있던 것이다. 분명히 할 말이 있는 걸 테지만 인간세상의 상식을 모르는 담비라고 편의를 봐줬다가는 사생활이고 휴식 시간이고 남아나지 않을 게 뻔했다. 그제 새벽에는 이 문제적 담비와 치조가 부딪쳐 한바탕 난리가 났고 둘의 소란이 온 동네 사람들을 깨울 뻔했다.

오늘 티하우스1을 찾았던 것도 누적된 피로로 멍한 머릿속에 커피 한잔이라도 들이부으면 좀 나아질까 해서였다. 오늘만큼은 일찌감치 일을 마치고 집으로 돌아가 쉬고 싶었다. 그러니 우인의 호기심을 받아주는 건 다음으로 미루기로 했다.

"글쎄. 아직까진 별말이 돌진 않는걸? 자자, 남의 돈 받는 월급쟁이들이 언제까지 이렇게 노닥거릴 수는 없지."

우인은 아쉬워했으나 빠른 퇴근을 원하는 두겸은 서둘러 자리를 털고 일어났다.

그러나…

두겸이 오월중개소로 돌아왔을 때 눈에 익은 윤곽이 응접실 소파에 무사처럼 허리를 꼿꼿하게 세우고 앉아 있었다. 새벽의 문제적 방문객, 담비였다.

허. 올 때마다 전략이 발전하고 있잖아? 처음엔 동 트기도 전에 집으로 들이닥치더니 이젠 업무 시간에 직장으로 찾아올 줄도 알고?

이쯤 되면 감탄이 나온다. 그러나 발전하는 전략과 달리 인간의 행색만 겨우 갖춘 외형은 그대로다. 키는 두겸의 허리 정도, 어린아이의 얼굴이긴 하나 귀는 꼭 주전자에 달린 손잡이처럼 큼지막하고 입은 쭉 찢어졌으며 눈은 부리부리하다. 제 딴에는 사람으로 둔갑했다고 굳게 믿는 모양이지만 앞으로 보나 뒤로 보나 담비는 담비였다. 아직 둔갑술이 능숙하지 않거나 아니면 정말 이 녀석 눈엔 인간들이 저렇게 보이는 걸까? 두겸은 웃음이 툭 튀어나왔다. 담비는 두겸의 반응에 이번엔 통과했다 싶은지 양손을 싹싹 비비며 히죽히죽 웃었다.

"하이고오, 하이고오요. 제가 우리 보살님들한테 예의범절을 배워 알고는 있는데요. 그래도 원래가 짐승이 되어가지고요, 자꾸 까먹는다요. 새벽에 찾아간 건 사죄입니다요."

담비는 절에서 지내는 걸까? 담비를 거둔 보살들께서 담비에게 존댓말을 가르치기 힘들어 말 끝엔 무조건 '요'를 붙이라고 가르친 모양이었다.

"제 도움이 필요해 오셨나요?"

두겸이 묻자 담비의 얼굴이 눈에 띄게 환해졌다. "예에, 예에요~!" 요상한 감탄사를 지르며 "그겁니다 그거! 제가 그래서 여기 왔지요!"라고 외치며 방방 뛰는 담비가 귀엽다는 생각이 들찰나, 담비가 하는 말.

"나가 부처를 죽여버렸습니다요!"

담비는 하늘이 무너진 것 같은 과장된 몸짓으로 절규하더니 두겸의 대답은 기다리지 않고 다짜고짜 "새 부처를 구해주시요!"라고 외쳤다.

두겸은 눈만 껌벅거렸다. 내가 지금 제대로 들은 걸까? 부처? 내가 아는 그 부처? 나무아미타불 고뇌하는 중생을 구제하는, 그 부처 말인가? 순간 우인이 들려준 기묘한 사건이 떠올랐다. 아무도 없는 절에서 대웅전 불상의 목이 날아갔다는. 둘이 관련되어 있는 일이라는 감이 왔다.

두겸이 홀로 고개를 끄덕이자 허락이라고 넘겨짚은 담비가 손뼉을 치며 좋아했다. 두겸이 미처 그게 아니라고 말하기도 전에 담비는 소파에서 일어나 자신을 따라오라며 닥달했다. 이런. 난감한 걸. 하지만 보통 집념의 담비가 아니다. 차라리 지금 부탁을 들어주는 게 이후에 편할지도 몰랐다. 그간의 일들로 이미 꽤나 지쳐버린 두겸은 반쯤은 자포자기한 상태로 담비를 따라 사무실

문 쪽으로 향했다.

담비가 문을 열자 사무실이어야 할 공간 대신 경계가 보이지 않는 어둠 속으로 뻗은 흙길이 펼쳐졌다.

"이건 나처럼 오래 묵은 짐승들이 다니는 지름길이요."

담비는 그렇게 말하고는 훌쩍, 문 안쪽으로 난 흙길에 들어섰다. 두겸이 당연히 따라올 거라는 식이었는데, 두겸은 담비의 막무가내가 어이없으면서도 이상하게 밉지는 않았다. 우인이 꺼낸이야기를 생각하면 이 또한 무슨 인연이겠거니 싶기도 했다. 결국 두말없이 담비 뒤를 따라 흙길에 발을 들였다.

"예전에 큰 영물들도 많고 오래 묵은 짐승들도 많았을 땐, 인간들 중에서도 이런 길의 존재를 아는 자들이 있어 짐승 길이라고 부르곤 했지요."

짐승 길은 기묘한 공간이었다. 지금은 초여름이라 조금만 걸어도 땀이 나는 날씨인데 이 암흑 공간은 동굴 안처럼 서늘했다. 그러나 습하지는 않아서 불쾌하지 않고 동굴과 달리 발소리가 울리지 않았다. 고른 흙길을 걷는 담비의 버선발과 두겸의 실내화 소리가 허공 속으로 사라졌다.

얼마나 걸었을까? 앞쪽에 조그마한 빛이 보였다. 바늘 구멍 같은 빛은 다가갈수록 커지더니 곧 동굴 입구만 해졌다. 자신감 넘치는 발걸음으로 빛 속으로 걸어나가는 담비를 따라 나가니 어느 외딴 작은 절의 앞마당이었다. 두겸이 뒤를 돌아보았다. 짐승 길은 흔적도 없이 보이지 않았다. 두겸은 놀라움을 숨기지 않고 두리번거리며 주변을 확인했다.

사방이 산이다. 절은 대웅전 하나와 대웅전 뒤쪽으로 조금 떨어진 소박한 암자 두 채가 전부인 것 같았다. 매우 깔끔하게 관리된 티가 났다. 불당 근처의 수국과 금낭화는 싱싱했고 뽀얀 흙이 깔린 마당은 매일 정성스럽게 비질을 하는지 바닥의 결이 고왔다. 심지어 석등 안의 기름 잔마저 깨끗했다. 두겸은 서늘한 산바람과 숲 내음을 맡으며 눈을 감았다. 바람에 잎사귀들이 스치는 소리와 새소리, 벌레 소리만 들렸다. 아무도 없는 듯 고요했다. 담비가 보살님들은 식모살이하는 여자아이들에게 한글을 가르쳐주러 산을 내려갔는데 며칠 후에나 돌아오실 예정이라고 알려주었다.

"그분들이 절을 비운 동안 당신이 이곳을 지키는 거군요."

두겸의 말에 담비가 등을 펴며 한쪽 앞발로 제 가슴을 팍 쳤다. 몸짓에 자랑스러움이 한껏 묻어났다.

"나는 동자승이요! 그럼요! 우리 보살님들을 대신해 내가 여길 지키지요! 대들보 기둥을 갉아먹는 쥐들도 내쫓고, 책 갉아먹는 벌레들도 털어 잡고, 돌 구르고 낙엽 쌓이는 마당도 쓸고, 먼지 내려앉는 마루는 걸레질도 하고! 나는 일당백, 담비 동자요!"

두겸은 담비가 동자승의 의미를 살짝 잘못 이해하는 게 아닌가 의심스러웠지만 당사자가 행복해 보여 아무렴 어떠랴 싶었다. 그런데 갑자기 담비의 풀이 팍 죽었다. 아마도 불상을 망가뜨린 일을 이야기할 참인 모양이었다. 소금물에 절여진 배추처럼 담비의 어깨가 축축 쳐졌다.

"그런데 이번에 그만⋯."

담비 동자가 한숨을 푹푹 쉬며 자그마한 대웅전의 꽃살문을 열자 우인에게서 들었던 대로 법당 한가운데에 머리가 사라진 불상이 보였다. 두겸이 불상을 자세히 살피러 다가가자, 담비 동자가 마루에 철퍼덕 주저앉아 세상이 끝난 듯 통곡하기 시작했다.

"우으! 우우우! 내 말이 맞지요! 우으으으! 내가! 내가 부처를 죽여버렸다요!"

두겸은 담비 동자를 대웅전 밖으로 데리고 나와 화강암을 쌓아 만든 기단에 나란히 앉았다. 훌쩍이느라 들썩이는 작은 등을 살살 문질러주었다. 법당 안에서 터진 담비 동자의 울음이 얼마나 격한지 그의 연회색 승복 깃에 눈물로 커다랗고 짙은 회색 얼룩이 생겼다.

"우우, 선생님. 나가 이 절에서 동자승 노릇을 하고 있긴 하지만요. 부처란 자를 믿어서 동자승을 한 건 아닙니다요."

두겁은 매우 진지한 담비에게 한껏 진지한 얼굴로 그의 고해성사를 응원했다. 애매하게 사람 얼굴을 흉내 내는 바람에 원래도 요상한 담비의 얼굴이 울음 때문에 더욱 요상하게 일그러졌는데, 두겁의 눈엔 그게 왠지 귀여워 자꾸 웃음이 날 것 같았다.

담비 동자의 사연은 보살님들과의 첫 만남에서 시작했다. 동장군이 유난히 기세를 떨치던 겨울, 담비는 얼어 죽기 일보직전 자신을 구해준 보살님들이 좋아서 절에 머물게 됐다. 그러나 짐승인 담비에게 부처의 교리 따위는 뜬구름 잡는 얘기였고 그저 보살님들이 저를 '동자 스님'이라 부르자 그게 뭔지도 잘 모르면서 동자승이 된 것이 좋고 기뻤다. 오래 절에 머물다 보니 동자승이 부처를 모시는 어린 인간을 말하는 것이리라 짐작했을 뿐이다.

그런데 이놈의 부처, 부처가 문제였다. 가만 보니 부처란 놈은 자긴 아무것도 안 하고 실실 웃기만 하면서 그럴싸한 방석에 앉아 보살님들을 고생만 시키는 게 아닌가!

"고기 반찬이 얼마나 맛있는데 보살님들은 부처 때문에 고기도 못 먹지요! 해가 중천에 뜨도록 뒹구는 게 얼마나 좋은데 꼭 두새벽부터 나무 공을 두들기며 부처에게 자장가를 불러줘야 하지요! 절 아래에 사는 인간들은 빨주노초 색동옷에 번쩍이는 장신구까지 걸쳤는데 보살님들은 웬 녹다 만 눈 같은 칙칙한 누더기만 걸쳤으요! 그놈의 부처 때문에!"

담비는 한탄하며 손바닥으로 무릎을 치고는 원망스러운 눈으로 머리가 없어진 불상을 힐끗 돌아보더니 옆에 앉은 두겸에게 귓속말로 속삭였다.

"저는 저 덩치만 커다란 놈이 처음부터 마음에 들지 않았다요."

그리고 나흘 전, 절에 머물던 여섯 명의 보살님 모두 한동안 절을 비운다고 했고 절을 떠나며 담비에게 절을 잘 지켜달라고 부탁했다. 담비 동자는 옳다구나, 이때다 싶었다. 부처란 놈과 단판을 지을 때가 왔도다!

여기까지 털어놓은 담비 동자가 한숨을 푹 내쉬었다. 두겸은 이후의 일이 대강 그려졌다.

"그러니까 동자님 말씀은, 보살님들이 떠나고 보살님들을 괴롭히는 부처(불상)와 한바탕(일방적인) 다툼을 벌였는데, 동자님의 일격에 부처가 죽었다(불상의 머리가 날아갔다) 이거지요?"

두겸의 말에 담비 동자의 잦아든 어깨가 다시 들썩이기 시작했다.

"노, 놈은 저 산만 하지 않겠습니까요? 내 사마귀 발만 한 발톱에 대가리가 바스라질 줄 누가 알았는가요! 혹시 보살님들은 덩치만 크고 할 줄 아는 게 아무것도 없는 놈을 보살펴주고 있던 게 아닌가! 아차! 나는 아차했던 것이요!"

155

이마를 팍팍 치며 흘리는 닭똥 같은 눈물이 이렇게 서러울 수 없다.

"보살님들이 날 미워하면 어쩌지요? 날 쫓아내면 어쩌지요? 선생님은 진짜로 신통방통하다는 소문을 들었습니다요! 새 부처를 좀 구해주시요! 하이고 하이고, 나 좀 살려주시요!"

두겸은 이제 흙바닥에 뒹굴며 우는 담비의 머리를 토닥였다. 울지 마세요. 울지 말고 제 얘기를 들어봐요. 담비 동자가 사랑스러워 웃음이 터져 나올 것 같아 두겸은 입술을 악물었다. 악의가 없을지라도 여기서 웃을 수는 없었다. 담비 동자는 지금 진지하지 않은가.

"도와 드릴게요. 불상을 다시 만들 수 있는 훌륭한 목수를 알고 있으니 문제없을 겁니다. 하지만 조건이 있습니다. 보살님들께 동자님이 한 일을 먼저 고백하면 새 불상을 만들 수 있도록 도와드리지요."

도와준다는 말에 활짝 핀 해바라기처럼 기운을 차렸던 담비는 솔직하게 고백해야 한다는 조건에 형을 선고받은 죄인처럼 주저앉았다. 두겸은 다시 입술을 삐죽거리며 울기 시작하는 담비 동자의 먼지투성이가 된 옷을 살살 털어주며 확신을 담아 말했다.

"한 번만 절 믿어주세요. 그분들은 절대로 동자님을 미워하지 않을 거예요. 사실대로 고백해봐요. 생각보다 훨씬 좋은 결과가 있을 겁니다."

얼마 후, 담비 동자가 오월중개소를 다시 찾았다. 그날은 의뢰인 예약이 한 건도 없던 날이라 두겸은 점심의 식곤증을 물리치며 책을 읽고 있었고, 두겸을 따라 중개소에 놀러온 치조는 호에게 한글을 배우는 중이었다. 담비 동자는 중개소에 들어설 때부터 한껏 상기된 얼굴이었다.

"역시 선생님은 과연입니다요! 아주 신통방통한 인간이라더니, 산짐승들이 없는 소리를 하는 게 아니었습니다요!"

담비 동자는 한달음에 두겸 앞으로 달려와 연극배우처럼 고개를 좌우로 흔들며 보살님들이 절에 돌아온 날을 이야기하기 시작했다. 들뜬 목소리의 그는 이미 그날 그 순간으로 돌아간 듯한 얼굴이 되었다.

"마당을 쓸고 있는데 내리막 산길 쪽에서 보살님들 목소리가 들리기 시작했다요. 그 순간 머리털이 쭈뼛 서고 심장이 어찌나 벌렁벌렁하던지요!"

아아, 공기가 이상해졌나봐. 몸 안으로 들어와 나가질 않나봐. 그렇지 않다면 이렇게 가슴이 답답할 리가 없는데. 담비는 염라대왕 앞에 나가는 영혼처럼 보살님들 앞에 섰다. 고백이란 게 원래 이렇게 힘든가. 애정이 듬뿍 담긴 보살님들 여섯 얼굴에 둘러

싸여 말하려니 입이 떨어지질 않아서 "나가 보살님들을 위해 한 일이 있는데 말입니다요!"라며 일부러 큰소리 뻥뻥 쳐가며 겨우 시작했던 고백은 끝날 무렵에는 머리가 울릴 정도로 서러운 울음으로 바뀌어 있었다.

－부처가 (걱걱) 저 같은 놈한테 머리가 날아갈 줄은 (끼이꺼이) 정말 꿈에도 몰랐다요!

됐다. 모든 걸 털어놓았다. 담비는 고개를 푹 숙이며 눈을 질끈 감았다. 쫓겨날 각오는 되었다. 다만 자기를 믿고 부처를 맡긴 보살님들을 실망시킨 것이 한스러울 뿐이다. 아니다. 사실 쫓겨날 각오 따위 안 되었다. 여기 오래오래 머물고 싶다! 그렇지만 혼나겠지. 엉덩이를 걷어차여 내쫓기겠지!

－까르르르.

뜻밖의 소리가 머리 위에서 들렸다. 담비는 고개를 들며 그렁그렁한 눈을 떴다. 여섯 보살님들이 소녀처럼 웃고 있었다. 그러나 어쩐지 보살님들의 눈가는 촉촉히 젖어 있었는데, 분명 웃고 계신 보살님들의 눈가에 왜 눈물이 얼핏 보였는지 아직까지도 알 수가 없다. 여섯 보살님들은 물기 어린 눈으로 서로서로와 담비를 꼭 끌어안았다.

－우리를 아끼고 가여워한 너의 마음에 부처가 계시지 어찌 불상 안에 부처가 계실까? 네가 진정 동자스님이 되었나 보다.

158

담비는 아직도 그 말의 참뜻을 알지 못한다. 하지만 그때의 온기는 가슴에 남았다.

사건의 결말을 전해 듣는 두겸 역시 마음이 한껏 말랑말랑해졌다. 아무래도 우인에게 알려줄 즐거운 일화가 생긴 듯하다. 두겸이 약속했던 불상 제작에 관해 얘기를 꺼내자 담비 동자가 행복으로 반짝이는 얼굴로 보살님들의 말을 전했다.

-저희 동자님을 보살펴주신 친절하신 선생님, 정말 감사합니다. 저희 여섯 비구니가 여러모로 고민을 해보았습니다. 불상은 당분간은 그대로 놔둘까 합니다. 이 무섭고 어려운 시기엔 시주를 사용할 더 적절한 곳이 있기 마련이니까요.

두겸은 고개를 끄덕였다. 담비 동자는 여러모로 좋은 분들과 함께 살게 된 것 같았다.

담비 동자는 두겸과 호에게 인사를 하고 오월중개소를 나왔다. 들어올 때 로비에서 보았던 무서운 뱀은 보이지 않았다. 일부러 모르는 척을 했는데 다행이로구나. 담비는 짐승 길을 열 만한 구석을 찾다가 근처 인가의 막다른 골목의 흙벽 앞에 다다랐다. 딱 좋은 위치였다. 보살님들이 기다리실 텐데 어서 절로 돌아가야지. 담비는 손 날로 허공을 위에서 아래로 찢는 시늉을 했다. 머리 위에서부터 가슴 높이까지 손을 죽 그어 내렸을 때 뒤에서 위협적인 목소리가 들렸다.

"이놈, 담비야."

담비가 놀라서 펄쩍 뛰었다.

"다, 당신은!?"

"그래, 치조다. 몇 번 봤지?"

담비가 굽신거리며 치조에게 다가갔다. 담비는 오래 묵어 제법 신통력을 쌓았기 때문에 치조의 정체를 일찌감치 알아보았다. 치조님은 실은 산의 주인이 되어야 할 영물이자 아주 커다란 짐승인데 지금의 상태는 살짝 이상했다. 겉모습이 인간인 걸 떠나서… 세련되지 못한 말솜씨로 설명해보자면, 아주 큰 물독인데 그 안에 든 물은 한 바가지뿐인 것 같달까?

치조가 녹색과 청색으로 빛나는 눈을 가늘게 떴다.

"혹시 얼마 전 하늘에서 흩뿌려진 요물의 조각에 대한 소문을 들어본 적 있느냐?"

담비는 고개를 끄덕였다. 그건 꽤나 요란한 사건이었다. 더는 산천을 떠돌지 않고 절에 머무는 담비까지 들었을 정도였으니까.

"그 요물의 조각들이 어찌 되었는지 들어본 적 있느냐?"

벼락에 뛰어들어 산산조각 난 요물의 조각에 대해선 뜬소문뿐이었다. 그래도 죄 다른 말들 가운데서 딱 한 가지는 일치했다. 흩어진 조각들 틈에 나쁜 것이 있다는 말이었다. 짐승들은 그 조각을 '나쁜 것' '아픈 것' '썩은 것' 등 제멋대로 불렀다. 그것을 주워 먹은 작은 짐승이 죽었다고도 하고 미쳐버렸다고도 했다. 조각에 관련되어 좋은 내용이라고는 없으니 짐승들은 빠르게 그것을 잊었다. 먹을 수 없는 것은 궁금하지 않으니까.

짐승들 사이에서 조각에 대한 관심이 식었다는 말에 치조는 안심했다. 일단 누군가 자신의 조각을 먹어 없앨 걱정은 덜었다. 흥미로운 건 '나쁜' '썩은' 조각이었다. 영물 뱀이었던 자신이 괴물로 변한 건 썩은 조각 때문이었을지도 모른다. 치조의 입꼬리가 슬쩍 올라갔다. 썩은 조각을 제외하고 멀쩡한 조각들만 찾아 모으면 원래의 모습으로 돌아갈 수 있을 게 분명하다.

"저는 왜 치조님이 그 조각을 알고 싶어하시는지 알겠습니다요."

담비가 예상치 못한 말로 치조의 생각을 끊었다.

"치조님은 살아남으려는 거지요? 인간들의 세상이 너무 빠르게, 굉장하게 바뀌니까 무서우신 겁니다요."

엥? 이게 무슨 웃기지도 않는 소리야? 치조는 어이가 없었다. 말 같지도 않은 소리. 그만하라고 하기도 귀찮아서 살기로 위협하려는데 어라라, 이놈의 담비 좀 봐라? 당장 내뺄 것처럼 털을 바짝 세우고도 움직이진 않는다. 무슨 대단한 소리를 할 셈인지 가슴을 부풀리는 꼴이 우습다.

"얼마 전부터 오래 묵은 큰 짐승들이 많이 없어져버렸습니다요. 다 어디로 가버린 걸까요? 저 같은 시시한 짐승은 모르는 별세계가 있어 다들 그리로 가버린 걸까요? 아니면 슬슬 죽어간 걸까요? 아무래도 지금은 우리 같은 짐승들이나 영물들, 오래된 신들에겐 엄청나게 갑작스러운 바뀌는 때가 확실합니다요."

담비는 치조가 무서워 죽을 지경이었다. 입이 바싹바싹 마르고 손이 발발 떨려서 승복 저고리의 아랫단을 살짝 쥐었다. 그러나 여기서 도망칠 수는 없다. 나는야 담비 동자, 보살님들의 어엿한 동자스님. 불심, 자비 같은 어려운 말은 몰라도 도움이 필요해 보이는 이를 버리고 도망치지 않는, 나는야 담비 동자!

"치조님은 지금 바뀌는 때에 맞춰 살아남으려는 겁니다요. 그렇지요? 지금까지 그래왔듯 더 크고 더 강해져서 이때를 이기려는 겁니다요. 치조님의 고향 산은 분명 엄청 큰 산이었겠지요? 치조님 같은 영물이 태어날 수 있는 깊은 산이었겠지요? 치조님은 거기 들어가서 혼자서 기다릴 생각이지요? 이 바뀌는 때가 지나가고 세상이 다시 예전처럼 되기를요!"

치조는 침묵을 지켰다.

"하지만 그것이 답일까요? 치조님과 저는 운 좋게도 아주 좋은 인간들을 만난 것 같습니다요. 우리가 인간이든 짐승이든 상관없어 하는 인간들 말입니다요. 어쩌면 치조님이 지금 살아남으실 수 있도록 도와줄 것은 요물의 조각이 아니라 치조님께서 찾은 신통방통 선생님일지도 모르지요."

치조가 콧방귀를 뀌었다. 이게 보자 보자 하니까 헛소리가 끝이 없구나! 잘난 척은 네 집에 가서나 해라! 썩 꺼지라고 손을 휘휘 내저으니 담비가 하고 싶은 말은 다 끝냈는지 냉큼 굽신대며 인사를 하고는 치조의 눈치를 보며 다시 허공을 손 날로 훑었다. 화폭이 잘라지는 것처럼 담벼락이 보이는 평범한 공간이 갈라지고 암흑이 드러났다. 짐승 길 안으로 담비가 사라지려는 찰나 치조가 무심코 질문을 던졌다.

"인간을 통해 이 변화에 살아남는 것. 그게 네가 보살들과 살기로 한 이유냐?"

어깨 너머로 돌아보는 담비의 커다란 눈이 행복하게 휘었다. 치조는 그 안에 반짝이는 것이 애정이라는 것까지 읽어내진 못했지만 좋은 마음이라는 것은 알 수 있었다.

"아니요. 제가 보살님들과 함께 살기로 결정한 것은 제가 그분들을 좋아하기 때문입니다."

담비의 모습이 순식간에 암흑 속으로 사라지고 목소리만 울렸다.

-그럼 안녕히 계십시오.

치조는 담비가 사라진 허공을 잠시 노려보다가 인간들이 불청객에게 소금을 뿌리듯 발치의 흙먼지를 그쪽으로 냅다 걷어찼다. 담비 녀석, 조각에 대한 정보나 내놓고 곧장 사라질 것이지 시건방진 소리를 주절주절 늘어놓기는.

치조는 긴 다리를 쭉쭉 뻗으며 오월중개소 쪽으로 걸었다. 바쁘게 돌아가는 생각의 속도만큼 빠른 걸음이었다. 두겸은 착한 아이이고 필요에 의해 잠시 신세 지고는 있지만 말 그대로 잠시일 뿐이다. 혼자서 마음껏 이동할 수 있을 정도로 몸이 회복되고 도시에 대해 익히고 나면 지체 없이 조각을 찾아서 고향으로 갈 것이다.

나는 불가능을 몰라. 뭇 짐승들은 이 변화를 견디지 못하고 사라질지 몰라도 나는 달라. 암, 다르고 말고. 내가 버티고 싶다면 버티는 거다. 오래 살다 보면 한번쯤은 인간의 모습으로도 살아볼 수도 있지, 안 그래? 생각이 거기에 미치자 치조는 언제 짜증이 났냐는 듯 기분이 좋아졌다. 입꼬리가 히죽 올라갔다.

그럼 그럼. 살다 보면 이런 경험은 해볼 만하지.

하하하, 재밌다. 재미있어.

7장

삼십 년
술래잡기 1

귀가 큰 나그네 신은 청계천에 몸을 담갔다. 깊은 천은 아니지만 그것은 별 문제가 아니다. 신은 인간의 발목까지 오는 웅덩이에도 잠수할 수 있고 기와집 지붕을 걸상 삼아 앉을 수도 있다. 커다란 귀를 통해 들어오던 도시의 온갖 소음이 물소리에 가려져 조금은 줄어들었다. 자갈과 모래를 굴리며 흐르는 물소리, 천변에 삼삼오오 모여 설거지하던 아낙들이 곧 쏟아질 비를 피하기 위해 분주히 자리를 뜨는 소리, 아낙들을 따라왔던 아이들의 왁자한 소리는 정겹다. 신이 살던 고향 바다의 사람들도 저렇게 모여서 잡은 물고기와 그물을 손질하며 부지런히 살았다.

　천의 물소리는 바다의 파도 소리와는 많이 다르지만 그래도 물소리는 물소리다. 신은 도시의 먼지와 어지러운 소음에 회색으로 퇴색되던 자신이 다시 바다의 음영으로 푸르게 물드는 것 같아서 기분이 좋았다. 그러나 오래 지체할 수는 없다. 신은 이미 꽤나 희미해진 상태였다. 사라져서 무(無)가 되기 전에 '그 중개인'을 찾아서 비밀을 털어놓아야 했다. 최근엔 자신과 같은 무형의 존재들과 소통할 수 있는 인간들이 드물다. 경성이라는 큰 고을(요즘 말로는 도시라고 했나)에 근래 들어 드문 '보고 들을 줄 아는' 인간이 산다고 해서 일부러 먼 길을 왔다. 반드시 털어놓아야만 하는 비밀. 이제 곧 머나먼 길을 떠나야 할 신의 발목을 잡는 아주 무거운 비밀. 그것만 아니었더라면 귀 큰 신은 경성에 오지 않았을 것이다. 신은 도시의 소리가 싫었다.

-시끄러워. 시끄러워. 시끄러워.

나그네 신은 인상을 찌푸렸다. 경성 근처에 다다랐을 때부터 들리기 시작한 소리였다. 고향 바다에서 사람들의 이야기를 들어주는 것이 임무였던 신에겐 이곳에서도 공기 중에 떠도는 사람들의 속마음이 고스란히 들렸다. 그 가운데 주의를 끄는 목소리가 하나 있었는데 바로 지금 이것이다. 모기 소리처럼 신경을 거스르는 악의에 찬 목소리. 평범한 인간의 속마음이라기에는 너무도 강한 악의. 이 같은 목소리는 불쾌하고 섬뜩했다. 신의 고향과는 천지 차이인 커다란 도시엔 신이 알던 인간과는 다른 어두운 마음을 가진 인간들이 있는 것 같았다.

－…죽여.

신은 청계천 물속에서 나오다 멈칫했다. 허어, 이토록 무서운 마음이라니. 누군가가 다칠지 모르니 이 소리는 들어두는 것이 나을지도. 신은 어깨까지 닿는 커다란 귀에 온 신경을 집중했지만 막상 마음먹고 들으려니 아무것도 들리지 않았다. 그 대신 쿠릉 쿠르릉, 두꺼운 비구름이 비를 쏟겠다 알리는 기운찬 소리가 들렸다. 신은 기분이 다시 좋아졌다. 그래. 이렇게 큰 고을엔 별별 사람이 다 있겠지. 이 소리도 별일 아닐 것이다. 귀 큰 나그네 신은 다시 발걸음을 옮겼다.

쏴아아아－.

같은 시각 두겸은 오월중개소 로비의 커다란 창 너머 보이는 광경을 질린 눈으로 바라보았다. 빗줄기가 너무 세서 길 건너 포목점도 보이지 않았다. 비가 쏟아지기 전에 오늘 일정을 취소하고 호를 일찍 퇴근시키길 잘했다. 두겸 역시 뒷정리를 하고 이른 퇴근을 하려고 했는데 밖으로 나갈 엄두가 나지 않았다. 설마 태풍은 아니겠지? 철이 철인지라 불안해진 두겸은 한숨을 쉬었다. 일단 조금 더 두고 보고 빗줄기가 잦아들면 재빨리 집으로 가야겠군. 이번 달에 열릴 경매의 골동품 도록을 살펴봐야 하니 차라리 잘됐다고 생각하자. 얼마 전부터 장영주라는 젊은 조선인 사업가가 골동품 수집 판에 뛰어들었는데 일본인 수집가들에게 넘어갔다 다시 시장에 나온 조선 유물들에 관심이 많다고 했다. 특히 사연 많은 물건들에. 오월중개소로서도 조선의 유물이 일본인 손에 들어가느니 그와 거래를 터볼 만했다.

두겸이 새로운 거래처를 틀 계획을 짜며 응접실 안쪽의 사무실로 들어가려고 몸을 돌렸을 때, 누군가 응접실 입구에 오도카니 서 있었다.

"헉!"

두겸은 어찌나 놀랐는지 사레까지 들려 캑캑댔다. 올 초여름 유달리 길었던 장마로 녹슬어 열고 닫힐 때마다 끽끽대던 현관문의 경첩도, 얼마 전 입구에 새로 단 풍경도 기척을 내지 않았다. 손님은 응접실 입구에 미동도 없이 서서 기침하랴 인사하랴 정신없는 두겸을 빤히 바라보았다.

두겸의 눈에 가장 먼저 들어온 손님의 특징은 성인 남성의 손바닥보다 큰 귀였다. 귓불이 어깨에 닿을 정도였다. 시대를 가늠할 수 없는 옅은 푸른색 옷은 이 빗속에서도 흙탕물 한 방울 튄 자국이 없었다. 인간이 아님이 확실했다. 머리는 한 올 흐트러짐 없이 하나로 묶어 길게 늘어뜨렸고, 사람의 모습을 하고 있긴 하지만 나이를 전혀 가늠할 수 없었다. 부채로 가린 입가 위쪽으로 보이는 얼굴은 어린 아가씨 같으면서도 중년 여성 같기도 하고, 아무것도 모르는 철부지 같은 느낌인가 하면 세상 풍파를 겪을 대로 겪은 백전노장의 분위기를 풍겼다.

손님과 눈이 마주치자 그의 눈이 반달처럼 휘었다. 손님의 시선은 두겸의 외피 그 너머의 생각과 마음, 비밀이 자리잡은 안쪽을 들여다보는 것 같았다. 이거 만만치 않은 분께 잡혔군. 두겸은 크게 숨을 들이마셨다.

"제가 이제 곧 여행을 가야 해서. 여행을 떠나기 전에 하던 일을 정리해야 하지요."

응접실로 안내받은 손님은 소파에 앉자마자 다짜고짜 이야기를 시작했다. 좋은 기운을 풍기는 신이지만 상당히 마이웨이다.

"비밀은 말이지요, 무척 말괄량이에요."

손님의 목소리에 애정이 묻어났다. 두겸은 그의 말에 손님이 비밀을 들어주는 신이라는 걸 알았다. 그가 가진 큰 귀의 역할이 무엇인지도 짐작되었다. 비밀이란 밖으로 새어 나가서는 안 되는 것. 그러면서도 어떤 이야기보다 도망치고 싶어 하는 것. 비밀을 가진 사람들은 자신이 품고 있던 사연을 털어놓고 싶어지는 때를 맞는다. 손님은 그런 이들이 자기를 찾아왔을 때 그들의 이야기를 들어주었고, 이야기들을 꽁꽁 묶어 제 속에 깊이 가라앉했다.

"하지만 이제 먼 길을 떠나려고 하니 사람들이 남긴 비밀들의 무게가 너무 무겁군요. 자고로 행장은 간편한 게 최고지요."

두겸이 고개를 끄덕였다. 그 모습을 유심히 보던 신의 눈꼬리가 가볍게 휘었다.

"동의하시는 군요."

아차. 손님의 의미심장한 눈빛에 두겸은 실수했다 싶었지만 이미 늦었다.

"그래서 저는 제 짐을 맡길 만한 사람들을 찾아 하나씩 무게를 줄이고 있습니다. 지금까지 여섯 개의 비밀을 덜었고 가장 무거운 마지막 하나가 남았습니다."

사방이 컴컴해지기 시작했다. 정체는 모르지만 길 떠나는 신의 발목을 잡을 정도로 무거운 짐이라니. '지금이라도 거절하지 않으면'이라고 생각하는 순간, 사방이 밝아졌다.

눈이 내리고 있었다. 끝도 없이 펼쳐진 회색 바다가 두겸의 눈앞에 펼쳐졌다. 바다와 이어진 것 같은 짙은 먹구름 덮인 하늘에서 함박눈이 쏟아져 내렸다. 두겸은 재빨리 상황을 파악했다. 아무래도 신이 털어놓을, 누군가의 비밀 안으로 들어온 것 같았다.

'일종의 환영인가.'

172

두겸이 서 있는 곳은 어느 섬의 바다 쪽 언덕으로, 그곳엔 두 겸 말고 두 사람이 더 있었다. 대여섯 살 정도로 보이는 까무잡잡한 피부의 여자아이와 살이 거뭇하게 탄 왜소한 노인이 나란히 서서 눈 내리는 겨울 바다를 보고 있었다. 손님은? 뒤를 돌아보니 반투명한 신이 부채 너머로 싱긋 눈웃음을 지으며 다가왔다.

"저 노인은 섬의 촌장입니다. 아이는 고아예요. 이름은 온내, 위로는 오빠와 쌍둥이 언니가 있지요. 섬사람들 모두가 이 세 남매를 돌봐주고 있답니다. 가난한 섬이지만 인심이 좋지요."

기묘한 감각이 두겸을 휘감았다. 온순한 투명 거인이 손으로 부드럽게 감싸서 옮기는 것 같은 느낌이 들더니 시점이 바뀌었다. 나이가 들어 푸르스름하게 옅어진 홍채와 마주쳤다. 촌장이라는 노인의 눈이었다.

두겸은 비밀의 화자가 누구인지 눈치챘다. 아아, 이것은 저 아이, 온내의 비밀이고 나는 지금 저 아이의 입장에서 그것을 경험하는 중이로군.

"바다가 얼 것 같구나."

촌장이 무겁게 말했다. 평생 바닷일을 하며 맞은 해풍으로 자글자글해진 주름이 깊게 패였다. 이곳의 바다는 얼지 않지. 그러니 바다가 어는 것은 좋지 않아. 혼잣말처럼 중얼거리던 노인이 허리를 굽혀 '나', 즉 온내이자 두겸의 손을 잡았다.

173

"온내야. 깊은 밤 바다에서 얼음이 깨지는 소리가 들려오면 네 누이와 오라비를 깨워 뒤도 돌아보지 말고 언덕으로 도망쳐라."

노인의 손아귀에 힘이 들어갔다.

"쩌어억, 마치 걸음걸이 같은 얼음 깨지는 소리는 구앙(咎殃)이 오는 소리니까."

구앙이 뭐지?

"구앙이 뭐죠?"

두겸이 의문을 품는 동시에 아이의 목소리로 같은 질문이 귓가에 울렸다. 다른 사람의 시점과 생각을 공유하는 건 정말로 기묘한 감각이었다. '내' 질문에 노인은 대답하지 않았다. 대신 어두운 얼굴을 하고 부두로 서둘러 내려갔다.

부두엔 섬의 모든 배들이 묶여 있었다. 어부들의 대장 격인 박 씨 아저씨 말에 의하면 해류가 이상했다. 섬을 중심으로 거대한 소용돌이처럼 흘러서 한 척도 섬을 빠져나가지 못했다고 했다. 박 씨 아저씨는 덩치가 좋은 데다 얼굴이 시뻘겋고 수염이 덥수룩해 도깨비 박 씨라고 불렸는데, 심상치 않은 상황에 평소에도 무시무시한 얼굴이 더욱 어마어마해졌다.

"게다가…"

'나'는 촌장님과 함께 도깨비 박 씨 아저씨와 어부들이 가리키는 쪽을 살폈다. 허연 것이 수없이 많이 바다 위에 떠 있었다. 바다 거품인가 싶어 자세히 보려 다가갔다가 놀라 뒷걸음쳤다. 허연 덩어리들의 정체는 죽은 물고기들이었다. 소용돌이 해류를 타고 얼어 죽은 물고기들이 섬 쪽으로 밀려온 것이다. 얼어 죽은 물고기 떼의 충격이 가시기도 전에 하늘에서도 무언가가 눈에 들어왔다. 눈이 쏟아지는 잿빛 하늘에 수백 개의 하얗고 검은 점이 보였다. 나는 비명을 지르며 손가락으로 하늘을 가리켰다. 이리저리 어지럽게 움직이며 시끄러운 소리를 내며 날아다니는 그 점들은 갈매기들이었다.

"얼어 죽은 물고기를 먹으러 온 걸까요…?"

도깨비 박 씨 아저씨의 눈동자가 불안하게 좌우로 굴렀다.

"물고기는 무슨. 구앙이 먹고 남긴 우리 살점들이지."

촌장님의 목소리는 참담했다.

또다시 두겸은 몸이 붕 뜨는 것 같더니 온내와 분리되어 이들을 지켜보게 되었다.

도깨비 박 씨 아저씨가 온내를 번쩍 들어올렸다. 촌장님이 무녀님을 만날 동안 박 씨 아저씨는 마을 사람들을 섬 곳곳으로 피신시키는 임무를 맡았다. 도깨비 박 씨가 반쯤 달리고 반쯤 걸으며 해안가를 따라 마을로 이동하자 두겸과 손님 역시 자연스럽게 그들을 따라 미끄러지듯 움직였다. 두겸이 홀로 다른 방향으로 달려가는 촌장의 깡마른 등을 돌아보는데 갑자기 사방이 어두워졌다. 밀도 높은 검은 구름이 하늘을 뒤덮었고 시든 풀들이 물결쳤다.

북쪽의 바람이었다. 몸의 중심까지 냉기가 파고들었다. 두겸은 몸을 움츠렸다. 나는 환영 속에 있는데 어떻게 추위를 느끼는 거지? 비밀을 들어주는 신에게 털어놓기까지 온내의 기억은 바로 전날의 것처럼 마음속에 생생했던 걸까? 두겸은 박 씨 아저씨의 품에 안긴 작고 동그란 뒤통수가 안쓰러웠다.

두겸의 옆을 지키는 손님의 긴 머리칼이 바람에 휘날렸다.

"이날은 정말 추웠어요. 바다에 빠져 죽은 망자들이 서러워 뭍으로 돌아오고 싶어질 만큼요."

두겸은 구앙에 대해 물었다. 그것이 사람들을 해치는 무언가라는 감은 왔으나 정확하게 알고 싶었다.

"구앙은… 언제 어디서 생겨났는지 모를 괴물입니다."

손님의 푸르스름한 눈이 아득해졌다.

구앙은 바다가 얼어 붙을 정도로 추운 겨울이면 바다에서 나타나 섬사람들을 잡아먹었다. 배가 고파서 잡아먹는 게 아니다. 추워서, 너무나 추워서 뭍으로 올라와 사람들을, 정확히는 산 사람들의 피와 살이 발하는 열기를 삼켰다.

섬사람들은 구앙의 정체가 바다에 빠져 죽은 어부들의 넋이라고 했다. 실제 짐승처럼 살아 있는 것도 아니요, 귀신처럼 영혼으로 이루어진 것도 아니다. 한때 살아 있던 인간들이 죽던 순간에 품은 강렬한 '감정의 찌꺼기'일 뿐이었다. 그래서 아무리 사람을 통째로 삼켜도 구앙의 몸은 데워지지 않았고, 그렇기에 구앙은 사람 잡아먹기를 멈추지 않았다.

"문제가 있다면 나름대로의 해결책이 생기는 법이지요."

손님은 설명을 계속했다.

전설 속에서 제일 처음으로 구앙을 퇴치한 이는 자식들을 모두 바다에 잃은 노파였다. 마지막 자식까지 뱃일을 하러 나갔다가 돌아오지 않은 뒤로, 노파는 낡은 너와집에서 가장 큰 방을 사당으로 만들고 죽은 자식들 대신 제웅을 앉혔다. 매일 그 방에 틀어박혀 제웅들에게 말을 거는가 하면 어린 자식들을 보살피듯 지극 정성으로 공양했다. 노파가 하루 종일 사당에 틀어박힌 날이면 섬사람들은 노파를 걱정해 그녀가 어찌 지내는지 돌아가며 들여다보았다.

그러다 바다가 얼어버린 어느 혹독한 겨울밤, 구앙이 뭍으로 올라왔다. 마을을 쑥대밭으로 만들며 사람들을 먹어 치우는 괴물에게서 노파가 무엇을 보았는지 알 길이 없지만, 언 바다가 깨지는 소리를 들은 노파는 섬의 중심부로 도망치는 대신 사당으로 갔다. 그리고 제웅에 붙인 자식들의 지방(紙榜)을 떼어내고, 제웅 안에 그동안 노파를 걱정하며 찾아왔던 섬사람들이 놓고

간 물건들의 일부를 집어넣었다.

노파는 그들의 물건을 넣을 때 그 주인의 이름을 하나하나 불렀다. 그러자 놀랍게도 섬 곳곳에 숨어 있던 사람들이 몸은 식고 가사 상태에 빠졌고 그들을 대신하듯 제웅들이 온기를 발산하기 시작했다. 노파는 제웅들을 안고 천천히 이동했고, 인간의 온기를 찾아 마을을 쑥대밭으로 만들던 구앙은 제웅이 발하는 온기에 이끌려 다가왔다. 놀랍게도 그것은 얌전한 강아지처럼 제웅을 든 노파를 뒤따랐다. 노파가 커다란 고깃배에 오르자 구앙도 그를 따라 배에 올랐다.

구앙이 배에 오르자 배는 저절로 움직여 마을에서 떨어진 무인도로 향했다. 그곳엔 어부들이 풍랑을 만나면 대피하던, '집'이라고 불리는 동굴이 있었다. 노파가 구앙을 이끌고 '집'으로 들어가자 구앙의 가죽이 찢어지고 말간 바닷물이 되어 사라졌다. 구앙의 가죽이 찢어져 얼음장처럼 차가운 바닷물이 쏟아지는 소리는 안도의 한숨처럼 들렸다.

구앙은 바다에서 죽어 집으로 돌아오지 못한 이들의 절망과 공포가 형상화된 괴물이었다. 노파의 인도로 무사 귀환하여 집으로 돌아온 순간 구앙은 더 이상 존재할 수 없기 때문이라고 사람들은 해석했고 그렇게 믿었다. 그러나 새로운 구앙은 언제든지 생길 수 있었고 생겨났다. 그 섬과 그 근방 해안에 사는 사람들은 먹고살기 위해 계속 바다로 나갔기 때문이다. 많은 사람이 바다에 나가는 만큼 많은 사람이 죽었다. 새로운 구앙이 태어날 만큼의 공포와 절망은 충분했다.

"구앙을 처음으로 퇴치한 노파의 임종은 마을의 모든 사람들이 지켰는데, 노파가 죽는 순간 몸에서 빠져나온 혼이 임종을 지키던 다른 여자아이에게 들어갔고, 그 아이는 섬의 무녀가 되었지요. 그 아이가 훗날 나이가 들어 죽자, 또다시 그 몸에서 혼이 빠져나와 다음 세대의 여자아이에게로 들어갔고… 그렇게 대대로 노파의 혼은 구앙을 퇴치하는 능력과 함께 무녀들을 통해 전해졌습니다."

손님의 설명이 끝났을 때 도깨비 박 씨 아저씨와 온내는 촌락에 도착했다. 해변에서 걸어서 오 분 정도 되는 거리의 구릉에 납작한 너와집이 서른 채 정도 옹기종기 붙어 있었다. 바다와 촌락 사이엔 자갈 해변과 작은 잡목림이 있었고 촌락 뒤쪽으로는 군데군데 빼곡한 수풀이 있는 완만한 언덕이었다.

"무슨 일이야? 어부들이 왜 벌써 돌아오지?"

촌락에 남아 삼삼오오 모여 앉아서 물고기와 그물을 손질하던 사람들이 모여들었다. 구앙, 구앙, 구앙. 온내가 지금까지 한 번도 듣지 못했던 이름이 이젠 어디를 가나 들렸다. 옆집 아주머니가 강아지들처럼 딱 붙어 떨고 있는 온내네 삼 남매를 보더니 재빨리 두툼한 옷가지를 챙겨주었다.

"어서 다른 사람들을 따라가! 우리는 바깥 양반이 돌아오는 대로 출발할 거니까!"

옆집 아주머니는 아이들의 등을 떠밀어 해안가에서 떨어진 언덕 쪽으로 올라가는 행렬에 끼워넣었다. 옆집 아주머니로부터 삼 남매를 넘겨받은 윗집 아저씨가 온내와 쌍둥이 언니의 손을 잡고 끌었다. 윗집 아저씨는 언덕을 오르며 아이들에게 구앙에 관한 이야기를 해주었다.

"그러고 보니 너희들은 구앙을 잘 모르겠구나. 아주 오랫동안 나타나지 않았으니까 다들 외면하고 싶었던 거야. 내가 어렸을 적엔 귀에 못이 박히도록 구앙에 대해 들었는데 얼마나 무서웠는지. 그게 싫어서 우리 애들한테도 말하지 않았어. 섬의 다른 어른들도 마찬가지였을 테지."

아이들은 서로의 손을 꼭 잡았다. 행렬 앞뒤로 다른 집 아이들이 훌쩍이는 소리도 들렸다.

"하지만 애들아, 다 괜찮을 거다. 무녀님께선 그 괴물을 없애는 방법을 알고 계시거든! 무녀님께서 알아서 해주실 거야. 우리는 무녀님이 그것을 퇴치하시는 동안 방해가 되지 않게 흩어져 꼭꼭 숨어 있기만 하면 된다. 구앙은 사람들의 온기를 쫓으니까 우리가 한데 모여 있으면 구앙이 무녀님의 제웅에 집중을 안 하거든.”

온내는 전혀 안심할 수 없었다. 윗집 아저씨도 말로는 괜찮을 거라면서 얼굴은 새파랗게 질려서 땀으로 번들거렸다. 살이 에 이도록 추운 날인데. 게다가 무녀님은 지금 무척 아프시지 않나? 어려도 주변 상황을 이해할 눈치는 있다. 무녀님은 올 여름부터 거의 거동을 못 했다. 바로 오늘까지 섬사람들이 돌아가면서 무 녀님 곁을 지키지 않았던가.

“무녀님은 지금 편찮으셔서 혼자서 밥도 못 드신다면서요. 정 말 구앙을 물리치실 수 있나요?”

울먹이는 쌍둥이 언니의 질문에 윗집 아저씨의 말문이 잠시 막혔다.

“… 그럼! 평소엔 기력이 없으시지만 구앙이 올라오면 다르실 거야!”

윗집 아저씨 대신 뒤쪽에서 앞집 아주머니가 대답했다. 앞집 아주머니의 목소리는 필요 이상으로 크고 단호했다. 마치 스스 로를 속이려는 것처럼. 사람은, 응? 원래 큰일이 벌어지면 엄청 난 힘을 발휘하지, 아무렴! 게다가 무녀님이 보통 사람이니? 암, 그렇고 말고!

선두에서 사람들을 이끌던 도깨비 박 씨 아저씨의 외침이 들 렸다. 이제부터 각자 알아서 뿔뿔이 흩어져 숨어야 한다는 지시였다. 사람의 온기를 쫓는 구앙의 걸음을 늦추고 마을 주민들이 한꺼번에 몰살되는 일을 피하기 위해서였다. 삼 남매는 두려웠다. 대체 어디로 숨어야 하는 걸까? 우리 섬엔 숨을 만한 곳이 많지 않은데….

우거진 숲이나 복잡한 바위산 같은 것은 없다. 대부분 어른 허리까지 오는 풀로 뒤덮인 구릉뿐이다. 초조하게 발을 동동 구르던 온내에게 좋은 생각이 떠올랐다. 산머리 동굴이다! 그 동굴은 여름에도 서늘하니까 구앙도 추워서 오고 싶지 않을 거야! 게다가 다른 사람들은 산머리 동굴에 안 갈 것이다. 당장 우리 오빠부터 가고 싶어 하지 않을 테니까!

온내의 예상대로였다. 아무도 산머리 동굴 안에 숨지 않았다. 오빠가 내키지 않아 한 것까지 예상대로였다. 쌍둥이 언니의 적극적인 찬성이 없었더라면 다른 숨을 곳을 찾아야 했을 것이다.

두겸은 의아했다. 대체 산머리 동굴이 어떤 곳이길래 이 같은 상황에서도 사람들이 꺼리는 걸까? 답은 아이들이 동굴 안쪽까지 들어가자 바로 나왔다.

산머리 동굴은 섬의 중반쯤, 튀어나온 작은 절벽 틈에 있었다. 절벽 면 아래쪽에 길쭉하게 찢어진 모양의 입구를 따라 들어가니 곧 막다른 동굴 벽이었다. 벽면 가운데에 움푹 들어간 구멍이 있었다. 어른 둘 정도가 껴안고 들어가 웅크릴 만한 크기의 구멍이었는데 안쪽에 바위 하나가 있었다. 동그란 꼭대기의 한 면에 울퉁불퉁하게 튀어나온 홈들은 꼭 눈과 코를 연상케 했고 머리 양쪽에 귀 모양으로 볼거진 부분이 있는데 그게 아주 컸다. 입이 없는 사람 모양의 바위였다. 이게 손님의 본체로구나! 두겸은 바로 감을 잡았다.

"귀님, 저희가 왔어요."

세 아이들이 사람 모양 바위 앞에 무릎을 꿇고 앉았다. 두겸은 바위 곁의 허공에 떠서 아이들을 바라보며 손님에게 속삭였다.

"귀는 당신의 이름이군요."

손님은 고개를 끄덕였다. 두겸은 사내아이의 어색한 몸짓에 고개를 갸웃했다.

"큰아이는 당신께 온 게 아직도 마음 편하지 않은 것 같아요."

호호호. 낮고 따스한 웃음소리가 울렸다.

"나는 마을 사람들의 가장 어둡고 무거운 비밀을 듣는 신 아니겠어요? 섬사람들이 날 중요하게 생각하면서도 꺼려하는 게 당연하지요."

그렇구나. 두겸은 문득 손님이 외로운 신이 아니었을까 생각했다. 두겸과 손님은 세 아이가 바위 앞에 무릎을 꿇고 기도하는 걸 바라보았다. 살려주세요. 저희랑 섬사람들 모두를 지켜주세요. 제발요. 아이들의 기도를 가만히 듣던 손님이 탄식했다.

"온내와 쌍둥이 언니는 매 명절이면 저를 찾아와 인사하곤 했습니다. 저 작은 고사리손으로 나름대로 전물상을 차려줄 땐 어찌나 기특하던지요. 구앙이 뭍으로 올라오던 이날, 저는 아이들의 기도를 얼마나 들어주고 싶었는지 모릅니다. 이 아이들이 곧 마주할 재앙이 어떤 것인지 알고 있었으니까요. 그리고 이날은… 이전 바다가 얼던 겨울과는 좀 달랐습니다."

손님은 커다란 귓볼 끝을 손가락으로 건드렸다.

"저는 아이들이 제게 기도하던 이때, 또 하나의 절절한 마음의 비명을 듣고 있었어요. 홀로 수저도 못 들 정도로 노쇠한 무녀의 한스러운 고백을요."

-나는 무엇을 잘못했나. 왜 움직이지 못할 정도가 되어서도 죽지 않았나. 왜 나는 진즉 죽어 새 무녀에게 능력을 전해주지 못했나. 구앙이 오고 있는데 나는 마을 사람들 전체를 대신할 제웅을 만들 기력을 다하고 말았네.

두겸은 경악했다. 무녀가 제웅을 만들 수 없다니? 그렇다면 구앙을 막을 방법이 사라진 게 아닌가! 그렇다면 섬사람들은 어떻게 되는 거지? 이 아이들은?

손님은 몸을 숙여, 웅크리고 기도하는 세 아이들의 작고 동그란 뒤통수를 어루만졌다.

"저는 사람들의 비밀을 간직해주는 정도의 보잘것없는 능력을 가진 보잘것없는 신입니다. 구앙을 막을 힘 같은 건 없어요. 그래서 저는 제가 할 수 있는 최선… 아이들을 잠재웠습니다. 아이들이 보지 않아야 할 무서운 광경을 보지 않고 지나가길 바랐습니다. 한 시간이 하루와 같은 공포를 견디지 않아도 되길 바랐습니다. 그리고 만약 정말로 불운하게 이 아이들이 구앙에게 발견된다면… 평온한 죽음을 맞을 수 있기를, 저는 바랐습니다."

세 아이는 기도하던 자세 그대로 잠들었다. 색색거리는 숨소리가 일정해졌다. 동굴 안에 희미한 바람 소리가 메아리쳤는데 상황 때문인지 불길하게 느껴졌다.

쩌어억…

두겸이 놀란 토끼처럼 고개를 들어 동굴 입구 쪽을 보았다. 바람 소리 틈으로 다른 소리가 섞여 있었다. 희미하지만 확실했다. 그것은,

쩌어억.

얼음 깨지는 소리다!

촌장의 말대로였다. 이 소리는 정말 거대한 괴물의 걸음 소리 같았다. 쩌어억…쩌어억… 얼음이 깨지는 소리가 점점 가까워지다가 자르륵… 자르륵…자르륵… 자갈 해변을 지나는 소리가 나고, 곧이어 우직… 으지직… 자갈 해변에서 마을까지 이어지는 잡목림의 가지가 부러지는 소리가 들렸다. 심장이 옥죄

는 것 같았다. 정체 불명의 괴물은 존재감을 여실히 드러내며 다가오고 있었다. 환영임을 알아도 이렇게 두려운데, 손님의 힘으로 잠든 세 남매를 제외하고 섬의 모든 사람들이 두려움에 떨며 이 소리를 듣고 있었을 것을 생각하니 두겁은 마음이 아팠다. 얼마나 무서웠을까?

"아이들을 재운 것이 최선이었다는 게 무슨 뜻인지 알겠습니다."

두겁이 손님에게 속삭였다. 두겁은 호의 고향 친구 은자가 생각났다. 어떤 일들은 평생 경험하지 않는 것이 좋다. 특히 아이들은. 두겁의 말에 손님은 슬피 눈을 감았다.

"하지만… 저는 힘이 약한 신이어서 한 아이는 완전히 재우지 못했습니다."

두겁의 등 뒤에서 작게 숨을 들이쉬는 소리가 났다. 온내였다. 아이가 눈을 뜨는 순간 해안가에서 무시무시한 울부짖음이 울려 퍼졌다.

우우우우우우웅-.

내장을 울리는 울음소리였다. 온몸의 솜털이 곤두섰다.

꺄아아아아아!!!!

구앙의 울음에 바로 이어지는 절망에 찬 비명소리! 온내가 움찔했다. 쿵쾅쿵쾅 심장이 내달렸다. 두겁은 현기증이 날 것 같았다. 온내의 속마음이 고통스러울 정도로 선명하게 들렸다. 아무래도 손님의 능력 때문인 것 같았다.

무서워! 무슨 상황인지 전혀 모르겠어서 더 무서워⋯! 온내는 극도의 긴장에 어지럼증을 느끼며 비틀대면서도 동굴 입구 쪽으로 천천히 걸었다. 동굴 입구에 다다랐을 때 저 멀리 보이는 광경에 우두커니 얼어 붙었다. 새카맣 정도로 흐리던 하늘이 언제 그랬냐는 듯 구름 한 점 없고 달이 너무 밝았다. 달이 너무 밝아서 밤이었는데도, 멀리 떨어져 있었는데도 보지 말아야 할 것들이 선명하게 보였다.

멀리 수풀 속에 우뚝 선 거대한 민달팽이 같은 몸뚱이, 미끌거리는 점액질로 뒤덮인 피부, 뭉개진 주먹 같은 대가리, 몸에서 뻗어 나온 자라목⋯. 죽은 생선의 것과 똑 닮은 뿌연 눈은 초점이 없으며 눈꺼풀도 없었다. 목이 시작하는 부분까지 찢어진 거대한 심해어 같은 입엔 날카롭고 잔 이빨이 가득했다. 그 이빨들 사이에 끼어 대롱거리는 것은⋯ 사람의 몸뚱이었다.

온내는 양손으로 입을 꾹 눌러 막았다.

소리지르면 안 돼! 들킬 거야!

구앙이 다시 수풀 속으로 대가리를 박았고, 수풀 안에서 누군가 비명을 질렀다. 휙, 구앙의 고개가 뒤로 꺾였다. 사냥에 성공한 가마우지가 물고기를 잡아채는 것과 같은 움직임이었다. 구앙에게 잡힌 사람의 몸이 공중으로 날아올랐다가 쩍 벌어진 입 속으로 사라지는 순간 비명이 뚝 끊어졌다.

온내는 다리에 힘이 풀려 주저앉았다. 입을 틀어막았지만 발작적인 호흡이 그 새로 삐져 나왔다. 살을 에는 겨울바람을 타고 코를 찌르는 역한 비린내가 전해졌다. 구앙의 냄새였다. 구앙이 천천히 고개를 돌렸다. 해안가와 가까운 촌락을 보는 듯하더니 점점 방향을 틀었다. 점점, 점점… 흐리멍덩한 허연 눈동자가 이쪽에 고정되었다.

우우우우우웅. 구앙의 울음 소리가 진동했다. 안 돼. 오지 마. 구앙이 대가리만큼 커다란 앙상한 갈퀴발을 산머리 동굴 쪽으로 뻗었다. 민달팽이 같은 몸뚱이가 응축되더니 구불텅거리며 엄청난 속도로 기어오기 시작했다. 엄청난 속도였다. 온내는 눈물을 펑펑 쏟았다. 어떡해 어떡해 어떡해. 머릿속이 새하얬다. 눈을 질끈 감고 웅크렸다. 이대로 죽는구나! 그때 저 멀리서 누군가의 외침이 들렸다.

"이놈! 이놈, 구앙아!!!"

온내는 반사적으로 눈을 뜨고 소리나는 쪽을 쳐다보았다. 산머리 동굴 뒤쪽 언덕 등성이에서 한 사람이 구앙을 향해 달려오고 있었다! 온내의 동그란 눈이 더욱 동그래졌다. 한 사람이 아니었다. 한 사람처럼 보인 것은 하나가 다른 하나를 업고 있었기 때문이었다.

"무녀님?! 촌장님?!"

백발에 비쩍 마른 노인이, 역시 백발에 염장 굴비처럼 쪼그라든 노인을 업고 구앙을 향해 달려가고 있었다. 놀랍게도 산머리 동굴로 돌진하던 구앙 역시 중간의 들판 언덕에서 멈췄다. 그것은 멈칫하더니 무녀와 촌장이 다가오는 방향으로 고개를 틀었다. 혼란스러운지 잠시 머뭇거리던 구앙이 입을 쩍 벌리고 우우우웅! 고래만 한 몸뚱어리가 흔들릴 정도로 울었다. 무시무시한 소리에 온내의 피부가 찌릿했다. 그러나 괴물 쪽으로 다가가는 촌장의 발은 느려지지 않았다.

"무녀니임! 촌장니이임!"

온내는 비명을 지르며 두 사람 쪽으로 달려나갔다. 그렇게 무서웠으면서 왜 달려갔는지 알다가도 모를 일이었다. 그로 인해 인생이 바뀔 줄 알았더라면 동굴 앞에서 웅크린 채 아무것도 보지 않기 위해 눈을 감고 귀를 틀어막았을까? 온내는 훗날 이 순간을 몇 번이고 회상했다. 수를 세는 것이 무의미해질 정도로 되감고 또 되감으며 이날을 기억했다.

평소의 촌장님이라고 믿을 수 없을 정도로 기운차게 달려오던 노인이 갑자기 균형을 잃었다. 내리막 언덕을 달려오던 속도와 등에 업은 무녀의 무게 때문에 균형을 찾지 못하고 외마디 비명과 함께 두 노구가 언덕을 굴렀다.

온내는 이 날을 반복하며 회상할 수록 자신이 이날 본 것이 진짜임을, 착각이 아니었음을 확신했다. 무녀님은 이날, 일부러 촌장님을 넘어뜨렸다. 무녀님은 언덕 아래, 구앙 쪽으로 촌장님보다 더 많이 굴러갔고 다가오려는 촌장님을 단호하게 제지했다. 말라 비틀어진 노구의 어디에 그런 기운이 숨겨져 있던 걸까. 무녀님은 결국 홀로 구앙을 마주했다.

"끔찍하고 가엾은 것."

온내에게도 들릴 만큼 선명한 목소리였다. 구앙은 무녀님의 말에 대답하듯 몸속에서부터 우는 소리를 냈다.

"물속이 얼마나 추웠누."

그러나 무녀에겐 마을 사람들 대신 온기를 발산할 제웅이 없다.

"우리는 아마 만나야 할 때를 놓친 듯하네. 내겐 제웅을 만들 힘이 남아 있지 않아. 그래서 네 추위를 가시게 할 수가 없어."

해류의 흐름에 수초가 흔들리듯 구앙의 몸이 천천히 흔들거렸다.

"부디 이 정도로 봐주시게."

무녀가 대대로 전해져 내려온 주문을 외우자 제웅 대신 무녀의 몸이 열기를 발했다. 몸 안에서 불이 지펴진 것처럼 차분한 주황빛이 살결을 타고 뿜어져 나왔다. 그리고 정해진 수순대로 구앙은 자신을 위해 준비된 '살아 있는 제웅'을 집어 삼켰다.

잠시 후 구앙의 입에서 등불 같은 붉은 빛 덩어리가 빠져나왔다. 초대 무녀의 혼불이었다. 바로 근처에 살아 있는 촌장과 온내가 있었음에도 불구하고 구앙은 더 이상 산 목숨에 관심을 갖지 않았다. 구앙이 혼불을 따라 천천히 움직였고, 혼불은 덩실덩실 춤을 추며 구앙이 돌아갈 집, 동굴이 있는 무인도를 향해 날아갔다.

들판을 가로질러, 잡목림을 가로질러, 자갈 해변을 지나, 얼어붙은 바다로.

섬 방방곡곡에 숨었던 사람들은 구앙이 바다로 떠나는 것을 확인하고 동이 트자마자 서둘러 마을로 돌아왔다. 다들 서로 얼싸안고 울고 웃으며 안부를 확인했다. 구앙에게 잡아먹힌 사람은 총 일곱이었다. 섬 전체가 십시일반 비용을 모아 장례를 치르기로 했다. 정신없는 와중에 어른들의 걱정 어린 의문이 온내의 귀에 박혔다.

"초대 무녀님의 혼불이 바다로 가버리셨으니 이제 어쩌지?"

원래대로라면 무녀님의 임종은 섬의 모든 여자들이 지켰다. 모두가 지켜보는 앞에서 초대 무녀의 혼이 누구에게 들어가는지 알기 위함이었다. 그러나 이번에는 무녀님이 사람들 앞에서 임종을 맞지 못했다. 혼불이 되어 바다로 떠나셨으니까. 온내는 떨리는 몸을 진정시키기 위해 팔로 감싸 안았다. 따듯한 손이 머리에 닿았다. 고개를 드니 마을 아주머니 중 한 분이 딱하다는 표정으로 머리를 쓰다듬어주었다.

"에그, 딱한 것. 어제 그 처참한 광경을 죄다 지켜봤다면서? 괜찮다, 아가. 다 끝났어. 앞으로 몇 십 년 동안 구앙은 돌아오지 않을 거야. 무녀님께서 그걸 바다로 돌려보내주셨어. 더 이상 무서워하지 않아도 된단다."

온내는 아주머니의 푸근한 품에 안겨 엉엉 울었다.

결국 초대 무녀의 혼을 이어받은 사람은 없었다. 붉고 따스한 그의 넋은 괴물과 함께 섬을 떠났다. 구앙이 사라지고 며칠 후 온내는 촌장의 손을 잡고 해안가에 서서 무녀님과 구앙이 떠나간 바다를 바라보았다.

"이로서 무녀의 대가 끊긴 건가."

촌장이 중얼거렸다. 온내의 시선을 느낀 촌장은 목을 가다듬더니 미소 지었다. 분명 온내를 안심시키려 지은 미소였겠지만 아이는 그 미소가 애써 지어낸 것이라는 걸 알 수 있었다. 촌장은 어쩌면 구앙이 앞으로 영원히 나타나지 않을지도 모른다고 생각했다. 암, 그렇고 말고. 스스로를 납득시키듯 고개를 끄덕이며 중얼거렸다.

"초대 무녀님의 혼이 돌아오지 않은 건 구앙 역시 완전히 사라졌다는 걸 거야."

촌장과 아이는 고개를 쭉 빼고 먼 곳을 보았다. 바다가 녹기 시작하고 있었다.

8장

삼십 년

술래잡기 2

두겸이 눈을 감았다 뜨니 오월중개소 응접실이었다. 창밖엔 아직도 세찬 비가 내리고 있었다. 후텁지근한 공기에 하얀 셔츠가 피부에 달라붙었다. 손님은 이야기를 시작했을 때 그대로, 두겸의 반대편 소파에 부채로 입을 가린 채 앉아 있었다. 그는 두겸의 황당한 표정에 즐겁게 눈웃음을 지었다.

"후후. 이쪽과 저쪽을 오가려니 정신없지요?"

두겸은 이마에 흐른 땀을 닦았다. 슬슬 현실감이 돌아오니 의문이 든다. 분명 놀라운 사연지만… 두겸은 고개를 갸웃했다.

"이게 왜 귀님께 짐이 되는 비밀인지 잘 모르겠습니다."

손님이 몸을 천천히 흔들면서 고개를 끄덕였다. 그럴 것이다.

왜냐하면 아직 이야기는 끝난 게 아니니까. 부채 뒤의 반달 눈이 반짝였다.

"지금 보여드린 일이 언제 일어난 것 같나요?"

뜬금없는 수수께끼에 두겸은 머리를 굴렸다. 한양이나 평양처럼 크고 유행에 민감한 지역이었다면 의복이나 생활상을 통해 시기를 짐작할 수 있었겠지만 유행의 영향을 받지 않는 외딴 지역은 그러기 쉽지 않다.

"글쎄요. 이삼 백 년 전쯤일까요?"

호호. 또다시 기분 좋은 울림.

"오래된 전설 같지요? 이 사건은 약 35년 전에 일어났답니다. 놀라시는 것도 무리가 아니지요. 하지만 말씀드렸듯이 이건 아직도 살아 있는 이야기랍니다."

내내 들떠 있던 손님이 조금 침울해졌다.

"구앙이 뭍으로 올라왔던 해로부터 오 년 정도 지났을 때입니다. 얕은 잠을 자고 있던 저는 발소리에 깨어났습니다."

아차하는 순식간에 두겸은 다시 비밀 속으로 이끌려 들어왔다. 주변은 어두웠지만 눈이 적응하니 곧 익숙한 광경이 보였다. 손님의 본체가 있는 산머리 동굴 안이었다.

－저는 지금 당신에게 제가 목격한 장면을 보여주고 있습니다.

손님의 목소리가 두겸의 머릿속에서 들림과 동시에 입구 쪽에서 발소리가 들렸다. 소리가 점점 커지더니 여자아이 하나가 나타났다. 온내였다. 그러나 아이는 오 년 전의 천진난만한 꼬마가 아니었다. 입은 고집스럽게 닫혔고 눈썹은 신경질적으로 굳어 있으며 표정은 어두웠다. 온내는 손님의 본체에서 6보 정도 떨어진 거리에 멈춰서 이쪽을 노려보았다. 고작 오 년 사이에 몰라보게 변해버린 소녀의 인상에 두겸은 할 말을 잃었다.

– 쌍둥이 언니와 놀러 와서 공양밥을 주던 장난꾸러기 꼬마였는데 말이죠.

두겸의 마음에 손님의 안타까움이 흘러들었다. 이쪽을 노려보던 온내는 마음을 굳혔는지 성큼성큼 걸어와 귀님의 본체인 바위 바로 앞에 웅크리고 앉았다. 온내는 한참 동안 바위를 외면한 채 고집스럽게 입술을 물고 있었다. 저렇게 움직이지도 않고 돌바닥에 앉아 있으면 엄청 저릴 텐데, 하는 쓸데없는 걱정이 들 즈음 온내가 입을 열었다.

"구앙과 관련된 전설에 무녀는 두려움을 느끼지 못하게 된다는 게 있어요. 초대 무녀님의 혼이 여자아이의 몸에 들어갈 때 그애 마음에 있는 두려움을 없애버린다나요. 그래서 구앙에게서 도망친 무녀는 한 명도 없대요. 두렵지 않으니까."

온내는 손가락으로 치맛단의 올을 뜯기 시작했다.

"촌장님은… '그날' 이후로 섬사람들을 위해 스스로 구앙에게 잡아먹힌 무녀님이 얼마나 의연하셨는지 침이 마르도록 자랑하지요."

온내는 빈정대는 말투로 촌장을 따라했다.

"곧 끝날 테니 다가오지 말게, 명령하시는데 나라님도 그렇게 위엄 있진 못하실 거야! 그분은 단호하게 구앙을 마주하셨지! 그 전까진 수저도 제 힘으로 못 드는 분이셨는데!"

다시 입이 굳게 닫히고 소녀의 작은 등이 더욱 움츠러들었다.

"…아무것도 모르면서. 촌장님은 아무것도 몰라. 무녀님의 등만 보였을 텐데 뭘 어떻게 알아."

낮게 으르렁거리는 아이의 눈빛이 매섭다.

"달이 너무 밝았어요. 왜 그렇게 밝아야 했을까? 봐선 안 될 것을 보고 말았잖아. 무녀님은 구앙을 마주했을 때 공포에 질려 있었어요. 초대 무녀의 혼이 공포를 없애준다고요?"

거짓말.

화가 나는 건지 슬픈 건지 온내의 호흡이 거칠어졌다. 구앙에게 잡아먹힐 거라는 걸 안 무녀님은 그 괴물을 무서워하셨다. 죽는 걸 무서워하셨다. 온내는 눈물이 나오는 걸 막으려 황급히 눈을 꾹 감지만 야속하게 삐져나온 눈물이 뺨을 타고 흘렀다.

"무서워도 해야 할 일이었기에 도망치지 않은 것뿐이라고요.

200

귀님께 입이 있다면 제가 잘못 본 거라고 위로하실까요? 아무리 밝은 밤이었다고 해도, 그 먼 곳에서 무녀님의 표정이 보였을 리 없다고, 설사 그분의 얼굴을 보았다고 한들 사람의 감정을 읽어 내는 건 쉽지 않다고 하실지도 모르겠어요."

다시 온내의 손끝이 치맛단을 뜯었다.

"하지만 아니에요. 난 그날 무녀님이 얼마나 무서우셨는지 알아요. 나는 아주 잘 알아요. 왜냐하면요…."

온내가 웅크리고 있던 몸을 풀고 손님의 본체를 쳐다보았다. 아이의 침울하고 커다란 눈동자가 두겸과 마주쳤다. 온내는 무릎 걸음으로 다가와 손님 본체의 큰 귀에 입을 갖다 댔다.

"사실 초대 무녀님의 혼은 돌아왔답니다. 바로 제게로요. 있지요, 귀님. 나는 하루도 구앙과 무녀님을 생각하지 않고 지나는 날이 없어요. 생각하고 싶지 않아요. 잊고 싶어요. 내가 살아 있는 동안 구앙이 다시 돌아올까봐 죽을 만큼 불안해요. 지난 다섯 번의 겨울은 지옥이었어요. 앞으로 저는 얼마나 이런 불안 속에 살아야 하나요?"

귀님. 나 무서워 죽겠어요.

아아. 두겸은 아이의 손을 잡아주고 싶었다. 온내의 갈 곳 모를 화와 혼란이 깃든 굳은 눈매를 잘 알았다. 그것은 우물에 던져져 죽은 어린 동생의 기억과, 역시 우물에 던져져 죽다 살아나며 얻은 능력을 감당하기 어려워 방황하던 십 대, 이십 대의 자신과 닮아 있었다. 이 아이는 아마 앞으로도 이 마음의 짐에서 자유롭지 못할 것이다. 가벼워질 수는 있겠지만 그것은 절대 사라지지 않을 것이다. 방황하던 두겹이 보통 사람들은 보고 들을 수 없는 것을 보고 듣는 능력을 이용해 영물들과 귀신들, 산 사람들을 돕기 시작하면서, 하나 둘씩 좋은 인연들을 만나면서 그 짐을 감당하는 법을 조금씩 터득했지만 완전히 자유로워지진 못한 것처럼.

주변이 흐려지더니 잠시 후 어두운 동굴은 환한 응접실로 바뀌었다. 후⋯. 두겹이 심호흡을 했다. 환영 속으로 들어간 게 두 번째인만큼 들어갔다 나오는 순간도 조금은 익숙해졌다.

"온내는 저에게 이 비밀을 털어놓은 날 섬을 떠났습니다."

손님은 거기까지 말하고는 생각에 잠겼다. 잠시 기다려도 더 이상 말이 없자 두겹이 먼저 물었다.

"구앙이 나타난 건 약 35년 전이라고 하셨지요? 온내는 아직 살아 있을 확률이 크고 그렇다면 온내가 섬을 떠난 이후 섬사람들은 무녀 없이 구앙이 언제 나타날지 모를 겨울을 보내고 있겠군요. 손님께서는 제가 그 섬사람들에게 진실을 밝혀주길 바라시는 건가요? 사실 무녀의 대는 끊기지 않았고 현 무녀는 섬에서 도망쳤다고요?"

이것은 분명 큰 비밀이었다. 그러나 비밀의 무게는 상대적이기도 하다. 이 비밀은 그 섬과 섬의 사람들에겐, 멀리 떠나야 하는 귀님에겐 무거운 비밀이지만 완벽한 제3자인 두겸에게는 보다 가벼운 것이다.

손님은 답하지 않았다. 입가를 가린 부채를 천천히 부치는 모습이 기분 좋아 보였다.

"그간 참 많은 사람들의 비밀을 들었습니다. 듣고 마음속에 묻었습니다. 종종 사람들을 위로할 땐 그거면 됩니다. 듣고 또 들어주는 것. 희한한 일이죠. 그것으로 충분하다는 것이. 그것으로 충분하기에 제게는 입이 없었는지도 모릅니다."

질문에 멀리 돌아 대답하는 것이 이 손님의 버릇인가. 손님은 눈을 내리깔았다. 부채를 들고 있던 손목을 한 번 경쾌하게 까닥였다. 부채가 착, 소리와 함께 접히며 손님의 하관이 드러났다. 입이 있어야 할 곳에 입은 없었다. 대신 사람의 생살을 잡아 찢은 것 같은 상처가 길쭉하게 휘어 있었다.

"때가 된 겁니다. 온내가 떠나고 나서 섬의 다른 사람들도 하나둘 육지로 떠났습니다. 육지의 큰 고을들이 도시라는 것으로 변하기 시작했기 때문이지요. 그 변화를 따라가듯 절 찾는 사람들의 발길이 끊긴 지 십여 년입니다. 그러던 와중 얼마 전 지진이 있었습니다."

아. 두겸의 시선이 아래로 떨어졌다. 환영 속에서 본 손님의 본체를 떠올렸다. 입이 없는 사람 모양을 한 바위. 지진으로 인해 달걀처럼 흠 하나 없이 매끈하던 귀님의 입가에 금이 간 것이다.

"저는 입이 없었기에 신일 수 있었습니다."

-제 비밀을 들어주세요. 제 비밀을 들어주시되 절대로 발설하지 말아주세요.

섬사람들의 염원과 믿음이 바위였던 손님을 신으로 만들어주었다. 하지만 이제는 아니다. 사람들이 찾지 않고 본체인 바위의 입가에 금이 간 순간 '비밀을 지켜주는 신'으로서의 역할은 끝나버렸다. 어차피 섬사람들에게 점차 잊히던 신이었다. 인간의 믿음으로 신성을 얻은 신은 그 믿음이 사라지면 신성을 잃는다. 귀님은 지진으로 입이 생기지 않았어도 그곳에서 서서히 한낱 바위로 변해갈 운명이었다.

"사라질 신들은 사라지고 남는 신들은 남더라도 모습이 변하겠죠. 그리고 앞으로 새로운 신들이 태어날 것이고요."

손님은 밝은 목소리로 말했다. 정말로 여행을 가는 기분이었다. 자신에게 입이 생긴 것은 누군가의 배려일 거라고 믿었다. 이제 자신은 굉장한 수다쟁이가 됐고 그 덕분에 하고 싶은 말을 전부 다 하고 마음 편히 떠날 수 있게 되어 후련하다. 손님이 다시 부채로 입을 가리며 주소 하나를 읊었다.

"그 집에 사는 여인에게 전해줘요. 이건 비밀인데,"

까르륵, 손님은 아이처럼 즐거워했다.

"더 이상 네 고향의 바다는 얼지 않을 거란다. 그 바다 속엔 아주 오래 전 구앙을 퇴치하는 방법을 전하기 위해 저승길을 포기한 초대 무녀처럼, 스스로 구앙에게 잡아먹힌 또 하나의 용감한 영혼이 죽은 이들의 넋을 감싸주기 위해 저승길을 포기하고 바다 속에 머물기를 택했단다,라고요."

꺄르르륵. 손님은 입을 크게 벌려 웃었다.

"그리고 이제야 이 말을 전하게 되어 미안하다고 꼭 전해주세요."

손님이 고개를 돌려 창밖을 봤다. 그의 얼굴이 빛나듯 환했다.

"비가 그쳤네요."

손님의 말에 두겸 역시 창밖을 보니 짙은 비구름을 뚫고 늦은 오후의 황금빛 햇살이 창밖의 풍경 곳곳을 비추고 있었다. 두겸이 다시 손님 쪽으로 고개를 돌렸을 때, 손님은 사라지고 없었다.

퇴근한 두겸이 오래되고 좁은 길을 한참 걸어 집에 도착하자 때맞춰 초여름 해가 서산 너머로 넘어갔다. 저 멀리 낮은 건물들의 지붕선 위에만 어렴풋이 주황빛이 남았다. 샛별도 보이기 시

205

작했다. 조금 있으면 나머지 별들이 하늘을 가득 채울 것이다.

두겸은 편한 옷으로 갈아입고 저녁으로 치조를 위한 날고기와 자신의 나물 반찬을 준비하는 동안에도 귀님과 온내를 생각했다. 온내도 나처럼 짐의 무게와 함께 살아가는 법을 익혔을까? 그녀의 삶이 조금이라도 편안해졌을까? 부디 그랬길 바랐다. 앞으로는 더욱 평안해지라고도 기도했다.

치조와 마주 앉아 저녁을 먹다가, 두겸은 문득 치조님과 함께 온내를 만나러 가고 싶어졌다. 먼 길을 갈 거라는 귀님의 말에 조금 쓸쓸해졌던 것인지도 모른다.

"치조님. 내일 저랑 어디 좀 같이 가주실래요? 누군가에게 어떤 소식을 전하러 가야 하는데 치조님이랑 같이 가고 싶어요."

"나쁜 소식이냐?"

날고기를 우물거리며 치조가 물었다. 치조는 인간들이 우는 게 정말 싫었다. 나쁜 소식이라면 인간은 울겠지. 어휴. 자기 앞에서 인간이 또 운다면 눈을 콱 감고 귀를 팍 틀어막아버릴 것이다. 아이는 너무하다고 하겠지만 두겸도 수백 년을 우물 속에 갇혀서 죽은 원혼들이 울며불며 하소연하는 걸 듣다보면 이해할 것이다. 공감조차 되지 않는 시끄러운 하소연과 원망과 분노를 천날 만날 듣고 있으면 누구나 질리게 되어 있다고 말이다.

"음… 아니에요. 전 좋은 소식이라고 생각해요."

"좋은 소식이라면 알았다. 같이 가자."

"고마워요."

아무것도 아닌데 뭘. 치조는 두겁의 감사 인사를 손사래로 날려버렸다. 두겁이 출근과 퇴근이란 걸 하는 동안 이 집에서 뒹굴거리는 게 슬슬 심심했는데 잘됐다. 두겁이 하는 일이 궁금하기도 하고, 인간의 몸으로 조각들을 찾아다니려면 인간 세상을 좀 알아둘 필요도 있었다.

다음 날은 화창하다 못해 태양이 작렬했다. 아침 일찍 출발할까 싶었지만 며칠 간의 비로 눅눅하고 쿰쿰해진 이불과 수건을 삶고 빨다 보니 오후가 되어서야 출발할 수 있었나. 귀님이 말해준 주소를 찾아 두겁과 치조는 도보와 전차를 번갈아 가며 부지런히 이동했다. 출장과 다름없는 일이었지만 (게다가 이번 건은 보수도 없다) 두겁은 조금 들떴다.

"치조님과 같이 가니 좋아요."

두겁의 말에 치조도 덩달아 기분이 좋아졌다. 아이의 기분을 좋게 하는 건 재밌고 치조는 재미있는 게 좋다. 두겁이 어떤 인간에게 좋은 소식을 전하면 그 인간도 기분이 좋아지는 거겠지? 그러면 아이는 더 기분이 좋겠지? 아하하, 그렇게 되면 나도 더 더 기분 좋아질 테고! 치조의 성큼한 걸음에 생기가 돌았다.

온내는 청계천 북쪽 눈에 띌 만큼 크고 고급지진 않았지만 제법 부족함 없이 생활함을 알 수 있는 깔끔한 집에 살고 있었다.

"계십니까?"

두겸이 조심스레 대문 밖에서 방문을 알렸을 때 한 중년의 여성이 나와 문을 열어주었다. 두겸은 이번에도 한눈에 그녀가 누구인지 알아보았다. 고집스럽게 닫혔던 입가는 입꼬리가 아래로 휜 채 얼굴에 새겨졌고 단정하게 쪽진 머리엔 흰머리가 꽤 보였지만 틀림없는 온내였다.

한편 온내는 그날 아침 이상한 꿈을 꿨다. 꿈속에서 평화로운 여름 바다를 보고 있었다. 단지 그 뿐이었다. 남들에겐 전혀 이상할 풍경이 아니었지만 온내에겐 그랬다. 그는 지난 35년 동안 단 한 번도 꿈속에서 여름 바다를 본 적이 없었다. 온내의 꿈 속 바다는 언제나 겨울 바다였고, 그때마다 온내는 경기를 일으키며 잠에서 깼다. 낯선 두 방문객이 문을 두드렸을 때 별 망설임없이 집으로 들였던 것은 그래서였다. 왠지 그날 꾼 꿈이 이 남녀의 방문을 알리는 꿈이 아니었을까 싶었기 때문에.

최두겸이라고 자신을 소개한 남자는 몸짓에서 조심스러움과 진지함이 배어 나오는 반면 산발머리에 화려한 뱀 무늬 녹색 치마저고리를 입은 여자 쪽은 부산스러웠다. 여자는 온내의 집보다는 오히려 남자를 관찰하는 것처럼 보였는데, 그게 꼭 강아지가 뭘 하고 노는지 구경하는 느낌에 가까웠다. 온내는 두 사람을 대청마루에 들이고 테이블 앞에 앉혔다. 남자는 자연스럽게 인사를 하면서 집 안을 둘러보았다. 이 이상한 남녀는 대체 무슨 말을 하려는 걸까? 온내는 불안인지 설렘인지 모를 기묘한 기분에 휩싸여 다리가 후둘거리기 시작했다. 두 사람과 마주 앉는 것은 부담스러워 볕이 잘 드는 대청 끄트머리에 놓인 흔들의자에 앉았다.

두겸의 시선이 장식장 위의 가족사진에 가 있음을 눈치챈 온내가 먼저 입을 열었다.

"입양한 아이들이에요. 전 혼인을 안 했거든요. 19년 만세운동 때 많이들 살해당했잖아요. 그때 첫째와 둘째를 입양했는데 그때 이후로 어쩌다 보니 저렇게 많아졌네요."

낯선 이에게 구구절절 설명할 필요가 없는 일들을 온내는 자기도 모르게 늘어놓고 있었다.

"좋은 일 하셨군요. 혼자서 아이 넷이나 데리고 살기 힘드셨을 텐데요."

좋은 일이라…. 두겸의 말에 여인은 거칠고 마디가 굵어진 제 손을 봤다. 그 아이들을 사랑으로 거두고 키운 게 아니다. 죄책감에서였다. 고향 사람들을 버리고 도망쳤다는 죄책감으로부터 도망치고 싶었다. 섬을 떠난 후부터 지금까지 아직도 이웃들이 바다에서 올라온 구앙에게 죄다 잡아먹히는 악몽을 꿨다. 처음 두

아이를 입양한 날에도.

"제 마음 편해보려는 불순한 의도를 좋은 일이라고 할 순 없겠지요."

온내가 한쪽 눈썹을 도발적으로 올리며 말했다. 두겸은 사진에서 눈을 떼고 여인을 마주봤다.

"글쎄요…. 죄책감에서 시작된 사랑도 사랑이지 않을까요?"

표정의 변화 없이 부드러운 눈빛으로 답하는 두겸에게서 여인은 고개를 돌렸다. 온내는 아까 사내에게 받은 명함을 들여다봤다. '오월중개소 최두겸, 미술품/골동품/고서적 등 취급'. 이 남자에게 물건을 구해달라고 의뢰하는 일은 없을 것이다. 여인의 주머니 사정으론 지나친 사치였다. 그보다 이런 일을 하는 사람이 그 바다와, 자기의 고향과, 구앙… 그것과 무슨 관련이 있는지 온내로서는 알 수가 없었다. 짐작조차 되지 않아서 머릿속이 더 복잡했다.

그때였다. 여태 온내나 이 집에 큰 관심을 보이지 않던 치조가 무언가에 시선이 꽂히더니 반가운 웃음을 터뜨렸다.

"와하하, 저건 너희 중개소 사장 아니냐? 저 우스운 꼴은 뭐지?"

공기 속에 커져가던 긴장이 일순간에 사라져버렸다. 치조가 가리킨 건 연극 〈로미오와 줄리엣〉 포스터였다. 포스터 속 배우들 중 로미오는 경 사장이 맞았다. 두겹은 무슨 상황인가 싶어 어리둥절해진 온내에게로 시선을 돌리며 답했다.

"아, 저희 중개소 사장님이 저 배우입니다. 중개소 입장에선 완전 바지사장이라 곤란하지만, 정말 연기 잘하죠? 연극을 좋아하시나봐요."

"아… 연극은 그림처럼 글을 몰라도 재밌으니까요. 저는 까막눈이거든요."

조금 전보다는 적대감이나 불안감이 누그러진 목소리였다.

"한창 일할 땐 따로 공부할 시간을 내기 어렵죠."

"뭐, 지금도 배울 생각은 없어요."

온내는 고개를 세차게 저었다. 그럼. 난 글 안 배워. 절대 안 배워. 여인은 고개를 숙이고 스스로에게 다짐하듯 읊조렸다.

"…길거리에 뒹구는 신문에서 바다가 얼었다는 기사를 읽게 될까 무서워. 어느 추운 겨울날 섬 하나가 통째로 풍비박산됐다는 기사를 읽게 될까 무서워. 그래서 글을 배우지 않았고 죽을 때까지 배우지 않을 거예요."

온내는 갑자기 후회가 밀려왔다. 이 사람들을 집에 들이지 말걸. 지금이라도 그냥 가라고 할까? 지금까지 그래왔듯 고향에 관한 모든 것을 거부하고 피했어야 했는데. 잠깐 호기심이 일었고, 여름 바다 꿈 때문에 잠깐 용기도 났다. 이젠 온데간데없지만.

저 남자가 찾아온 이유를 알고 싶지 않았다.

두겸은 온내라는 여인이 무녀로서의 운명을 거부하기 위해 섬에서 도망친 그날부터 지금까지 실체가 없는 술래로부터 도망치고 있다는 사실을 알 수 있었다. '바다가 얼고 구앙이 다시 뭍으로 돌아올, 언젠가 있을지 모를 그날'이라는 술래로부터 말이다. 불행한 놀이는 이제 끝을 내야 한다. 두겸은 또박또박 자신에게 맡겨진 비밀을 꺼내놓았다.

'귀님'이라는 말에 백짓장 같은 얼굴이 되었던 온내는 두겸이 이제 고향 바다에 구앙이 나타나지 않을 것이라는 이야기와, 스스로 제웅이 된 무녀의 마지막 선택을 전하자 소리 없이 얼굴을 일그러뜨렸다. 두겸이 마지막으로 귀님의 "늦어서 미안하다"라는 인사를 전하자 온내는 울었다. 손으로 얼굴을 가리지도 않고, 눈물을 쏟아내며 아이처럼 엉엉 울었다. 죄책감과 두려움으로부터 30년을 도망쳐온 한 여인이 과거로부터 헤어나는 순간이었다. 두겸은 온내의 울음이 잦아질 때까지 자리를 지켰다. 하루를 열기 속에 밀어 넣었던 태양은 어느새 뉘엿뉘엿 지고 있었다.

나란히 집으로 돌아가는 치조와 두겸의 그림자가 길게 늘어졌다. 잔잔한 표정의 두겸과 달리 치조는 미간에 주름을 잡은 채 골똘히 생각에 잠겼다. 한동안 둘은 말없이 흙길을 걸었다. 경성 시

가지의 소음과 둘의 걸음소리뿐이던 침묵을 치조가 먼저 깼다.

"너는 내게 거짓말을 했다. 분명 좋은 소식을 전하러 간다고 했어. 대체 내게 왜 거짓말을 한 거냐?"

"예? 좋은 소식을 전한 걸요?"

치조가 보기에 두겸의 반응이 거짓인 것 같진 않았다. 그럴 아이가 아니다. 하지만 치조는 여자가 우는 걸 똑똑히 보았다. 꼭 자신이 봉인되었던 우물에 던져진 원혼들처럼 울지 않나. 치조가 아무리 감정과 인간의 몸짓에 무지해도 그게 기뻐하는 모습이 아니란 것은 안다.

"좋으면 보통 웃음이 나오는 거 아니냐?"

두겸은 생각지도 못한 질문에 당황했지만 곧 진지해졌다. 이걸 어떻게 설명해야 할까. 특히 내 마음도 아닌 타인의 마음을 어떻게 전할 수 있을까. 내가 그녀였다면….

"아마 온내 씨도 자신이 왜 우는지 모르지 않았을까요?"

이게 뭔 귀신 씻나락 까먹는 소리람? 싫으면 싫은 거고 좋으면 좋은 거고, 슬프면 울고 기쁘면 웃는 건데 자기가 우는 이유를 모른다는 게 말이나 되는 소리인가? 그러나 이어지는 두겸의 말은 점입가경이다.

"인간은 다양한 상황에서 울죠. 저로서는 추측할 수밖에 없지만… 온내 씨는 안도했겠지요? 고향을 떠나온 뒤 처음으로 죄책감 없는 편안한 밤을 맞을 수 있을 테니 후련하기도 했을 거예요. 하지만… 그동안 마음 졸였던 시간이 허탈하고 억울했을 거고요. 혼자 짊어져야 했던 죄책감도, 죄책감에도 불구하고 섬으로 돌아가지 않은 자신이 한심했던 자괴감도, 조금이라도 더 어렸을 때 이 사실을 알게 되었더라면 하는 안타까움도 있었을 거예요. 그런… 온갖 감정이 밀려왔던 게 아닐까요? 그래서 온내 씨는 울 수밖에 없지 않았을까요?"

치조는 입을 쩍 벌렸다. 아까 그 여자 집에 있던 그 짧은 시간에, 여자의 작은 머리통 안에서 저 많은 것들이 지나갔다고? 게다가 두겸이 말하는 그런 감정들 대부분은 치조에게 생소했다.

"온내 씨는 잃은 게 너무 많지요. 삼십 년이란 시간은 돌아오지 않고요. 온전한 기쁨은 아닐 겁니다. 하지만 결국 기뻐서 울었을 거예요. 저라면… 그랬을 것 같아요."

허어. 치조는 기가 막혔다. 낯설고 이해할 수 없는, 복잡하기 그지없는 인간의 마음속.

사방에 가득한 건물들과 사람들을 보았다. 이곳은 치조가 이해할 수 있는 세상이 아니다. 전부터 알고 있었지만 새삼 실감났다. 치조는 이 불확실함이 불쾌했다. 노을이 마음에 안 들어. 아닌 밤중에 홍두깨처럼 갑자기 그런 생각이 들었다. 평생을 감정 없이 보던 노을이 지금 이 순간만큼은 싫었다. 대체 왜? 이상도

하지. 주먹을 쥐자 제 손의 보드라운 살과 온기가 느껴졌다. 아무래도 인간의 몸은 작고 연약해서 작은 자극에 민감하게 반응하는 걸까? 노을 따위에, 사소한 몸짓, 사소한 눈빛, 사소한 의문에 마음이 이리저리 휩쓸리는 걸까? 맨발로 우둘투둘한 길을 걷느라 발에 쌓인 피로가 갑자기 의식되었다.

파! 치조는 콧김을 뿜으며 생각을 돌렸다. 재미없는 생각은 오래 해봤자 좋을 거 없다. 게다가 난 곧 내 조각들을 되찾아 여길 떠날 거잖아? 이해가 안 되면 이해 안 되는 채로 두지 뭐. 당장 전국에 풀어 보낸 뱀들을 불러들여 조각의 행방이나 확인해야겠다. 계획에 따라 일사천리, 빠른 탈출, 빠른 행복이다! 치조의 굳은 미간이 풀렸다.

아까부터 치조의 표정이 영 좋지 않아 신경 쓰이던 두겸은 밝아진 치조의 분위기에 안도했다. 두겸은 치조가 자신과 지내는 시간이 즐겁길 바랐다. 원래 모습으로 돌아간 뒤에도 이곳에 머무는 것까진 기대하지 않지만, 적어도 함께 지낸 시간이 치조님에게 좋은 기억으로 남기를. 그래서 이곳을 떠나신 뒤에도 가끔 날 찾아오신다면 얼마나 좋을까.

두 사람 모두 시원해진 얼굴을 하고 있었지만 서로 동상이몽인 줄은 알 리가 없었다.

215

9장 ꩜

어떤
사랑은

장마철도 지나가고 본격적인 여름이다.

치조는 두겁의 집 툇마루에 앉아 조각의 행방을 알아오도록 조선 팔도에 푼 뱀들을 기다리는 중이다. 마당의 화단에서 멋대로 자란 풀들을 비집고 익숙한 얼굴이 빼꼼 나왔다. 20여 년 전 우물에서 풀려난 치조가 고향 산으로 돌아갔을 때 만난 흰 뱀이었다. 어리지만 제법 신통력을 쌓아 짐승 길도 마음대로 여닫는 등 잔재주를 부릴 줄 아는 녀석이다.

흰 뱀의 도착을 필두로 사사삭 스스슥 매끄러운 가죽이 돌과 나무에 마찰하는 소리가 맴돌더니 마당은 순식간에 수십 마리의 뱀들로 가득 찼다. 살짝 지각해 자리를 찾지 못한 알록달록한 유

혈목이 한 마리가 몸을 틀다 댓돌 위의 신발 하나를 쓰러뜨렸다.

"이놈, 조심 좀 하거라!"

치조는 재빨리 하얀 버선 모양에 노란 뱀 무늬가 수놓인 신발을 툇마루 위로 올렸다. 치조가 양말도 신발도 갑갑해서 싫다며 맨발로 돌아다니다 발이 부르트는 걸 보다 못한 두겸이 며칠 전 치조에게 선물한 특별 제작된 신발이었다. 신발이란 본디 흙먼지 묻고 밑창이 닳기 마련이지만 치조는 손으로 버선 신발에 묻은 흙먼지를 탈탈 털어내며 어서 조각에 대해 보고하라고 뱀들을 채근했다.

뱀들이 올린 보고는 치조가 기대하던 내용이 전혀 아니었다. 기대는커녕 생각도 해보지 않은 요상한 내용이었다.

"다시 말해봐라. 내 조각들이 사라져? 없어졌다고?!?"

조각의 행방을 알아보라고 한 지 한 달이 되어가도록 아무런 소식이 없어 불러들였더니 고작 하는 말이, 멀쩡한 조각이 요술처럼 사라져? 치조는 기가 막히고 코가 막히고 속이 부글부글해서 벌떡 일어나 발을 쾅쾅 굴렀다. 치조의 동공이 옥색으로 빛나기 시작하자 뱀들이 치조를 진정시키기 위해 너도나도 지금껏 모은 정보들을 내놓았다. 그중 치조의 귀에 꽂히는 것이 있었다.

"조각들 중에 썩은 것이 있는데, 그것이 나머지 조각들을 가로챘다고 합니다."

치조의 눈이 가늘어졌다. 썩은 것이라. 얼마 전에 만난 담비 녀석도 '썩은' '병든' '나쁜' 조각을 언급했었다. 아마 그동안 내가 잡아먹은 원귀들에 영향을 받은 부분일 텐데⋯ 거기에 자아가 있단 말인가? 조각 주제에 자아가 있는 것은 인간의 영혼이 엮인 부분이라서일까? 그것에 정말로 의지가 있다면 대체 무슨 생각으로 내 조각들을 가로챈 걸까? 의문이 꼬리에 꼬리를 문다. 정보가 더 필요하다. 치조는 뱀들에게 명령했다.

"문제의 조각을 쫓아라. 그것의 의도가 무엇인지 알아봐다오."

"딱 열흘이면 돼요."

치조가 급한 듯 급하지 않은 나날을 보내던 며칠 후의 아침, 뱀들이 다시 새로운 정보를 가지고 오기까지 한껏 빈둥거리려던 치조에게 두겹이 의미심장한 웃음을 지으며 다가왔다.

"딱 열흘만 오월중개소에 저 대신 출근해주실 수 있나요? 부산항에 좋은 물건들이 들어왔다고 해서 출장을 가게 되었거든요. 기왕 가는 김에 그동안 벼르던 곳들을 둘러보려고요. 다른 업무는 호가 할 거예요. 혹시 절 찾는 특별한 손님이 오실 경우만 상대해주세요."

치조는 뒤통수를 긁적였다. 영 내키지 않았다. 상대가 영물이든 귀신이든 하소연 듣는 건 질색인데. 대화하는 재주도 없고. 치조는 작게 앓는 소리를 냈다. 아이는 지금 벼르던 부산 출장을 앞두고 잔뜩 들떴다. 자신이 살린 작은 인간이 즐거워하는 모습은 치조를 기분 좋게 한다. 치조 자신 덕분에 재밌어 하면 더욱 좋다. 게다가 생각해보니 어려운 부탁도 아니다. 그저 보통 사람들은 볼 수 없는 신이나 영물, 귀신이 찾아오면 며칠 뒤에 두겸이 있을 때 다시 오라는 말만 전하면 된다. 그러니 치조가 어찌 두겸의 부탁을 거절할 수 있겠는가?

치조 출근 첫날, 아무 일 없음.
치조 출근 둘째 날, 아무 일 없음.
셋째, 넷째 날 쭉쭉쭉 아무 일 없음.

치조가 오월중개소에 출근한 아흐레 동안 두겸을 찾는 '특별한' 손님은 없었다. 호도 할 일이 없는지 치조에게 한글을 가르쳐주거나, 평소에는 제대로 청소하지 못하는 오월중개소의 구석구석까지 치조와 함께 대청소를 하며 시간을 보냈다.

그리고 열흘째.

이제는 대청소마저 끝나 할 일이 아무것도 없었다. 치조는 출근하자마자 응접실의 쑥색 소파에 늘어졌다. 두겸이 부탁한 열흘 중 마지막 하루는 낮잠으로 보내면 될 것 같았다. 눈을 감으니 슬슬 나른하다. 완전히 잠에 빠져들기 직전, 여름의 바람과는 다른, 깊은 산 골짜기의 것처럼 서늘한 바람 한 줄기가 치조의 머리 카락을 흔들었다.

"이야기를 들어주는 분은 인간이라고 들었는데. 무서운 분이 계실 줄이야."

치조가 눈을 번쩍 떴다. 반투명한 방문객이 언제 들어왔는지 맞은 편 소파에 앉아 있었다. 사실 허공에 떠 있었으니 앉아 있는 척을 했다는 게 맞겠지만. 치조가 소파에서 몸을 일으키며 툴툴 거렸다.

"딱 봐도 지금의 난 이빨 빠진 호랑이인데 무서운 분이라니. 나를 놀리는 거냐?"

치조의 삐딱한 반응에 방문객이 난감해하며 양손을 들었다.

"놀리는 거 아냐. 이쪽은 부탁하러 온 거니까 좋은 소리 하는 거지. 사람으로서 기본을 지키는 중이구나라고 생각해줘."

치조가 코웃음쳤다. 사람? 대관절 어디를 봐서 사람이란 건지. 공중제비를 돌며 봐도 저건 '웅덩이'가 아닌가. 물론 겉모습은 인간의 모습을 흉내 내긴 했다. 치조가 인간의 생김새에 대한 분별 력이 있었더라면 이 반투명한 방문객의 겉모습은 서른 초중반의 남자이고, 선이 짙은 얼굴은 꽤나 잘생겼다고 판단했겠지만 현재의 치조로선 거기까진 능력 밖이었고 관심도 없었다. 웅덩이가 굳이 사람 흉내를 낸다는 게 어이없을 뿐이다. 아마도 두겁을 찾아온 모양인데 그렇다면 며칠 후 아이를 다시 찾아오면 될 일이다.

"안 돼. 그때까지 기다릴 시간이 없어. 당신이 오늘 꼭 도와줘야 해. 그리고 난 웅덩이가 아니라 샘이야."

얼씨구. 웅덩이나 샘이나 그게 그거지. 어쨌든 하루살이는 아니잖아? 며칠을 못 기다리긴 뭘 못 기다려. 그러나 샘은 물러나지 않았다.

"간단한 일이야. 물건 사는 것만 도와주면 돼. 구하기도 쉬운 거야. 옷, 신발, 장신구, 이런 거. 내가 직접 살 수 있으면 좋지만 보다시피 형체를 만들 기력이 없어. 네가 지금 아무리 이빨 빠진 호랑이라 한들 나 정도는 잡아먹을 수 있잖아? 정 마음에 안 들면 일 마치고 잡아먹어도 돼."

치조의 동공이 세로로 가늘어졌다. 저것이 정말 아까부터 얼씨구절씨구다. 잡아먹을 것도 남아 있지 않은 허깨비 주제에. 치조는 한숨을 쉬며 일어섰다. 귀찮아 죽겠지만 두겁에게 이렇게까지 조르는 손님을 쫓아내버렸다고 말하고 싶진 않다. 기왕 중개소를 맡아달라는 아이의 부탁을 들어준 거 한 번 정도는 제대로 해야 하지 싶었다.

샘과 치조의 첫 번째 행선지는 낡은 초가집들이 다닥다닥 붙은 동네였다. 유쾌한 곳은 아니었다. 집들은 낡았고 회색빛으로 빈곤함이 덕지덕지 붙었다. 주민들은 청결을 유지하려고 노력하는 것 같았지만 제대로 된 하수구도 없는 가난한 조선인 동네의 한계가 있었다. 오물 냄새가 코를 찔렀다. 치조는 콧잔등을 찌푸리며 샘이 가리킨 집, 대문 기둥에 붙은 명패를 보았다. 호에게 한글을 배운 보람이 있어 글자를 읽을 수 있었다.

"정…덕…재. 이 인간을 알아? 왜 이 집에 온 거냐?"

"돈을 찾으러 왔지. 산에만 있기 심심해서 잠깐 정덕재라는 인간의 몸을 빌려 경성에서 살았거든. 경험삼아 일도 해봤는데 그때 번 돈을 이 집에 숨겨 뒀어. 아, 거기 아니야. 방문을 열진 말아줘. 그 방엔 들어가면 안 돼. 돈은 여기 있어."

샘이 손바닥만 한 좁은 마루 아래를 가리켰다. 치조는 양쪽 눈썹을 이마 선에 닿을 정도로 치켜올렸다. 이 웅덩이가? 지금 나보고 마루 밑으로 기어들어가라는 거냐! 성질이 나서 흙바닥에 뒹굴던 자갈을 샘 쪽으로 걷어찼다. 자갈 몇 개가 샘의 반투명한 몸을 그대로 통과했지만 속은 조금 시원했다.

"덕재라는 인간 몸에 들어가서 일까지 했다며? 그 몸으로 사고 싶은 걸 사면 되잖아. 덕재는 어디 있는데?"

"아… 그건 말이야."

샘은 자신이 숨겨놓은 동전들을 찾느라 작은 마루 아래서 낑낑거리는 치조에게로 허공을 미끄러져 다가갔다. 마루 밑에서 몸을 빼낸 치조가 샘과 눈을 마주쳤다. 아차, 괜히 물어봤군. 치조는 이마를 쳤다. 치조는 이 표정을 잘 알았다. 자기에게 하소연하던 원혼들과 비슷한 무언가가 샘의 얼굴에서 보였다. 치조의 생각을 읽었는지 샘은 허공에 뜬 채로 양반다리를 하고 앉아 양 뺨을 손으로 받치며 싱긋 웃었다.

"아무래도 난 저주받았나봐."

"웅덩이는 저주 같은 거 안 받아."

"샘이라니까. 아무튼 몇 백 년 전의 일이야."

샘은 깊은 산의 심장에서 솟아올랐다. 인간의 발길이 잘 안 닿는 외딴 절벽 근처의 산자락에서 지상으로 솟는 맑고 차가운 샘이었다. 그를 찾는 건 주로 산새들이었다. 심지어 산짐승들도 샘을 찾아오긴 쉽지 않았다. 샘에 닿으려면 가파른 절벽을 타고 올라오거나 커다랗고 울퉁불퉁한 바위들을 조심스럽게 디디며 내려와야 했기 때문이다. 그러니 어느 날 웬 여자가 샘을 발견한 건 꽤 놀라운 일이었다.

인간은 웃기는 구석이 있다. 예를 들자면 특별한 걸 보면 소원을 빌고자 하는 것 같은.

-제가 사랑하는 사람을 살려주세요.

이것이 그 여자가 샘에게 빈 소원이었다. 샘까지 오가는 게 보통 일이 아니었을 텐데 여자는 그날 이후 매일 샘을 찾아와서 소원을 빌었다. 아마도 깊은 산속 닿기 어려운 곳에 위치한 맑은 샘이라면 영험한 능력이 있을 거라고 제멋대로 믿은 모양이었다.

그보다 인간이 소원을 빌 땐 다 그러는 걸까? 여자는 소원과 함께 쓸데없는 소리를 주절주절 늘어놓았다. 둘이 어떻게 만나게 되었고 자기가 그 남자를 얼마나 사랑하는지, 어제는 그 남자에게 무슨 말을 했고 그 남자는 어떤 표정을 지었는지 같은 시시콜콜한 것들을. 때문에 샘은 그 여자가 병에 걸린 사랑하는 남자를 위해 약초를 찾아다니다 자신을 우연히 발견했으며, 두 사람은 소꿉친구로 14년을 알고 지냈고, 서로 사랑한 지 벌써 오 년이나 되었다는 것 등을 다 알게 되었다.

하지만 샘에게 기도해봤자 무슨 소용인가. 남자는 점점 상태가 안 좋아졌다. 그러자 여자는 울기 시작했다. 울면서 샘에게 남자를 낫게 해달라고 빌었다. 그건 사실 기도랄 수도 없었다. 생떼였다. 어떤 때는 작게 훌쩍이며 어떨 때는 목 놓아 울면서.

"당신은 모를 거야. 인간들이 우는 소리가 얼마나 신경에 거슬리는지. 흠. 이 신발은 좀 너무 화려한가?"

돈을 찾은 후 샘과 치조는 신발 가게에 들렀다. 치조는 샘이

가리키는 반짝이는 빨간 구두를 집으며 대답했다.

"난 화려한 게 좋아. 그리고 나도 인간들 울음소리가 얼마나 짜증나는지 알아. 밤낮 듣고 있다 보면 차라리 바위에 머리를 들이박는 게 낫겠다 싶어지지."

샘의 눈이 살짝 커졌다. 의외의 공감에 기쁜 듯했다. 치조의 말대로였다. 절망에 빠진 흐느낌을 계속 듣느니 차라리 바위에 대가리를 깨지. 그렇게 목 놓아 울 수 있는 건 인간뿐일 것이다. 신경 거슬려. 짜증이 나.

엉엉엉, 흑흑흑. 여자의 울음은 매일 깊고 슬퍼졌다. 티끌 하나 없는 샘의 맑은 물에 여자의 눈에서 흘러나온 짭조름한 물방울들이 섞였다. 엉망진창이로군. 샘은 더 이상 그 지겨운 소리를 참고 싶지 않았다.

-그럼 네가 연인 대신 죽으렴.

그저 이제 다시 오지 말라고 한 소리였다. 샘처럼 약한 신령에게 서로 다른 인간의 목숨을 맞바꿀 능력은 없었다. 네가 아무리 여기서 날 귀찮게 해도 네 연인은 살 수 없어. 그러니까 그만 포기하고 다신 오지 마. 샘이 정말 하고 싶었던 말은 이것이었는데. 그 여자가 망설임 없이 뒤돌아 절벽 아래로 뛰어내릴 줄을 샘이 어떻게 알았겠는가.

샘은 어깨를 으쓱했다.

"치조 당신 말이 맞아. 내가 괜한 소리를 했지."

샘은 자신의 잘못을 인정하면서 치조가 내민 원피스를 보며 진저리 쳤다.

"이런, 당신 취향 정말 최악이군. 과하게 화려한 당신 저고리를 봤을 때부터 알아봤어야 했는데. 하지만 나도 할 말은 있어. 스스로 목숨을 끊을 줄 누가 알았겠어. 그렇지? 내가 사랑이 뭔지 어떻게 알겠어. 애초에 그게 사랑이야? 사랑은 그런 건가?"

샘은 진심으로 궁금해하는 것 같기도, 혹은 이미 답을 알고 있지만 모른 척하는 것 같기도 했다. 남을 관찰해 헤아려본 적이 거의 없는 치조는 구별할 수 없었지만. 두겹이었다면 구별할 수 있었을까? 적어도 그 아이라면 샘의 넋두리에 적절히 맞장구쳐줄 수 있었겠지. 그 아이라면….

"그 여자의 사랑은 그런 모습이었을지도 모르지."

생각지 못한 대답이라고 이마에 써 붙인 샘을 보니 조금 짜증이 났다. 그래. 치조는 뭘 알고 한 얘기가 아니다. 단지 두겹을 흉내 내봤을 뿐이다. 솔직히 치조가 보기에 그 여자는 그냥 미친 것 같았다. 그 여자도 미쳤고 이 샘인지 웅덩인지도 좀 맛이 갔다. 대체 몇 백 년 전의 일을 지금까지 담아두는 건 뭐람?

치조는 곱씹지 않는다. 헤아리지 않는다.

그 여자는 이미 백골이 진토가 되어 넋이라도 있을까? 치조는 히죽거리며 물었다.

"그래서? 몇 백 년 동안 여자애를 살릴 방법을 찾아다녔어? 내내 후회했어? 네가 그때 어떻게 했으면 결과가 달랐을지 곱씹었어? 그게 네 저주라는 거야?"

샘은 치조를 바라보다 마주 웃었다. 입은 초승달처럼 휘었지만 눈은 고요했다.

"설마. 난 인간이 아냐."

나는 뒤돌아보지 않아. 나는 공감하지 않아.

샘은 그 여자를 까맣게 잊고 잘 살았다. 조용하고 평화롭게, 그가 지나는 땅과 물을 보살피면서, 유유자적하면서. 적어도 몇 달 전 까지는.

"으악!"

갑작스러운 비명과 둔탁한 파열음이 샘의 고요를 깼다. 절벽의 반대쪽의 바위 틈을 타고 내린 붉은 피가 물고기조차 살 수 없을 정도로 맑은 샘에 번져나갔다. 샘은 자신 안으로 들어온 붉고 뜨거운 액체를 타고 올라갔다. 바위 틈에 엎어진 인간이 보였다. 머리통이 깨져 있었다. 즉사다. 발을 헛디딘 걸까?

샘이 죽은 인간의 몸 안으로 들어간 것은 순간의 변덕이요, 심심풀이였다. 시신이 싸늘하게 식는 동안 샘은 인간의 몸에 깃든 기억과 감정을 읽었다. 인간은 남자였고 나이는 스물네 살이었다. 이름은 정덕재. 경성이라는 고을에 살며 양조장이라는 곳에서 일한다. 명희라는 동갑내기 여자와 사랑하고 있다.

샘은 덕재의 다리를 들어보았다. 신기한 감각이었다. 천천히 죽은 덕재의 몸을 일으켜 바위들을 기어 물이 솟는 곳으로 내려왔다. 타자의 몸 안에서 자신을 보고 만지는 건 기묘한 경험이었다. 덕재, 샘은 물로 몸에 묻은 피를 닦았다. 이 기회에 사람 사는 동네를 구경하고 싶었다. 얼마나 재미있을까? 그 김에 작은 호의도 베풀어보고.

대체 덕재라는 인간이 무슨 일로 여기 와 죽게 되었는지 모르고 관심도 없지만 이대로라면 명희라는 여인은 영문도 모른 채 다시는 연인을 만나지 못하겠지. 명희를 만날 생각은 없다. 귀찮을 게 뻔하다. 잠깐만 도시를 구경한 후에 덕재의 집에 시신을 두고 가면 나중에 명희가 발견하겠지. 사랑하는 사람이 오랫동안 나타나지 않으면 집에 찾아가볼 테니까. 안 그래? 샘은 스스로가 꽤 대견했다. 아, 나는 정말 친절하군.

"얼레레. 안 하던 짓을 하는 건 나쁜 징조인데."

치조가 형형색색 장식이 달린 모자를 흔들며 말했다. 치조는 옷 가게 다음으로 들른 모자 가게에서 자신의 것으로 아주 멋진 모자를 하나 건져서 기분이 아주 좋았다. 진분홍색의 커다란 챙에 꽃다발만큼 풍성한 색동 장식이 마음에 쏙 들었다. 샘의 온 갖 멍청한 짓거리에도 장단을 맞춰줄 수 있을 것 같았다. 같았는데… 역시 남 장단에 맞춰주는 것도 해본 사람이나 하지 본심이 바로 튀어나왔다. 샘은 바로 인정했다.

"맞아."

안 하던 짓을 하는 것은 나쁜 징조다. 그것은 변화를 의미하니까. 지금까지 평화롭게 잘 살아온 것들에겐 변화는 필요없다. 변화의 대가는 뻔했다.

"수많은 옛날 이야기 속 영물이나 요물들이 그러했듯이 인간과 사랑에 빠져버린 거지."

엥. 치조의 눈썹이 백두산만큼 올라갔다. 그게 뭐가 뻔하다는 거지? 피식피식 헛웃음이 나왔다. 겨우 몇 달 사이에 인간과 사랑에 빠졌다니. 사랑이 뭔 줄이나 알고 떠드는 걸까? 하물며 생물인 치조도 사랑이니 미움이니 감도 안 잡히는데 생물도 아닌 땅 속에서 솟는 샘이? 본디 제 몸이 아닌 껍데기를 뒤집어쓰다 보면 제정신이 아니게 되는 게 틀림없다.

치조의 반응에 샘이 멋쩍게 웃었다.

"내가 실수를 했거든. 경성이 생각보다 크더라고. 신기한 것도 많고. 밍기적거린 거지. 그러다 명희랑 마주친 거야."

그게 어떻단 말인가. 여전히 샘이 사랑에 빠진 이유는 전혀 설명되지 않는다.

"문제는 덕재와 명희가 이미 연인이었다는 거야. 나는 덕재의 껍데기 안에서 명희가 주는 사랑을 속절없이 받았어."

샘이 먼 곳을 응시했다. 치조는 눈을 깜박이며 샘을 자세히 보았다. 착각일지도 모르지만 오월중개소 응접실에서 처음 봤을 때에 비해 훨씬 흐릿한 것 같다. 그때도 기운이 희미했기 때문에 신경 쓰지 않았는데 늦은 오후의 이글거리는 여름 공기 속의 샘은 당장이라도 증발할 것 같았다.

샘이 치소를 돌아보았다.

"이봐. 다정한 인간을 조심해."

치조를 보는 것 같지만 실은 명희를 보고 있다. 명희가 웃을 때 눈이 어떻게 휘었는지, 볼은 어떻게 볼록해졌는지, 목소리는 어떻게 울렸는지.

"그렇게 상냥하게 대해주면 별수 없어. 신경 쓰게 되고, 생각나게 되고, 정신차려 보면 사랑하게 된 뒤야."

샘의 목소리가 이상하다. 아주 멀리서 울리는 것 같았다. 치조는 인상을 찌푸렸다. 뭐야. 이 자식은 바로 코앞에 있는데 목소리는 어디로 도망가려는 거야. 그러다 퍼뜩 깨달았다. 지금 명희인지 명지인지 하는 여자의 선물을 사준다고 나를 이리저리 끌고 다닌 거로구나! 오늘의 이상한 임무가 이제야 명확해졌다. 샘이 뜬금없는 말을 꺼내지 않았으면 신나게 욕을 퍼부어주며 발로 한 대 차주기도 했을 것이다.

"그 여자. 몇 백 년 전 내 눈앞에서 절벽으로 뛰어내린 그 여자. 얼마 전에 그 여자 생각이 났어. 여태 까맣게 잊고 있었는데. 우리는 전지전능한 신이 아닌 이상 이기적일 수밖에 없지 않을까? 자기 일이 되어야 깨닫는 것들이 있나봐."

허공을 응시하던 샘의 잔잔한 눈동자가 치조의 일렁이는 녹색 눈동자로 옮겨갔다.

"그 여자는 어떤 마음으로 뛰어내렸을까? 이제 알겠어."

"너 설마…."

샘이 잠깐 본 기억만으로 덕재 행세를 계속 하는 건 어려웠다. 그가 샘이 아니었더라면, 인간들에 대해 아는 게 하나 없던 샘이 아니라 인간들을 지켜주는 마을의 고목이었더라면, 마을 어귀의 장승이나 석상, 아니 적어도 치조 말대로 피와 살로 된 짐승이기라도 했더라면, 조금 더 그럴듯하게 연기할 수 있었을까? 그랬더라면 명희는 지금도 샘이 덕재라고 믿었을까? 그랬더라면 샘은 명희에게서 혼란을, 절망을 보지 않을 수 있었을까?

"덕재는 비명횡사했잖아. 그래서 아직 이승을 떠돌고 있더라고. 그나마 다행이지. 저승으로 넘어가기 전이니 몸이 살아나면 영혼은 돌아올 수 있어."

"그래서 시간이 없다는 거였군. 너는 무모한 짓을 했어."

"난 당신 같은 힘이 없거든. 육체 하나 되살리려면 내 목숨이랑 바꾸는 수밖에 없더라고. 말했잖아. 난 저주받았다고. 제 정신이 아니게 된 거지."

샘이 낡은 초가집 앞에서 멈췄다. 명희네 집이었다. 치조는 그의 부탁대로 그날 산 선물 꾸러미를 대문 앞에 놓았다. 툭, 하고 물건들이 무심하게 바닥돌 위에 떨어졌다. 샘은 잠시 그것을 바라보았다. 덕재의 몸으로 일하긴 했지만 어쨌든 스스로 번 돈으로 산 물건들이었나. 이 정도년 내 선물이라고 해도 괜찮지 않을까. 적어도 마지막만큼은 덕재의 모습이 아니라 내가 인간이었더라면, 하며 상상하던 모습이고 싶었다. 이 모습으로 직접 선물을 살 힘까진 없었지만 치조가 있어서 다행이었다.

"오늘 고마웠어."

짧은 인사를 마지막으로 샘은 치조의 눈앞에서 사라졌다.

이튿날 부산 출장에서 돌아온 두겸은 바리바리 싸 온 지역 특산물들로 저녁상을 차렸다. 두겸 본인은 미식과는 거리가 멀었지만 호기심 많은 식객이 생긴 후부터 식사에 신경을 썼다. 시장을 지나가다 맛있었던 기억이 있는 음식이나 식재료를 보면 구입했고, 가게 주인에게 조리법을 물어보기도 했다. 공들여 만든 식사를 함께 먹으며 치조와 대화하는 저녁시간이 즐거웠다. 오늘의 특식은 부산에서 거금을 주고 구입한 도다리였다. 두겹은 콧노래를 흥얼거리며 도다리를 손질했고, 치조는 그 옆에서 생선이 두겹의 손길에 착착 해체되고 요리되는 걸 구경하며 두겹이 출장 간 동안 오월중개소에서 있었던 일들을 알렸다.

치조는 두겹의 부탁대로 특별한 손님을(물론 치조는 '그 멍텅구리'라고 불렀다) 꽤 괜찮게 상대했다는 뿌듯함에 한껏 상기되었다. 샘에게서 얻어냈다는 커다란 모자의 장신구들이 자꾸 신나게 흔들려서 두겹이 웃음을 터트렸다.

"덕재 씨가 정말 살아났나요?"

"모른다. 궁금하지 않아서 확인하지 않았어."

"치조님, 그러면 이번 토요일에 저랑 같이 가 보시죠. 정말로 살아났는지 확인해봐요. 죽어 있던 기간 동안 어떤 상태였을지 모르겠지만 무척 혼란스러워하고 있을지도 몰라요."

흐~음. 치조는 코 끝을 긁적였다. 대체 왜 덕재의 안부가 궁금하지? 두겹이 정말 궁금하다면 같이 가주는 건 문제도 아니지만 그 시간에 발 뻗고 낮잠이나 자는 게 더 알찰 것 같은데. 편한 거야 말할 것도 없고. 참말로 신기한 아이야. 치조의 시선을 느꼈는지 도마에서 고개를 든 두겹이 작게 미소 지었다. 이 아이는 내가 조용하면 꼭 저렇게 잠시 기다리더라. 불만이나 요구가 있다면 말할 틈을 주는 것처럼 말이다.

흐~으음. 치조가 천천히 눈을 굴렸다. 샘은 다정한 인간을 조심해야 한다지만 치조가 보기에 조심해야 하는 건 다정한 인간 본인이다. 분명 덕재란 자는 다정한 인간일 것이다. 그래서 육신에 남아 있던 다정함이, 그 육신을 홀라당 뒤집어쓴 샘물에게 들어가버린 게 분명하다. 샘물은 다정한 인간 때문에 소멸한 게 아니라 다정해서 소멸했다.

치조는 두겹이 우물에 버려졌을 때를 생각했다. 그때 두겹은 정말 작았다. 지금도 작지만 그때는 콩알만 했다. 우물에 던져진 사람들, 두겹의 동생, 그리고 치조를 가여워하며 펑펑 울던 자그마한 아이. 이제야 조금은 알 것 같았다. 그때 아이는 다정했기 때문에 우물에 던져졌을 것이다.

오호. 치조는 자신의 통찰력이 매우 감탄스러웠다. 지금 손을 부지런히 놀리며 도다리를 손질하는 두겹은 치조와 살기 전에는 이 물고기를 먹지 않았다고 했다. 눈이 너무 무섭다면서. 그러니 이건 오로지 치조를 위한 반찬이었다. 치조는 이마를 짚으며 고개를 절레절레 흔들었다. 아이고, 아이고야. 조심하거라, 다정한 아이야. 그 다정함으로 다시 우물에 던져지기 전에, 샘물처럼 쓸데없이 소멸하기 전에.

토요일 오후, 두겁과 치조가 덕재네 대문을 두드렸을 때, 첫 번째엔 반응이 없었다. 아무래도 덕재는 죽어 자빠진 모양이라고, 샘이 헛짓거리를 했다며 돌아가려는 치조를 붙잡고 두겁이 두 번째로 문을 두드리자 안에서 반응이 있었다. 몸집이 큰 사람이 움직이느라 무겁게 울리는 발소리에 이어 "누구세요?"라는 낮은 목소리가 들렸다. 의례상 물은 것뿐인 듯 두겁이 신원을 밝히기 전에 문이 열리더니 키가 크고 콧잔등에 주근깨가 난 이십 대 중반의 청년이 나왔다.

　"덕재 씨?"

　"예. 전데요. 저… 누구시죠?"

　살짝 경계하며 두겁의 얼굴을 살피던 덕재의 시선이 두겁을 지나 치조에 닿았다.

　"으아!"

　덕재가 기겁하며 뒷걸음쳤다. 고통에 겨운 신음을 내뱉으며 머리를 움켜쥐는 덕재를 깜짝 놀란 두겁이 재빨리 부축했다. 청년의 팔을 통해 잔 떨림이 전해졌다. 두겁은 청년을 진정시키며 딱 두 칸짜리 아담한 집 방 안에 앉혔다. 치조가 샘과 함께 돈을 찾으러 왔을 때, 샘이 열지 말라고 했던 방이었다. 실은 그 안에 덕재의 시체가 있었던 것이다. 치조는 작은 소동 내내 무감각한 표정으로 멀뚱히 서 있었다.

작은 방은 볕이 잘 들지 않아 어두컴컴했다. 지난 장마의 영향인지 천장 쪽 벽엔 거무스름한 곰팡이의 흔적도 보였다. 그러나 전체적으론 부지런히 관리하며 생활한 티가 났다. 덕재는 곧 진정했다. 문가에 팔짱을 끼고 앉아 눈도 깜박이지 않고 쳐다보는 치조에게 고개를 살짝 숙였다.

"당신을 보고 기겁해서 미안합니다. 하, 하지만 당신을 보자마자 최근에 꾼 악몽이 너무 생생하게 떠올라서…."

"악몽? 네 악몽에 내가 나왔다고?"

"아, 아니요, 당신이 아니었는데, 아니었는데…."

덕재는 아직도 치조가 조금 두려웠다. 정말 이상했다. 이 괴상한 방문자를 한 번도 만나본 적 없는데 속이 자꾸 울렁거렸다. 일부러 최대한 멀리 떨어져 앉은 것도 그 때문이었다.

"이상한 사람처럼 보이겠지만 사실은 저, 최근 몇 달 간의 기억이 없어요. 기억이라고는 악몽뿐이죠. 그런데 이웃 사람들이나 명희 말로는 그동안 제가 내내 여기 있었다는 거예요. 아, 명희는 제 연인이에요. 여우에 홀린 것 같다는 게 이런 때 쓰는 말일까요?"

덕재의 목소리가 마구 떨렸다. 악몽에서 깬 후로 누구에게라도 털어놓고 싶었는데, 아는 이웃이나 명희에겐 도저히 입이 떨어지지 않았다. 너무나 황당무계한 경험이어서 정신나간 사람처럼 보일 게 뻔했다. 하지만 자신의 안부를 확인하러 왔다는 이 뜻밖의 방문자들에게는 왠지 모르게 말할 수 있을 것 같았다. 여자 쪽은 잘 모르겠지만 남자 쪽은 다른 사람들의 말을 듣는 데 익숙해 보였다. 이렇게 뚱딴지 같은 소리를 횡설수설하는데도 전혀 짜증내거나 불안해하지 않고 집중해주고 있다는 것이 느껴졌다. 덕재는 용기를 냈다.

"꿈에서 새카만 덩어리를 만났습니다."

모습은 기억할 수 없었다. 모순적이게도 모습이 너무 많았기 때문이다. 아이, 노인, 청년, 중년, 여자, 남자…. 하나의 덩어리였지만 사실 수많은 사람들이었다. 거대한 새까만 덩어리에서 결이 다른 숨소리들이 뒤섞여 들렸다. 후우… 하아. 바람 소리, 속삭임 같은 숨이 박자를 맞춰 들이쉬어지고 내쉬어졌다. 그것은 덕재의 울음소리를 듣고 왔다고 했다. 그렇지만 그것이 찾던 울음소리는 덕재의 것이 아니었다.

-네가 아닌데. 네가, 아닌데.

바뀌던 어조가 지금도 생생하다. 날 선 분노라고 많이들 표현하던가? 그러나 그것은 달랐다. 진흙처럼 질척이고 오물처럼 썩어 문드러진 짓눌린 분노였다.

-너는 뭐가 그리 억울해서 울고 있는 거야! 네 죽음은 네 실수일 뿐이잖아!

덩어리가 소리지르며 덕재를 움켜쥐었다. 몸이 없는데도 몸이 으스러질 것 같았다. 고통과 두려움에 비명을 지르며 살려달라고 애원했다. 내 죽음은 내 실수라니, 덩어리가 하는 말이 하나도 이해되지 않았다. 그러나 덕재의 목소리는 덩어리에게 닿지 않았다. 그것은 자기 혼란과 괴로움 안으로 빠진 것 같았다. 덩어리는 덕재를 움켜쥔 채 웅크려 제각각의 목소리로 흐느끼기 시작했다.

-너무 많이 울어, 너무 많이 울어. 어디로 가야 할지 모르겠어! 울고 싶어, 나도 울고 싶어.

훌쩍 훌쩍. 흐윽 흐윽. 꺼이 꺼이.

덩어리에게 붙잡힌 곳이 너무 고통스러워 덕재도 함께 목 놓아 울기 시작했다. 엉엉. 꺼억꺼억. 살려줘요. 너무 아파요. 나 좀 살려줘요. 이대로 으스러지는 걸까? 이대로 짓눌려 고깃덩어리가 되는 걸까?

"그때 덩어리 안에서 희미한 그림자들이 삐져나왔어요. 늙은 여자, 젊은 여자, 통통한 여자, 비쩍 마른 여자, 여러 그림자 여자들이 저를 움켜쥔 검은 덩어리로부터 구해주었어요. 그리고…"

덕재는 여기까지 이야기했을 때 두겸과 치조의 눈빛이 달라졌다는 것을 눈치채지 못했다.

"희미한 그림자 중 가장 선명한 것이 제게 속삭였어요. 울지

241

말라고, 자기들은 울음에 반응한다고. 그들은 그 검은 덩어리를 본체라고 불렀어요. 내 울음을 '본체'가 듣고 찾아온 거라고 했죠. 그러면서 하는 말이 정말 어이없었는데요….”

덕재의 이야기가 끊겼다. 자신도 잘 이해되지 않는 내용을 어떻게 설명해야 할지 고민하는 듯했다. 치조가 갑갑해서 다리를 떨었다. 어서 본체에 대해 마저 설명해보라고!

마치 자신이 겪은 일을 해석해달라는 듯, 덕재가 두겁을 보며 다시 천천히 입을 열었다.

“제 경우는 본체가 찾는 비극이 아니랬어요. 저… 저는 그저 사고로 비명횡사한 것이기 때문에… 본체는 헛걸음을 했다 여기고 화가 난 거랬어요. 그리고는… 그 그림자 여자들이 저를 안심시켰어요. 지금 본체는 스스로와 의견 조율 중이라 한동안 움직이지 못할 테니 도망가라고요. 저는 뭐가 뭔지 모르겠어서 그들에게 같이 가달라고 애원했죠. 하지만 그들은 본체가 멈춘 틈을 타서 자기들끼리 좇던 울음소리를 찾아갈 거라고 했어요. 걱정 말라면서 비명횡사한 영혼은 다들 처음에 다들 혼란스러워한다고, 하지만 곧 제 저승길이 보일 거라면서요.”

덕재가 황망히 두겁을 봤다.

“저는 이렇게 멀쩡하게 살아있는데, 자꾸 비명횡사니 뭐니… 당혹스럽고 찝찝하고… 그러다 깨어보니 지난 한 달 간의 기억은 없는 데다…"

"그럼 본체란 것에 대해 더 기억나는 것은 없느냐?"

치조가 불쑥 물었다. 덕재는 고개를 저었다.

"아뇨. 그저 갑자기 거대한 빛이 절 덮친 다음… 제가 깨어났다는 것만 알아요."

두겸은 그 순간이 샘님이 소멸한 순간이리라 짐작했다.

"도대체 무슨 일이 있었던 거죠…?"

덕재가 슬픈 듯 두려운 듯 다시 몸을 떨었다. 두겸은 가만히 그의 손을 잡아주었다.

"약간의 사고가 있었고 당신은 운 좋게 살았어요. 그뿐입니다. 당신은 지금까지 해왔던 대로 살아가면 될 거예요."

두겸과 치조는 덕재의 집을 나왔다. 둘을 배웅하는 덕재는 조금은 편안해진 모습이었다. 반대로 생각이 많아진 건 두겸 쪽이었다. 집으로 돌아가는 내내 뭔가를 혼자 골똘히 생각하던 두겸이 입을 열었다.

"덕재 씨가 치조님을 보자마자 보였던 반응 말입니다. 혹시 덕재 씨의 꿈속에 나타났던 덩어리는 치조님의 조각과 관련이 있는 걸까요? 게다가 본체가 영혼들의 울음소리를 듣는다는 건 치조님이 벼락에 뛰어들기 전의 증상과 비슷하고요."

치조가 손뼉을 쳤다.

"똑똑한 아이로구나. 네 추측이 맞을 거다. 본체란 놈은 그중에서도 딱 한 조각, 썩은 것이 주도하는 걸 게다."

치조는 뱀들이 가져온 '썩은 것'에 관한 정보를 두겸에게 공유했다. 두겸은 깜짝 놀랐다. 치조를 다시 만났을 당시도 그렇고 지금도 그렇고 치조님은 언제나 여유만만이다. 그래서 벼락 맞은 타격에서 회복되고 인간처럼 이동하는 데 익숙해지기만 하면 조각 찾기는 쉬울 줄 알았다. 하지만 자아를 가지고 다른 조각들을 모으는 분노에 찬 썩은 것이라니?

"제가 뭐라도 도와드릴 게 없을까요?"

두겸의 걱정을 치조가 무심하게 손사래쳤다.

"아서라. 조각은 조각이지. 정보가 모이고 내 몸이 더 회복하면 큰 문제없이 해결할 수 있을 거다. 때가 되면 알아서 떠날 테니 신경 쓰지 말거라."

두겸은 마음이 시큰했다. 살짝 기운이 빠진 표정으로 치조를 바라보다 정면으로 고개를 돌렸다.

"뭔가 섭섭해요."

서, 섭섭? 치조는 의아했다. 그게 뭔데 아이의 입꼬리와 어깨를 쳐지게 하지? 치조는 그게 무엇이든 두겸의 섭섭함을 없애주고 싶었다. 영문을 모르겠다는 얼굴을 한 치조를 본 두겸이 잠시 주저하다 솔직하게 설명했다.

"그냥 저 혼자 서운해하는 거예요. 때가 되면 알아서 떠나실 거라고 신경쓰지 말라고 하신 게 섭섭했어요."

두겸의 말에 치조의 혼란스러운 표정이 밝아졌다.

"아하하하. 섭섭해 말거라. 네 집에 머물도록 배려해준 것에 대한 보답은 내 꼭 하고 가마."

"원래 모습으로 돌아가시면 인간 세상엔 더 이상 안 돌아오시 겠죠?"

"그럼. 여긴 볼 일 없어."

"저를 잊지는 말아 주세요."

치조의 머릿속에 물음표가 다시 떠올랐다. 오늘 두겸과 나누는 대화는 요상하다. 치조 본인이 중요한 뭔가를 알아듣지 못하는 것만 같다.

"당연한 말을. 벼락에 맞고도 널 기억하지 않았느냐?"

치조의 대답에 두겸이 웃었다. 기분 탓인가? 치조 눈엔 그 웃음이 마냥 환해 보이진 않는다. 흠, 대체 뭐가 문제인 거지? 치조가 유심히 두겸의 얼굴을 쳐다보자 두겸이 한껏 숨을 들이마시고 활짝 미소 지어 보이더니 화제를 돌렸다.

"오늘 저녁은 김치찌개를 끓여볼까요?"

김치찌개? 오, 좋아. 아이가 식욕이 도는 걸 보니 기분이 나쁜 건 아닌가 보다. 하긴, 내가 인간들 표정을 제대로 읽을 리 없지.

"좀 매울지도 모르는데 괜찮으세요?"

"문제없다."

암. 문제없지. 너의 그 섭섭함도 이제 문제없는 거지? 마지막
네 웃음은 환한 웃음이었던 거지?

그렇지?

그렇지?

10장

SOS puppy

담배 연기가 매캐한 다방의 중앙 테이블에 한 남자가 앉아 있
다. 팔짱을 끼고 인상을 찌푸린 것이 단단히 성이 난 것 같다. 만
취해 옷이 구겨지든 말든 엎드려 잠든 일행과 달리 남자의 짙은
자주색 양복과 겨자색 셔츠는 깔끔하고 맵시 있다. 윤이 나는 검
은 머리는 단정하게 빗어 내렸는데, 가르마 탄 앞머리 사이로 드
러나는 이마가 훤칠하다. 또렷한 일자 눈썹 사이 찌푸려진 미간
마저 독특한 매력을 더할 정도로 잘생긴 이 남자는 경성에서 잘
나기로 손꼽히는 배우이자 오월중개소의 사장 경소흠이었다.

소흠의 만취한 동행인이 뒤척이며 잠꼬대를 했다. 흐트러진
말소리에 "빌어먹을 세상"만 알아들을 수 있었다. 소흠은 진저리

난다는 듯 테이블을 손으로 탁 소리 나게 짚으며 일어섰다. 동행인은 움찔했을 뿐 다시 웅얼거리며 잠에 빠져들었다.

"지지리 궁상, 지겹다 지겨워."

소흠은 성격이 스스럼없어 다양한 사람들과 교류를 즐겼다. 지금 옆에서 고주망태가 된 소설가는 얼마 전 친구를 따라갔던 예술인 모임에서 알게 된 사람이었다. 그가 쓴 소설이 마음에 들어 그 뒤로 몇 번 어울렸는데 알면 알수록 본인의 글과는 거리가 먼 인간이었다. 그 점은 놀랍지 않았다. 작품과 작가는 별개라는 것이 소흠의 지론이니까. 당연하다. 무대 위의 배우 경소흠과 무대 아래 개인인 경소흠이 별개이고 그것이 당연한 것처럼.

참을 수 없는 것은 그토록 아름다운 문장을 만드는 인간이 스스로의 추함을 돌아볼 의지조차 없다는 점이었다. 그가 아까 다방 급사에게 웃지 않았다며 손을 올리는 광경이 자꾸 떠올랐다. 그래 놓고 주절대는 소리가 세상이 자기를 무시한다느니, 억울해 죽겠다느니. 작가가 자신의 작품에 미치지 못해도 상관없다. 어쩌면 모자란 인간이기에 갖는 소망과 동경이 원동력이 되어 멋진 작품이 나오는 것일지도 모른다. 하지만 자신의 글에 부끄러운 짓을 하고도 거리낌 없다니!

"시커먼 다방에서 자기 연민할 시간 있으면 나가서 볕이나 쐬라고!"

소흡은 동행인이 해장한답시고 마신 쌍화차 값을 계산하고 다방을 나섰다. 9월 아침의 경성은 싱그러웠다. 다방의 어두컴컴한 실내에 익숙해졌던 눈이 햇살에 적응하느라 무척 부셨다. 손으로 차양을 만들어 높고 푸른 가을 하늘을 봤다.

"멋지네."

간만에 사장으로서 오월중개소 직원들에게 비싼 밥을 사기 충분한 이유였다. 이런 날 극단의 연습실 안에 처박혀 있는 건 인생의 낭비지, 아무렴.

"자기보다 약한 사람한테 푸는 자기 연민이라니 최악이네요."

"그치, 그치!"

티하우스1의 테라스에 유호의 따끔한 평에 신난 소흡과, 편안한 표정으로 둘을 바라보는 두겸이 있다. 즉흥적이고 변덕스러운 소흡이 무슨 바람이 불었는지 한턱내겠다고 해서 제 돈 내고는 사 먹을 엄두를 못 낼 고급 요리로 배를 채우고 일찍 퇴근한 두겸과 호는 매우 기분이 좋고 너그러운 상태였다. 소흡의 하소연을 앞으로 네 시간은 더 들어줄 수 있을 것 같았다. 맞아요 맞아, 그놈 아주 형편없네요, 같은 추임새도 넣어가면서.

"아!"

아? 추임새 넣는 호의 옆에서 열심히 끄덕이던 두겸의 고개가 멈췄다. 경 사장의 '아'는 불길하다. 엉뚱한 소리가 튀어나올 신호탄이다. 꿀꺽. 옆에 앉은 호가 차를 삼키는 소리가 울렸다. 긴장한 두 직원과 달리 소흠의 잘생긴 얼굴은 빛이 났다.

"좋은 생각이 났어."

"…갑자기요?"

"우리 중개소 운영에 변화를 살짝 줘야겠어. 나야 엄청 잘나가는 배우고 돈도 잘 벌지만 자네들도 알다시피 요즘 주변 국제정세가 어지럽다고. 일본이 엊그제 만주를 침략했다지? 앞날을 한치도 짐작할 수 없어. 고로 우린 조금 더 공격적인 영업으로 안정적인 수익을 늘릴 필요가 있어."

호는 한숨이 나오려는 것을 애써 참았다. 경 사장이 주장하는 바의 맞고 틀림을 떠나서 한번 흥이 오른 경 사장을 막을 방법은 없다. 호는 체념하고 이어진 경 사장의 말을 숙명적으로 받아들였다.

"중개소 밖에 매대를 만들어 의뢰인들 외 불특정 다수를 상대로 장사와 홍보를 하자!"

그리하여 유호와 두겸은 이튿날 출근하자마자 평소의 업무를 뒤로 하고 오월중개소 지하실에 틀어박히게 되었다.

중개소에는 창고가 세 개 있는데 다락에 하나, 1층에 하나, 그리고 지하실이다. 일반적인 골동품과 미술품을 보관하는 다락이

나 1층 창고와 달리 지하실에는 조금 특별한 물건들이 보관되어 있다. 두겸의 손을 거친 사연 있는 물건들이나 해외로 밀반출될 뻔했으나 경 사장과 두겸이 사들여 보관하는 유물들이 그것이었다. 올해 초 티하우스1에서 가져온 저주 걸린 세화도 지하 창고에 잠시 보관되었다가 어느 부잣집에 고가에 팔렸다. 두겸은 그 수익으로 도굴된 조선 백자 두 점을 사들였고, 지금 지하 창고엔 세화 대신 밀반출될 뻔했던 그 두 백자가 보관되어 있다. 이번에야 말로 도굴된 고려 청자를 사들이고 싶었지만 일본의 수집가들 때문에 가격이 천정부지라 도저히 구할 수 없었다.

"와하하! 얘 정말 못생겼네요!"

호가 두겸이 골라낸 물건들을 살펴보다 웃음을 터트렸다. 호가 집은 것은 단호박보다 작은 강아지 백자였다. 푸른색 염료로 점박이 무늬가 그려진, 코가 납작한 삽살개처럼 생긴 백자 인형은 싱글벙글 웃고 있었다.

"아주 마음에 드는 못난이인데요? 얘도 무슨 사연이 있는 건가요?"

"사연까지는 아니고."

두겸이 보드라운 천에 백자 인형을 감싸며 설명했다.

두겸은, 반드시 그런 건 아니지만 물건과 사람 사이에도 인연이 있어서 물건이 사람을 (혹은 사람이 물건을) 부를 때가 있다고 생각했다. 호가 집어 든 강아지 백자 인형은 유독 그런 인연에 잘 반응했다. 홀로 딸아이를 키우던 아버지가 자기가 일하는 동안 집에 덩그러니 남겨질 아이를 위해 어설픈 솜씨로 직접 만든 소꿉놀이용 인형이었는데, 아무래도 어린 딸을 생각하는 마음이 각별했기 때문이었으리라.

그렇기에 두겸은 어른이 이 강아지 백자에 이끌려 구매하길 바랐다. 부모인 어른이 저 인형에 강하게 끌린다면 아이에 대한 걱정과 미안함, 사랑이 이유이겠지만 끌리는 쪽이 아이라면 그건 아이가 처한 상황에 문제가 있다는 뜻일 테니까. 허나 두겸의 바람이 무색하게 오월중개소 현관 옆 야외 매대에 진열된 강아지 백자에 이끌리듯 다가온 사람은 어린 남자애였다.

처음 하루이틀은 괜찮았지만 아이의 등장이 일주일이 되고 이주일이 되자 두겸과 호는 슬슬 신경 쓰이기 시작했다. 두겸이 아이에게 말을 걸어보려고 했지만 아이는 낯을 많이 가렸다. 몇 번의 시도로 아이가 조선인에 이름은 수일이고 외동에다가, 보기 드물게 부모가 모두 직장에 나간다는 것까진 알아냈지만 더 깊은 사정을 파고들진 못했다. 호는 로비의 제자리에 앉아 열린 현관문 밖으로 보이는 야외 매대를 곁눈질로 살폈다. 아이는 오늘도 강아지 백자 앞에서 진을 치고 있었다. 호의 신호에 두겸 역시 로비로 나와 서성였다.

오월중개소 안에서 두 사람이 자신을 걱정하며 지켜보는 줄 꿈에도 모르는 수일은 색 짙은 목재 매대의 유리판을 뚫고 들어 갈 기세로 강아지 백자 인형을 바라보았다. 대체 왜 이 못난이 백 자 인형에 빠졌는지 알다가도 모를 일이었다. 처음 백자 인형을 발견한 날, 이것은 별처럼 빛났다. 그때 수일은 반대편 길 끝에 있었음에도 불구하고 이 백자 인형을 알아챌 수 있었다. 신기하 게도 이것을 보고 있으면 마음이 편해져 엄마 아빠가 출근한 후 에 잠깐이라도 보고 가는 버릇이 생겼다.

'갖고 싶어…. 하지만 엄마 아빠한테 조르면 안 돼.'

최근 새아빠에게 안 좋은 일이 있는 것 같았다. 부모님의 대화 를 몰래 엿들었는데 새아빠의 사업이 '부도'가 났다고 했다. 그게 무슨 뜻인지는 잘 모르겠지만 아주 큰일임은 확실했다. 친절했 던 새아빠가 무서운 사람으로 변할 만큼.

수일은 떨리는 손을 진열장의 유리에 갖다 댔다. 부도란 건 없 어질 수 있는 걸까? 제발 없어졌으면 좋겠다. 그러면 새아빠가 원래대로 돌아오지 않을까? 집에서도 이 인형과 함께 있고 싶었 다. 엄마가 있을 땐 예전과 비슷하지만 엄마가 없을 땐…. 새아빠 의 매서운 손바닥이 떠올랐다. 공교롭게도 딱 그 순간 매대의 유 리창에 커다란 사람 그림자가 비쳤고 수일은 소스라치며 몸을 움츠렸다.

"함부로 만져서 죄송해요!"

작은 비명에 가까운 수일의 목소리에 놀란 건 두겸 역시 마찬가지였다.

"괜찮아, 괜찮아. 사랑스러운 강아지지?"

아이를 겁줄 생각은 전혀 없었다. 조금 더 인기척을 낼 걸. 두겸은 어린 아이들에 익숙하지 않았다. 하지만 아이가 이렇게까지 놀라고 주눅드는 게 보통은 아니지 않은가? 이런저런 의문이 두겸의 머릿속을 빠르게 지나가는데 수일이 빠르게 침착함을 되찾았다.

수일의 눈높이를 맞추려 쪼그리고 앉은 두겸에게 아이는 수줍게 웃으며 매일 구경해서 죄송하다고, 강아지 백자 인형 외에도 다른 신기한 물건들이 많아서 좋다고 했다. 엄마 직장이 근처라서 자주 오게 된다면서. 엄마 얘기를 할 때 수일의 얼굴과 목소리에서는 애정과 기쁨이 뚝뚝 묻어났다. 두겸은 그래서 더 헷갈렸다. 이 아이는 괜찮은 걸까? 강아지 백자 인형에 끌리는 건 우연인 걸까? 다짜고짜 집 주소를 알려달라고 하고 부모를 만나볼 수도 없고. 그렇다면….

"물건은 안 사도 되니 다음엔 어머니와 함께 오렴. 중개소 안도 구경시켜줄게."

두겸의 말에 수일은 대번에 얼굴이 환해지며 깡충깡충 뛰었

256

다. 두겸은 인사차 아이의 등을 두어 번 톡톡 쳐주며 일어섰다. 부모를 만나볼 차선책으로 생각해낸 말이었는데 이렇게까지 행복해할 줄이야.

며칠 후 수일은 정말로 엄마와 함께 오월중개소를 찾았다. 자그마한 여인은 자신을 세영이라고 소개했다. 어깨까지 오는 곱슬머리에 연보라색 양장을 갖춰 입은 모습이 단정했다. 잔뜩 들뜬 수일이 유호의 안내를 받으며 중개소 안을 구경하는 동안 세영은 생각에 잠겨 그 모습을 조용히 지켜보았다. 유호와 수일이 응접실을 떠나 다른 방들을 구경하러 나가자 두겸에게 다가와 머뭇거리며 속삭였다.

"죄송합니다만, 무리한 부탁 하나만 드려도 될까요? 수일이에게 들었는데 저희 부부가 출근한 동안 이 가게에 자주 구경하러 왔다고 하더라고요. 혹시 앞으로 수일이가 정말 갖고 싶어 하는 물건이 있다면 싸게 팔아주실 수 있나요? 아, 제 말은 수일이에겐 싼 물건인 것처럼 팔아주시고 제게 따로 연락을 주실 수 있나 하는 거예요. 그럼 제가 퇴근하면서 들러 나머지 금액을 지불하겠습니다. 연락해주시는 데 드는 품까지 계산해주세요."

세영의 고개가 살짝 떨어졌다.

"오늘처럼 주말에 수일이와 함께 와서 구입할 수 있으면 제일 좋겠지만 수일이는 저에게 조르는 법이 없어요. 집이 어렵다고 생각하나 봐요. 물론… 지금 상황이 썩 좋지는 않지만 아이 장난 감조차 못 사줄 정도는 아닌데….”

혼잣말을 하듯 이야기를 하던 세영이 아차하는 표정으로 얼굴을 붉혔다.

“앗. 정말 죄송해요. 초면에 이런 하소연을 하다니, 불편하시죠.”

“아닙니다. 의외로 상담 비슷한 걸 위해 오시는 손님들도 많아요. 부탁하신 대로 할게요. 어디로 어떻게 연락 드리면 되는지 알려주세요.”

두겸은 카운터에 놓인 장부에 세영의 주소를 적었다. 세영에게서 수일을 향한 애정이 자연스럽게 묻어나왔다. 게다가 중개소 구경을 마치고 신나서 양 볼이 발그레하게 상기된 수일은 밝고 행복해 보였다. 그래서 두겸은 그만, ‘수일이는 정말 괜찮다’라고 생각하고 말았다.

수일에겐 더욱 불운하게도, 두겸은 갑자기 영업왕으로 변신한 경 사장이 가져오는 일거리에 치이는 데다 동거 생물의 문제로 머릿속이 꽉 차 있어서 세영과 수일에 대해 오래 곱씹어볼 여유가 없었다. 경 사장의 야외 매대 구상이 정말로 효과가 있었던 것인지, 아니면 불안한 시국에 현물 재산을 원하는 심리 때문인지 두겸은 매일 다양한 물건들을 거래하기 위해 경성 시내를 이리저리 뛰어다녔다. 호 역시 그에 뒤따르는 서류 작업에 파묻혀야 했다. 그렇게 눈깜짝할 새에 9월의 끝자락이었다.

야근을 앞두고 잠시 일탈 중인 두겸, 유호와 도성일보의 기자 우인이 자리 잡은 티하우스1의 테라스에 제법 선선한 바람이 불었다. 가로수들도 가장자리부터 단풍이 들기 시작했다. 약 10년 전부터 일제에 의해 도시 구조가 변하면서 처음 등장한 나무들은 어느덧 2층 건물인 티하우스1보다 더 키가 컸다. 십 년이면 강산도 변한다는데 독립은 요원하구나 하는 상념에 빠져들 찰나, 호의 잔뜩 약오른 외침이 두겸의 생각을 멈춰주었다.

"사장님 야근 수당 제대로 안 챙겨주시기만 해봐요!"

호가 경 사장의 얼굴을 떠올리며 단풍색을 똑 닮은 단호박 타르트를 포크로 찍었다. 호가 앉은 의자 다리엔 집으로 가져가서 마저 정리해야 하는 장부가 기대어 있다. 두겸은 빈손이다. 아무래도 오늘은 사무소에서 밤중까지 일해야 할 것 같아 아무것도 들고 나오지 않았다. 기자인 우인 역시 다음 날까지 써야 하는 기사가 남았다. 매일 보는 지겨운 신문사 말고 다른 곳에서 기사를 쓰면 머리가 더 잘 돌아갈 것 같다며, 티하우스1에서 잠시 쉬고 나서 두겸과 함께 오월중개소로 돌아갈 계획이었다.

"치조님이랑 문제의 조각에 대해 더 얘기해봤어? 썩은 것이

랬나?"

잠시 일을 잊고 싶은 우인이 기분전환 차 두겸에게 물었다.

"어. 일단 근본적인 의문은 어떻게 치조님께 잡아먹힌 영혼들이 소멸되지 않았느냐야. 원래라면 깔끔하게 소화되어 사라졌어야 한대."

두겸은 치조에게 들은 정보들로 몇 가지를 추측했다.

하나. 썩은 조각은 하나의 인격체가 아니라 원귀들의 집합체다. 덕재의 꿈에 나온 그림자 여자들이 말한 '본체'라는 단어를 보아 주도적인 원귀가 있는 듯했다.

둘. 썩은 조각의 본체는 복수를 한다고 했다. 치조님의 나머지 조각들을 모은 것은 복수할 힘을 얻기 위해서일까?

두겸은 턱을 괴며 한숨을 쉬었다.

"그런데 이 경우, 복수의 대상은 대체 누구란 말이지? 본체가 내 고향 우물에 던져진 원혼들의 집합체라면 원수들은 이미 백골일 텐데."

그래도 두겸의 입장에서 원귀들에게 목적이 있다는 것은 희망적인 신호였다. 오래된 원혼들이기는 하지만 그들이 바라는 것이 무엇인지 알 수 있다면 조각에 깃든 원혼들을 저승에 보내줄 수 있을지도 모른다. 그렇다면 썩어버린 조각도 원래의 모습으로 돌아가지 않을까?

바로 이 부분에서 치조와 두겸의 의견이 갈렸다. 치조는 지지부진하고 번거로운 과정을 거부했다. 인간들이 인간을 우물에 던지는 것에, 인간들의 울음소리에 질렸다. 썩은 조각이 얼마나 복잡한 존재이건 치조에게 답은 간단했다. 썩은 조각을 찾아 산산조각 내고, 그것이 훔쳐간 조각 중 오염되지 않은 것들을 되찾는다. 구심점이 되는 썩은 조각이 사라지면 나머지 원귀들은 저승으로 가든지 소멸하든지 알아서 할 일이다.

커피를 젓는 두겸의 표정이 미묘했다.

"치조님의 조각이니 결국은 치조님이 원하시는 대로 하는 게 맞지만…."

그래. 그게 맞다. 두겸은 그저 보통 사람들이 보고 들을 수 없는 것들을 보고 듣는 능력이 있을 뿐 썩은 조각을 상대로 할 수 있는 게 아무것도 없었다. 원귀들의 저승길을 열 수도 없고 무시무시한 집념과 힘을 가진 썩은 것에게서 힘으로 치조의 조각들을 찾아올 수도 없다.

그래서 차마 치조를 설득하지 못했다. 내가 무슨 자격으로 치조님께 인간에게 자비를 베풀어주길 청할까? 원래의 모습으로 돌아가는 것을 미뤄달라 부탁할까? 그러나… 만약 썩은 조각 안에 동생의 영혼도 있다면 어떻게든 저승에 보내주고 싶었다. 그 안에 동생이 없더라도, 동생이 어떤 식으로 죽임을 당했는지 알기에 우물에 던져진 다른 사람들도 더 신경이 쓰였다. 긴 세월을 괴로움 속에 헤매고 있는 그들을 위해, 그리고 조금 이기적이게 는 여전히 그 우물의 기억에서 벗어나지 못한 자신을 위해 확실 한 마무리를 짓고 싶었다.

같은 시각, 치조는 늘 하던 대로 두겸의 집 툇마루에서 낮잠을 자는 중이었다. 사방은 조용했다. 출근한 사람들은 이미 일찌감 치 집을 비웠고, 집에 남은 사람들도 각자의 일로 외출했거나 집 안일을 멈추고 잠시 쉴 때였다. 평소라면 좁고 구불구불한 골목 에 와자하게 떼 지어 다닐 동네 꼬마들도 오늘은 언덕 너머 이웃 동네로 원정을 갔다. 이렇듯 낮잠을 방해할 요소가 하나도 없는 나른한 오후, 치조가 갑자기 눈을 떴다.

치조의 녹색 동공이 팽창했고 그 안에서 음영이 불꽃처럼 물 결쳤다. 흰자위가 거의 보이지 않을 정도로 눈을 매운 검은 홍채 사이사이 짙푸른 색이 금맥처럼 빛났다. 하관이 짐승의 것처럼 앞으로 길어지고 입은 괴물 뱀이었을 때처럼 양옆으로 찢어지기 시작했으며 이빨이 날카로워졌다. 범상치 않은 기운이 몸에서 뿜어져 나왔고 산발머리가 그 기운에 부유했다.

힘이 돌아온다! 치조는 마당에 펄쩍 뛰어내렸다. 넘치는 기운 에 벅차서 한쪽 발을 힘차게 굴렀다. 땅이 진동해 정원의 수풀이 흔들리고 지붕에서 기와가 달그락거렸다. 다닥다닥, 문틀과 창틀이 부딪히는 소리가 났다. 원래의 힘엔 한참 못 미치지만 힘이 돌아오고 있어! 치조는 고개를 돌려 초가와 기와 지붕들이 다닥다닥 붙은 언덕 너머를 노려보았다. 뱀 눈의 눈동자가 가늘어졌다. 썩은 조각이 나머지 조각들과 함께 지척에 왔구나. 치조의 입꼬리가 찢어지듯 말려 올라갔다. 인간들의 세상을 떠날 때가 온 것이다!

"아하하하하!"

치조의 호쾌한 웃음이 옆집 박 여사의 귀에 닿았다. 박 여사네는 원래 한양 양반 동네에 살던 알아주는 집안이었다는데, 조선이 망하면서 재산을 서서히 그러나 꾸준히 잃었다. 첫째 아들을 따라서 고래등 같은 기와집을 떠난 것이 약 15년 전, 중산층 조선인들이 모여 사는 이곳으로 이사 온 것이 대략 오 년쯤 되었다.

그러니 너그럽기는 어려운 인물이었다. 동네 사람들에게 사사건건 꼬장꼬장하게 잔소리하는 것으로 유명했고, 남 일에 관심 많은 사람이라 두겸에 대해 은근히 도는 소문도 모르지 않았다. 이를 테면 귀신 보는 박수무당이라던가 뭐 그런 것. 게다가 박 여사네 집안 대대로 내려오던 골동품과 미술품 중개상이 바로 두겸이었으니 더욱이 두겸을 예뻐할 리 없었다. 그 사실을 알게 된 날로부터 두겹은 '내 집안 가보들을 팔아먹은 놈'이 되었다. 당연히 두겹의 객식구인 치조도 반가울 리 없었다. 망했어도 대대손손 양반가의 여인네로 산 박 여사에게 치조는 시끄럽고 요상한데다 위아래 구분 없이 반말을 지껄이는, 본데없이 자란 망아지같은 여인네였다.

"이 망나니 계집! 감히 양반들 사는 곳에서 계집이 큰소리를 내?!"

담장 너머로 들려오는 가시 돋친 악담에 치초가 낄낄거렸다.

"옆집 사는 너로구나. 내 기분이 좋아 좀 웃었다. 내가 널 방해했나?"

"그 버르장머리하고는! 어른에게는 존대해야 한다고 몇 번을 가르쳤는데. 네 무당 서방 놈이나 너나 양반 법도를 알 리가 없지. 이래서 쌍것들은, 쯧쯧."

깔깔깔깔. 치조는 박 여사의 못된 말들은 귓등으로 흘려버리고 배를 잡고 웃었다. 서방은 또 뭐람? 웃기는구나 웃겨. 깔깔깔.

"네가 무슨 말을 하는 건지 알 수가 없군. 뭐, 굳이 알겠다고 널 붙잡고 물어볼 생각도 없다. 아이가 마침 집에 없는 지금 힘이 돌아오기 시작하다니, 딱이로다! 지금이라면 두겹이 몰래 떠날 수 있겠어!"

치조는 이제 인간의 모습에서 상당히 벗어나 있었다. 몸집도 커져서 두겹이 장만해준 바지 저고리가 짧았다. 손톱과 발톱은 날카롭게 길어졌고 이마와 팔다리 군데군데 푸른색 뱀 비늘이 돋기 시작했다. 썩은 조각이 점점 더 가까이 다가오고 있다는 증거였다. 몸의 변화로 보아 조각의 이동 속도가 빨랐다. 가슴이 두근거렸다.

그때 다시 한 번 박 여사의 호통이 담을 넘어 치조의 귀에 박혔다.

"이 돼먹지 못한 것! 먹여주고 재워줬더니 은혜를 모르고 홀랑 내빼는 것이냐? 아니, 아니지. 오히려 그놈 속 타들어가는 꼴을 보는 것도 나쁘지는 않겠구나."

"… 그 아이 속이 왜 타들어가지?"

치조는 박 여사의 시비를 처음으로 진지하게 받아들였다. 내가 조각을 찾아 떠나는 것과 아이 속이 타들어가는 것 사이의 인과관계를 전혀 모르겠는데. 하지만 이제 인간의 머릿속에는 이해할 수 없는 것들이 빈번하게 솟아난다는 것쯤은 안다. 게다가 두겹은 다른 인간들보다 더 생각이 많으니까. 샘물의 말대로 다정하니까.

"요망한 것. 당연히 걱정되니까지! 며칠 키우던 개도 사라지면 염려되는 법이다. 말없이 같이 살던 사람이 사라지면 그 속이 어떻겠어! 그걸 몰라? 짐승 같은 것! 쯧쯧."

약한 인간인 아이가 천하무적인 나를 걱정한다고? 왜? 속이 타들어간다는 게 어떤 것인지 알 수 없지만 어쨌든 아이에게 할 짓은 아닌 것 같았다. 당장 떠나려던 치조는 다시 툇마루에 앉았다. 담장 너머 박 여사의 궁시렁거림은 이어지고 있었지만 더는 상대하기 귀찮았다. 가만 두면 알아서 조용해질 것이다.

치조는 팔짱을 끼고 하늘을 올려다봤다. 개밥바라기가 보였다. 두겁은 오늘 일이 많아 못 들어온다고 했다. 작별 인사는 내일 아침에나 할 수 있다. 치조는 눈을 감고 썩은 것의 기척에 집중했다. 여전히 지척이었다. 오히려 더욱 선명해졌다. 썩은 것이 아이가 집으로 돌아오기 전에 멀어진다면 쫓아가야 하겠지만, 그것만 아니라면 두겁에게 인사하고 떠나는 게 좋겠다고, 아니, 그러기로 결정했다.

째깍째깍. 두겁의 사무실 벽면에 걸린 시계 바늘이 새벽 한 시를 가리켰다. 써야 하는 기사가 있어 함께 일하겠다고 따라온 우인은 이미 사무실 구석 바닥에 담요를 깔고 골아 떨어졌다. 두겁이 서류에서 눈을 떼고 뻑뻑한 눈을 문지르는데 램프가 깜빡였다. 상태를 확인하려 손을 뻗는 순간, 불이 완전히 꺼졌고 냉기가 피부를 스쳤다. 두겁이 천천히 고개를 들었을 때, 사무실의 긴 창을 통해 들어오는 달빛과 가로등 빛이 닿지 않는 구석에 무언가 있었다. 두겸은 숨을 낮게 들이켰다.

　원귀다.

　그러나 지금껏 보아왔던 모습과는 달랐다. 반투명한 여러 명의 여인의 얼굴이 겹쳐 이루어진 하나의 얼굴. 덕재의 꿈 이야기가 뇌리에 번개처럼 스쳤다. 두겸이 반응을 보이자 하나이자 여럿인 이 기괴한 원혼이 구석에서 미끄러져 나왔다. 그들은 오로지 하나의 목적을 위해 이곳에 왔다. 본래 원혼은 산 사람처럼 유연하고 다채롭게 생각하지 못한다. 특히 이들처럼 오래된 귀신들은 더욱더 마음과 정신이 온전치 못했다. 들어줄 사람이 있는 장소에 도착한 원귀들은 두겸이 그들을 눈치채자 다짜고짜 이야기를 시작했다.

　"내가 태어난 마을은 평화로웠어. 그곳엔 신비한 우물이 있어서 마을을 어지럽히는 모든 것을 없애주었지."

　두겸의 머리가 팽팽 돌아갔다. 확실하다. 이들은 덕재 꿈속에 등장한 그림자 여자들이다. 치조님의 조각들을 가져간 본체, 즉 썩은 조각에서 빠져나온 자들. 치조에게 연락을 하려고 전화기로 손을 뻗자 검은 기운이 빠르게 날아와 두겸의 몸을 결박했다. 그 기운에 악의는 없지만 가만히 자신들이 하는 말을 들으라는 뜻이 선명하게 전해졌다.

　"우리 집은 잘 살았어. 나는 불만도 없고 욕심도 없었지."

겹겹의 얼굴 중 하나가 가라앉고 다른 얼굴이 전면으로 올라와 바뀌었다. 처음 보는 광경에 두겸은 눈조차 깜박일 수가 없었다.

"나의 미래는 정해져 있어. 나이 들면 시집가고, 아이 낳고, 좋은 엄마가 되고, 좋은 할머니가 되고, 죽고 나면 좋은 조상이 되는 거지. 불만도 없고 욕심도 없어. 특별한 건 없지만 누구도 그 삶이 가치 없다고 할 수는 없어. 손위 언니들이 나이가 차서 차례대로 결혼해 떠났을 땐 드디어 내 차례가 와 기뻤지."

스르륵. 전면의 얼굴이 다시 바뀌었다.

"그땐 몰랐어. 마을 사람들이 말하는 '당연한' 삶을 살지 못하는 사람들도 있다는 것을 몰랐어. 흐흐흠. 당연한 삶이라니. 흐흐흐흠. 난 말이야⋯."

원귀가 얼굴을 일그러뜨리며 두겸의 코앞으로 다가왔다. 공허한 구멍들이 겹쳐진, 밑도 끝도 없던 귀신 잡아먹는 우물 같은 눈구멍이었다. 두겸은 자기도 모르게 눈을 질끈 감았다. 마주하기 무섭고 슬펐다.

"아주 당연하다는 듯 차례차례 언니들이 시집 가는 게 기뻤어. 그래야 내 차례가 오니까. 마을 사람들은 몰랐지만 난 그때 연인이 있었거든. 그는 가난한 고학생이었지."

연인이 고학생이었다고? 두겸이 놀라서 눈을 떴다. 원귀는 이

268

제 얼굴이 없었다. 여러 얼굴이 겹쳐진 게 아니라 아예 사포로 문지른 것 같은, 굴곡 없는 매끈한 덩어리였다.

"…저, 저는 당신의 고향을 압니다. 그곳은 농사로 겨우 먹고 사는 작은 마을이었습니다. 아마 처음 피난민이 정착한 이후로 고학생이라고 부를 만한 사람은 없었을 텐데요."

원귀는 두겸의 말이 들리지 않는 것 같았다. 바닷물에 부유하는 해초처럼 몸을 천천히 흔들며 말했다.

"나는 부유한 집의 딸, 그는 야심찬 고학생. 낭만적이지 않니? 그는 재치 있고 잘생긴 남자였어. 우린 첫눈에 서로에게 반했고 그와 나는 곧 가족이 됐지. 어느 날 그는 내 앞에서 열변을 토했지. '아직 아무도 생각 못 한 기막힌 사업이 있어. 내 지식과 열정, 시대의 신기술, 그리고 이곳의 넘치는 노동력이라면 성공할 수 있어. 당신 아버님께서 미리 물려주신 유산 있지. 그걸 내게 투자해줘. 성공하면 당신은 앞으로 손가락 까딱하지 않고 살 수 있도록 해줄 거야.'"

두겸은 당혹스러웠다. 사업. 투자. 신기술. 노동력. 이 원귀들이 살던 시절의 고향에도 분명 있던 단어들일 수 있지만 위화감을 지울 수 없었다. 귀신이 들렸다는 이유로 사람을 우물에 던져 죽이는 미신과 맹신이 판치는 그 작은 마을에서… 아무도 생각 못 한 사업, 시대의 신기술, 이런 말들은 어울리지 않았다.

흔들, 흔들, 덩어리는 두겹의 생각을 아는지 모르는지 스스로의 이야기에 공감하듯 고개를 크게 끄덕였다.

"후후후. 지금 생각하면 혈기 어린 청년의 객기처럼 보이지만 그땐 그 모습마저 사랑스러웠지. 내가 그를 사랑한 건 그의 허세인지 야심인지 모를 부분까지였으니까. 우후후. 난 바보였어. 야심과 자존심은 매력적인 만큼 추악할 수 있다는 것을 그땐 생각하지 못했어."

"그의 사업이 흔들리기 시작한 때부터였을까? 오늘은 일이 많아 피곤한 하루였어라는 평범한 내 한마디가, 그 넥타이는 안 어울린다는 사소한 의견이, 별뜻 없이 내쉰 작은 한숨이, 그를 향한 불평불만으로 받아들여지기 시작한 때는? "

"언제부터였을까. 그에게 아이의 수줍음이, 아이의 미소가, 아이의 웃음소리가 자신을 향한 무시로 느껴지기 시작한 때는? 대체 언제부터였을까. 아이는 언제부터 내가 사주는 장난감을 남편에게서 숨겼을까?"

"그날 늦잠을 잤어. 나는 감기로 아팠고, 전날 일이 많아 저녁 늦게야 퇴근을 했지. 피곤했어. 그래서 늦잠을 잔 거야. 몸은 천근만근인데 마음은 조급했어. 지각은 피할 수 없었지. 그런데 집을 뛰쳐나가다 남편이 입은 셔츠가 구겨진 걸 봤어.

구겨진 셔츠. 그놈의 구겨진 셔츠.

왜 당신은!

평소였다면 소리치지 않았을 텐데.

혼자서는 옷도 못 다려 입어?!?

평소였다면 더 곱게 말했을 텐데. 그날은 피곤했고, 늦잠을 잤고, 지각 일보 직전이었어. 소란에, 아이가 내 걱정에, 우리가 있는 곳으로 달려올 줄 알았더라면 나는 그 구겨진 셔츠를 못 본 척했을 텐데. 아이는 언제부터 내가 사주는 장난감을 그에게서 숨겼을까? 아이는 언제부터 아빠가 아닌 폭력범과 살았던 걸까? 왜 나는 그의 변화를 눈치채지 못했을까?"

"나는 왜, 나는 왜. 나는 왜 아이가 남편의 손에 쓰러지는 것을 보고 나서야, 나는 왜 남편에게 살해당하는 순간에야!"

그것을 알았을까.

두겸은 자신을 찾아온 원혼들의 정체를 알 것 같았다. 이들은 고향의 귀신 잡아먹는 우물에 다양한 이유와 방식으로 던져진 사람들 중에서 한때 사랑했다고 믿었던 인간이 휘두른 폭력에 살해당한 사람들이었다. 즉 같은 형태의 죽음을 공유하는 이들이었다.

원혼의 멍든 양손이 두겸의 얼굴을 감쌌다. 두겸은 제 양손을 들어 원혼의 손등에 얹었다. 두려운 동시에 마음이 아팠다. 피해자들이 자책하지 않길 기도했다. 후회를 곱씹어야 하는 건 가해자들이다.

"그러나…"

두겸은 미간을 살짝 찌푸렸다.

"이건 당신들의 이야기가 아닙니다. 적어도 고학생 연인을 만난 이후부터는 아니에요. 당신들은 그 여인보다 이전 시대에 살다 죽었어요. 이 이야기는 뭐지요? 왜 시간대도, 주인공도, 장소도 뒤엉킨 이야기를 들려준 거죠?"

뭉개진 얼굴에서 여러 얼굴이 겹친 얼굴로 돌아온 원혼이 웃었다. 그것은 눈 깜짝할 새에 다시 방의 가장 어두운 구석으로 물러났다.

"본체는 오로지 보복을 위해 움직인다. 그래서 그것은 영혼의 울음소리를 쫓지. 울음소리의 원수들을 죽이기 위해서. 우린… 울음소리를 구하고 싶어. 살리고 싶어. 어젯밤 무언가의 필사적인 부름을 들었어. 그 소리에 찾아간 곳에서 한 사람의 미래를 봤지. 우리를 부른 무언가가 우릴 당신에게 안내했어."

새 하루의 첫 햇살이 창문을 통해 들어왔다.

"명심해. 우리의 이야기는 이미 일어난 과거이자…"

동튼 빛으로 방이 환해진 동시에 원귀가 그림자 속으로 물러났다.

"예언이야."

272

방금 전까지만 해도 원귀가 있던 구석을 비추는 햇살 아래 두
겸에게 매우 익숙한 물건이 놓여 있었다. 두겸이 수일에게 팔았
던 강아지 백자 인형이었다.

백자 인형을 집어 든 두겸의 얼굴에 핏기가 가셨다. 방금 들은
사연이 정말 수일과 엄마 세영에 대한 예언이라면…. 시계를 보
니 8시 조금 전이었다. 큰일이다. 원귀는 세영이 오늘 늦잠을 잘
거라고 했다. 지금쯤 세영이 일어났다면 두 사람은 곧….

"우인아, 당장 일어나!"

두겸은 친구를 흔들어 깨웠다.

그 시각, 다급한 발소리가 복도를 울렸다. 그 소리에 수일은 잠
에서 깼다. 발소리만으로 엄마라는 걸 알아챘다. 어제 늦게 퇴근
한 것 같더니 엄마도 늦잠을 잤나보다. 엄마가 정신이 없는 게 차
라리 다행이었다. 안도의 한숨을 쉬며 제 여린 팔목에 난 선명한
멍을 보았다. 엄마가 이걸 보면 많이 놀라실 거야.

어제, 엄마가 사준 강아지 백자 인형을 새아빠에게 들켰다.

─애비 사업이 망한 마당에 자식새끼는 장난감이나 사재끼며
사치를 부려?!?

야차같이 끔찍했던 얼굴, 고막을 찢을 것 같던 고함을 떠올리
며 수일은 이불 속으로 파고들었다. 그때 방문 밖이 소란스러워

졌다. 수일은 들려오는 끔찍한 목소리가 무엇을 뜻하는지 알았고 반사적으로 멍든 팔목을 붙잡았다.

"엄마!"

수일이 방문을 박차고 나갔을 때 거실에서 엄마를 향해 꽃병을 휘두르려는 새아빠가 보였다. 수일은 그를 막기 위해 덤벼들었다. 엄마의 비명소리가 들리고 자신을 내려다보는 남자의 핏발 선 징그러운 눈을 보았다. 그가 손을 내리쳤다. 무슨 일이 벌어지는지 알아챌 새도 없이 머리가 쪼개지는 듯한 통증과 함께 순식간에 시야가 바뀌더니 마룻바닥이 바로 눈앞이었다. 제 머리에서 흘러나온 피로 새빨간 웅덩이가 퍼지고 남자에게 달려드는 엄마의 발이 보이고… 초점이 점점 흐려졌다. 완전히 눈앞이 어두컴컴해지기 직전, 두 사람이 난데없이 거실로 뛰어들어왔다. 어쩌면 환영일지도 모르지만 제발 하늘에서 내려온 수호신들이었길. 그들이 엄마를 구해주었길.

의사는 조금만 더 늦었더라면 수일은 목숨을 장담하지 못했을 거라고 말했다. 두겸은 병원 침대에 잠든 수일의 품에 강아지 백자 인형을 안겨주었다.

"무서운 일은 이제 끝났단다."

두겸은 이 말이 곧 진실이 되기를, 이 사건이 수일에게 극복한 과거가 되기를 빌었다.

두겸과 우인은 병원을 나서며 이후의 일을 상의했다. 두 사람은 급한 대로 세영의 남편을 집에 묶어두고 수일과 세영을 우인의 차로 병원에 데려왔던 것이다. 이미 지각인 우인이 신문사로 들어가는 길에 경찰에 신고하고, 두겸이 세영의 집으로 돌아가 경찰이 올 때까지만 세영의 남편을 지켜보기로 했다.

두겸은 차를 몰고 사라지는 키 큰 친구를 배웅한 뒤 서둘러 세영의 집으로 이동했다. 경찰들이 빨리 와야 할 텐데. 한시 빨리 치조님이 기다리는 집으로 돌아가 오늘 만난 원혼들과 본체 소식을 전하고 싶었다. 그리고 푹 쉬면 얼마나 좋을까. 너무 긴 밤이었어.

세영의 집에 도착해 현관문을 열고 들어갔을 때 무거운 서양식 현관문이 닫히니 거리의 소음이 뚝 끊겼다. 두겸은 고개를 갸웃했다. 아무리 좋은 문이라고 해도 이렇게까지 길거리의 소음을 차단할 수 있나? 두겸은 왠지 모를 께름칙함을 뒤로 하고 세영의 남편을 제압해둔 부엌으로 가기 위해 현관에서 이어지는 짧고 어두운 복도에 들어섰다.

두겸은 점점 기분이 기묘했다. 좋지 않은 예감이 들었다. 착각이 아니다. 조용해도 너무 조용하다. 밖에서 들어오는 소음도 안에서 들리는 소리도 없다. 세영의 남편 혼자서는 도망칠 수 없도록 단단히 결박하고 오긴 했지만 몸부림치지 못할 정도는 아닌데. 문소리가 들리고 사람이 집 안에 들어왔다는 걸 알면 분명 소란을 피울 법한데 지나치게 고요했다.

부엌에 다다른 두겸은 우뚝 멈춰 섰다. 처참하게 살해된 세영의 남편이 벽에 기대 앉아 있었다. 온몸이 짓뭉개져 있고 팔다리는 으스러져 기괴한 각도로 꺾였으며 피부는 찢겨 시뻘건 속이 튀어나왔다. 누군가 일부러 바닥과 벽에 피칠갑을 한 것처럼 시체 근처의 벽과 바닥에 피가 흥건했다. 두겸은 올라오는 욕지기를 억누르려 숨을 몰아쉬었다. 현기증이 났다. 비틀거리다 핏자국에 찍힌 독특한 흔적을 발견했다. 거대한 뱀 비늘 자국이었다. 남자를 죽인 게 무엇인지 감이 왔다.

썩은 조각. 본체의 짓이다.

두겸은 양손으로 입을 틀어막고 호흡을 진정시켰다. 본체는 이 남자에게 살해당할 뻔한 수일과 세영의 울음을 들었고, 이자를 찾아온 것이다. 남자에게 살해당할 절체절명의 순간, 모자의 영혼은 무시무시한 비명을 지르고 있었으리라. 그리고 두겸과 우인이 수일과 세영을 데리고 나간 사이 본체는 이 남자를 죽였다. 여러 얼굴이 겹쳐진 원혼들이 세영과 수일을 살리는 게 목표였다면, 본체는 남자를 죽이는 게 목표였다. 공간의 공기가 온통 증오로 타오르고 있었다. 소름끼치게 생생한 증오였다.

증오 너머 두 개의 상반되는 감정들도 희미하게 느껴졌다. 희열과 괴로움이었다. 뒤죽박죽 뒤섞인 감정들에 두겸은 식은땀을 흘렸다. 엄청나게 불안정한 기운인데. 본체는 위험한 존재였다.

솔직히 두겸은 세영의 남편이 불쌍하지는 않았다. 동정받을 자격이 없는 인간에게 줄 마음은 없다. 다만 이 남자에게 주는 동정과 그가 최후를 맞은 방식이 최선인가에 대한 의문은 별개다. 그렇기에 본체가 자신의, 그것도 불안정한 감정에 따라 사람들을 심판하는 것을 멈춰야 했다.

그때 등 뒤에서 심상치 않은 기운이 느껴졌다. 두겸은 돌아보기도 전에 무엇을 마주할지 알았다.

"…당신이 말로만 듣던 본체로군요."

그림자들이 차곡차곡 쌓여 이루어진 밀도 높은 암흑 덩어리가 부엌 한쪽을 메우고 있었다. 그것은 끔찍하고 거대한 아기의 모습이었다. 커다란 머리에 녹색으로 퀭한 눈구멍이 달렸고 양 다리 중 하나는 길고 두꺼운 뱀 꼬리가 대신했다. 두겸은 다리가 풀려 주저앉지 않기 위해 애썼다. 본체가 해코지하기로 마음먹는다면 이 집을 살아서 나갈 수 없을 것이다. 생각을 읽을 수 없는 눈구멍이 두겸을 응시했다.

"나에게서 빠져나간 것들을 따라왔는데 특이한 영혼을 만난 후 사라졌어. 저승으로 가버렸어."

여러 사람이 동시에 말하는 것 같은 목소리. 두겹은 지금껏 이런 소리를 들어본 적이 없었다. 낮은 동시에 높았고 기묘하게 울렸다. 신경을 거스르는 금속성의 여운이 소름 돋았다. 하지만 본체가 한 말은 흥미로웠다.

'빠져나간 것'이라 함은 오늘 새벽 오월중개소를 찾아왔던 여러 얼굴의 원혼들을 말하는 듯했다. 본체의 말대로라면 그들은 세영과 수일을 살림으로써 저승길을 찾아낸 것 같았다. 두겹은 공포스러운 와중에 안도했다. 모두 편히 쉬시길. 훗날 산 사람들의 노력이 조금씩 쌓여 만들어질, 지금보다 친절하고 올바른 세상에 다시 태어난다면, 그때는 꼭 행복하고 평안하게 살 수 있기를.

그러나 순간의 안도는 스치듯 사라지고 다시 공포와 불안이 두겹의 마음을 채웠다. 본체의 표면이 어른어른 잔물결을 치며 형태가 조금씩 달라지기 시작했다. 뱀 꼬리로 보이는 부분이 점점 뻗어 나와 부엌 벽면을 타고 두겹을 천천히 애워쌌다. 두겹은 움직일 엄두를 내지 못했다. 도망갈 구멍을 본체가 완전히 차단하는 걸 눈알만 불안하게 굴리며 지켜볼 수밖에 없었다. 독 안에 든 쥐였다. 본체가 두겹에게 다가왔다.

"너는 나의 원혼들에게 아까운 짓을 했어. 나는 그들의 원수를 똑 닮은 자들이 우스운 꼴로 죽는 모습을 보여주려고 했는데 네가 그들을 저승으로 보내버렸어."

"그, 그들이 가야 할 곳이니까요."

두겁은 주먹을 꼭 쥐고 없는 용기를 짜냈다. 괴물이 되어버린 치조와 저승으로 가지 못한 동생을 떠올렸다.

"제가 당신들의 저승길을 찾는 걸 돕게 해주세요. 오래 걸릴지도 모르지만, 모두의 저승길을 되찾는 건 불가능할지도 모르지만 그래도 포기하지 않을 거예요."

본체가 두겁을 노려보았다. 화로의 숯불처럼 두 눈이 이글거렸다.

"우리가 있어야 할 곳은 저승이 아니라 여기다. 우리가 살다 죽은 여기, 여기, 여기야!"

본체가 손을 뻗어 두겁을 움켜쥐었다. 뼈가 으스러지는 고통에 두겁은 비명을 질렀다. 치조님이 절로 생각났다. 그 순간 본체의 녹색 눈구멍이 가늘어졌다.

빙글, 본체의 얼굴이 돌아간다.

빙글, 이번엔 반대 방향으로 돌아간다.

"너… 조각을 가지고 있구나."

두겁이 미처 반응할 새도 없이 본체의 몸에서 수십 개의 손들이 뻗어 나와 본체의 몸속으로 두겁을 끌고 들어갔다.

11장

우리가 우리를
시험에 들게 하더라도

치조는 머리 위까지 올라온 태양을 쳐다보았다. 두겸이 퇴근하면 작별 인사를 하고 떠나기로 한 것이 이틀 전. 썩은 것의 기운은 여전히 지척이지만 아이가 여태 감감무소식이다. 가만히 앉아 있을 수가 없었다. 자꾸 마당을 서성이게 되었다. 뭐지? 이건 뭐지. 후우 후우, 숨을 크게 들이쉬어보지만 난폭한 기분은 사라지지 않는다. 뛰쳐나가고 싶다. 근데 어디로 간단 말이지? 그때 대문 밖에 기척이 있었다. 치조는 단숨에 뛰어가 대문을 열었다.

"낑!"

대문 밖엔 치조의 기세에 눌린 가엾은 누렁이 한 마리가 떨고 있을 뿐이었다. 치조는 대문을 부서져라 닫고 다시 마당으로 돌아왔다. 씩씩, 콧김이 거칠어졌다. 저놈의 개새끼는 왜 나를 헷갈리게 해? 명치 쪽이 답답하고 뜨거워 방방 뛰었다. 개 한 마리 때문에 열을 내고 있자니 머릿속에서 누렁이 얼굴은 어느 틈에 맨날 단정하니 웃는 순해 빠진 얼굴로 바뀌어 있었다.

치조는 작은 마당을 시계추처럼 서성였다. 왜 안 와. 말도 없이 안 와? 왜? 치조가 마당 한가운데에 우두커니 섰다. 오만가지 불쾌한 상상이 들었다. 전차에 치이는 두겹, 강도를 만나 골목에 쓰러진 두겹, 나쁜 인간들이 해코지하는 두겹, 저주받은 물건 때문에 사라지는 두겹, 사람 잡아먹는 요물을 만난 두겹, 강물에 빠진 두겹 등등등. 속이 타 들어갔다.

"?!"

이건 또 무슨 일인가. 지척에 있던 썩은 조각의 기척이 빠르게 이동하기 시작했다. 치조는 선택해야 했다. 썩은 조각을 따라갈 것이냐 두겹의 행방을 알기 위해 오월중개소로 갈 것이냐. 그러나 결정을 내릴 수가 없었다. 이도 저도 못 하는 상황은 영 재미없는데. 어정쩡하게 서서 발을 동동 구르던 치조는 마음을 굳히고 대문을 박차고 뛰어나갔다.

유호는 원래 대범한 성격이기도 했지만 오월중개소에서 경리로 취직해 1년을 채웠을 때, 보통 사람들은 평생 만날 일 없는 독특한 존재들을 여러 번 만난 경험까지 더해져 이제 웬만한 일로는 놀라지 않을 거라고 생각했다. 하지만 현실은 언제나 상상을 뛰어넘는 더한 것들을 준비하고 있다는 것을 방금 전 중개소로 달려온 세영을 진정시키며 실감했다.

얼굴이 벌개져서 중개소를 찾아온 세영은 제정신이 아니었다. 목소리는 흥분으로 높았고, 말을 더듬으며 설명하는 사건의 앞뒤가 잘 맞지 않았다. 호는 혼란스러웠다. 대체 무슨 소리야? 남편의 주먹질을 피해 친정에 피신했다 집에 돌아가보니 남편이 죽어 있어? 짓뭉개져서?

응접실 소파에 무너져 앉은 세영은 숨을 고르며 진정하려고 노력했다. 머릿속에 꽉 찬 끔찍한 광경을 애써 밀어내며 다시 한 번 호에게 찬찬히 설명했다. 남편으로부터 세영과 수일을 구한 두겸이 경찰에 남편이 인도되면 연락을 주겠다고 했다, 하지만 그날 낮에 퇴원한 수일을 데리고 친정으로 가 있던 세영이 하루 종일 기다려도 두겸은 연락이 없었다, 그래서 남편에게 죽을 뻔한 다음 날인 오늘 부친과 함께 집으로 갔고, 부엌에서 전신이 짓눌리고 터져 죽은 남편을 발견했다고.

"못 보던 신발이 현관에 있는 걸 보면 최 선생님께서 분명 들르셨던 것 같은데 집엔 죽은 남편 외엔 아무도 없었어요. 그래서

호, 혹시 최 선생님께 무슨 일이 일어났을까봐 바로 여기로 온 거예요."

유호는 현기증이 날 것 같았지만 마음을 굳게 먹었다. 침착해야 했다. 보아하니 두겸에게 무슨 일이 일어난 지 벌써 하루가 넘어간 것 같았다. 우왕좌왕하며 낭비할 시간이 없었다. 호는 전화기를 들어 가장 마지막까지 두겸과 함께 있었던 우인에게 연락했다. 이어서 경 사장에게도 연락을 돌렸다. 자, 유호, 생각해. 이제 뭘 해야 하지? 맞아. 최 선생님 댁으로 가서 확인해야 해.

호가 현관으로 성큼성큼 걸어가 손잡이에 손을 뻗는 순간 현관문이 벌컥 열렸다.

"악, 깜짝이야!"

"뭐야!"

뜻밖의 방문객 2는 치조였다. 아무래도 최 선생님은 집에도 들어가지 않은 모양인데 정말 실종인가봐. 어쩌지? 괜찮으실까? 지난 이틀간 너무 바빠서 신경 쓰지 못했다. 그저 연이은 외근 때문에 사무소에 못 오시는 줄 알았다. 최 선생님이 잘못되면 내가 단순하게 생각했기 때문인지도 몰라. 호는 눈물을 참으며 치조에게 죽은 세영의 남편과, 현장에 있던 두겸의 신발에 대해 전했다.

호가 온몸이 짓눌린 시체와 말라붙은 핏자국에 찍힌 기묘한 자국, 마치 거대한 비늘 자국 같은 흔적에 대해 언급하자 치조의 입꼬리가 씰룩였다. 두겸이 실종되었다는 현장에 가볼 필요도 없었다. 범인은 확실했다.

"아하하하!"

치조의 호쾌한 웃음에 호와 세영의 눈이 동그래졌다. 두 사람의 반응은 아랑곳 않고 치조는 박수까지 치며 사무소 로비를 강중강중 뛰었다. 짓눌린 시체와 비늘 자국이라니. 흥분으로 뱃속이 근질거렸다. 두겸의 실종은 썩은 조각과 관련이 있다! 명치에 틀어박힌 체증이 시원하게 내려가는 기분이로군.

"잘됐다, 잘되었어! 썩은 것이 두겸이를 데려갔으니 한 번에 두겸이도 구하고 내 조각도 되찾을 수 있겠다! 이게 바로 일타이피, 일석이조 아니겠느냐? 부러 늑장 부리면 안 되겠으나 헐레벌떡 급할 건 없다."

"이 매정한 뱀님! 뭐가 잘됐어요? 최 선생님이 혹시라도 잘못되면 어떡해요. 빨리 찾아야죠!

호는 기가 막혀 발을 동동 굴렀다. 치조는 호가 하는 말이 의아했다.

"두겸이는 착한 아이인데 썩은 것이 무슨 짓을 하겠느냐? 두겸이 그 아이가 누구의 원수일 리 없지 않느냐?"

싱글벙글인 치조의 시야 끝에 녹청색 취재용 신문사 차에서 내려 오월중개소 앞 보도를 허둥지둥 가로지르는 우인이 보

287

였다.

"마침 두겹의 친구도 자동차라는 걸 가지고 왔구나. 저걸 타면 빠르게 이동할 수 있지? 자자, 걱정 말거라. 내가 가라는 곳으로 가면 다 해결될 거다."

치조는 서남쪽 저 멀리를 응시했다. 썩은 조각의 기척이 빠르게 멀어지는 중이었다. 듣자 하니 썩은 조각이 두겹을 붙잡은 건 어제. 무슨 연유로 그것이 오늘까지 경성에 머물렀는지 알 바 아니었으나 두겹을 되찾아야 하는 입장에선 결론적으로 잘된 일이었다. 저렇게 생각없이 흔적을 잔뜩 남기며 이동하는 썩은 조각을 쫓아가는 건 일도 아니다.

오월중개소에서 치조, 호, 우인이 두겹을 구하러 출발할 즈음 썩은 조각, 즉 본체는 초가집과 기와집이 바글바글 뒤엉킨 경성을 벗어났다. 빠른 속도로 산과 들, 논과 밭을 지나 최종적으로 다다른 곳은 한 폐촌 뒷산의 무너진 우물이었다. 소나기 구름처럼 휘몰아친 본체는 단숨에 우물 속으로 날아 들어갔다. 일순 사방은 깜깜해졌고, 뒤이어 다시 환해지더니 빛이 소용돌이처럼 일그러졌다. 본체는 그 일그러진 틈을 비집어 열고 우물 속 이공간(異空間)으로 진입했다.

사방이 바다였다. 한낮의 청명함과 새벽녘의 붉은 기운이 뒤섞인 하늘과 짙푸른 바다의 수평선이 해무로 흐려져 끝없이 이어졌다. 이공간 한가운데에 기암절벽으로 이루어진 작은 바위섬이 있었다. 본체는 그 바위섬 가운데의 분지에 내려앉았다. 오래전에 영물 뱀이 봉인되었던 우물의 이공간은 봉인 자체로 현실과 동떨어진 경계가 생성된 데다, 그 안에 자리 잡았던 영물 뱀의 힘과 끊임없이 우물 속에 던져지는 원귀들에게 영향을 받으며 이승과 저승의 틈에 고립된 독특한 공간이 만들어졌다.

영물 뱀이 자유의 몸이 되어 우물을 빠져나간 뒤로도 그 공간은 그대로 남아서 썩은 조각 본체의 안식처가 되었다. 본체는 이승으로 넘어갔다가 그곳에서 들려오는 인간과 원혼의 울음소리에 압도당하면 이곳으로 돌아와 휴식을 취했다. 울음소리 주인을 대신한 복수는 본체의 사명이자 존재 이유였다. 본체가 영물 뱀의 조각을 모으는 이유 또한 지치지 않고 더 많은 복수를 하기 위함이었다. 하지만 아직도 이 이공간으로 다시 돌아오지 않아도 될 만큼의 힘은 없었다.

이번에 찾아낸 희한한 영혼 안에 영물 뱀의 조각이 깃들어 있는 것은 행운이었다. 이제 그 조각을 흡수하여 자신의 것으로 만들면 더 오랫동안 이승에 머물며 더 많은 복수를 할 수 있을 것이다. 본체는 외부로부터의 자극이 차단된 고요한 안개 속에 자리 잡고 웅크린 채 눈을 감았다.

두겸은 머리를 울리는 소음에 정신이 들었다. 사방은 암흑인데 그 어둠엔 마치 질량이 있는 것 같았다. 은근한 압박이 몸을 죄어왔다. 두겸은 심호흡을 하며 상황을 파악하기 위해 기억을 더듬었다. 정신을 잃기 전에 수일과 세영의 집에 갔고, 살해당한 세영의 남편을 발견했다. 그리고… 그곳에서 본체에게 잡혔지. 아무래도 이곳은 본체의 내부인 것 같은데…. 사방이 아직도 시끄러웠다. 머리가 지끈거려 절로 미간이 찌푸려졌다. 소리를 분간하기 위해 집중했다. 본체를 구성하는 원혼들이 동시에 떠들어대고 있었다. 누군가는 소리지르고, 누군가는 울고, 누군가는 중얼거렸다.

-죽여. 복수. 나 너무 힘들어. 매일 화가 나.

-속상해. 억울해. 죽여.

-쉬고 싶어. 시끄러워. 쉬고 싶어. 울음소리 너무 많아.

-죽여!

두겸은 눈살을 찌푸렸다. 이 원혼들의 생각은 단편적이고 감정은 평면적이다. 사람이라고 느껴지지 않았다. 이들은 너무 오래 방치되었다. 상처받은 마음이 점점 곪아 자아와 인간으로서의 복합성은 사라지고 원한만 남아 돌이킬 수 없는 지경에 다다른 것인지도 모른다. 두겸은 귀신 잡아먹는 우물을 거리낌없이 이용해온 익명의 인간들을 생각했다. 오랜 세월에 걸쳐 수많은

290

사람들의 암묵적 동의하에 우물은 존재했다. 이미 오래전에 죽은, 얼굴도 모르는 인간들일 테지만 생각하니 다시 화가 치밀어 올랐다.

"혹시 제 말이 들리는 분이 있을까요?"

조금만 방심하면 혼미해지는 정신을 붙들며 두겁은 대화를 시도했다. 본체는 복수를 목적으로 꽤 효율적으로 움직였다. 단편적인 분노만을 내뱉는 원귀 외에 의식과 자아를 가지고 있는 주도적인 존재가 있을 가능성이 컸다.

"가능하다면 대화를 하고 싶습니다."

-죽여!

-시끄러워. 억울해.

-죽여. 힘들어.

원귀들은 두겁의 말에 반응하지 않고 계속 제멋대로 떠들었다. 목소리의 울림이 점점 커졌고 두겁은 머리가 깨질 것 같았다. 지나치게 많은 소리에 멀미가 났고 결국 다시 정신을 잃었다.

잠시 후, 어지러운 소음이 가라앉았다.

-복수해! 복수… 복수….

정적 속에 알아들을 수 있는 소리 하나가 들려왔다.

"너는 우리가 저승으로 가는 걸 도와주겠다고 했지."

돌을 긁는 것 같은 목소리였다. 두겁의 속눈썹이 파르르 잘게 떨리며 서서히 정신이 돌아왔다. 눈을 떴을 때 여전히 주변은 온통 컴컴했다. 두겸은 눈을 몇 번 깜박였다. 사방이 암흑이었지만 바로 눈앞의 어둠은 결이 조금 달랐다. 그것의 형태가 선명해졌고 검게 탄 인간 모양의 무언가가 되었다. 목소리의 주인공인 모양이었다. 두겸은 그를 향해 물었다.

"당신은 누구시죠…?"

"… 내가 누구인지는 중요하지 않지."

두겸은 늘 그렇듯 상대의 다음 이야기를 기다렸다.

"생자(生者)들의 약속은 엽전 하나보다 가볍다. 그들은 추악하며 다른 이를 구하지 못한다. 그러니 너의 말은 공허하다."

귓가에 그자의 허무가 묵직하게 꽂혔다. 불에 타 숯이 된 나뭇가지 같은 검지가 두겸의 이마에 닿았다. 시야가 빙글빙글 돌며 의식이 그자의 기억 속으로 빨려 들어갔다.

그는 큰 신통력을 타고난 사람이었다. 신통력보다 더 컸던 것은 사람들을 위해 살겠다는 의지였다. 그러나 그가 태어나고 청춘을 보낸 시절은 인간을 사랑하기는 어려운 시절이었다. 악정과 전란, 전염병, 굶주림은 사람들에게서 추악한 모습을 끌어내곤 했다.

지장보살(地藏菩薩). 지옥으로 떨어지는 사자의 영혼을 모두 구제한 후에 스스로 부처가 될 것을 서원한 부처. 그는 불교에 귀의해 산 사람들의 지장보살이 되기로 결심했다. 사람들은 하루가 멀다 하고 이웃을 죽이고 괴롭히고 차별하며 그의 믿음을 배반했지만 그는 사람들을 사랑했다. 그래야 한다고 믿었다. 자신에게는 남들에게 없는 신통력이 있었고, 사람을 구하는 것은 숙명이었기에 그로부터 도망쳐서도 쉬어서도 안 된다고 믿었다.

비구니는 여러 해에 걸쳐 피폐해진 전국을 떠돌며 사람들을 구했다. 비구니가 살았던 당시엔 다려가귀라는 악귀가 많았다. 그것은 죽은 이가 하도 많아 피와 원념, 한숨이 깊이 서린 땅에서 솟아난 것들로, 원혼을 넘어서 사람을 해치는 악귀가 된 것이었다. 그것은 땅 아래서 불쑥 나타나 사람들을 끌고 들어갔다. 다려가귀로 인해 사람들이 떠나간 지역들은 역설적으로 그렇기 때문에 사람들이 다시 모였다. 폐촌이 됨으로써 수탈이 사라졌기 때문이었다. 많은 백성들에게는 가혹한 관리가 다려가귀보다 무서웠던 것이다.

비구니는 가지고 있는 신통력의 상당 부분을 쏟아 산천을 지배하는 영물들을 잡아들였고 다려가귀로 들끓는 땅을 찾아다녔다. 산 사람들이 그 땅에서 계속 살아갈 수 있도록 우물을 만든 다음 그곳에 영물을 봉인시켰다. 영물로 하여금 원귀인 다려가귀를 잡아먹게 하기 위함이었다.

비구니는 다려가귀가 가장 극심한 땅을 첫 번째로 찾았다. 그곳 우물에 가장 강한 영물을 봉인시켰다. 용이 될 수 있었던 영험한 뱀이었다. 영물 뱀에게는 안타까운 일이나 사람들을 살리기 위해서는 어쩔 수 없는 선택이라고 여겼다. 대신 그 땅의 인간들로 하여금 이 영물을 귀하고 고맙게 여기도록 신신당부했다.

"원귀는 산 사람들의 잘못으로 생기는 것이다. 그렇기에 원귀의 서러운 마음은 산 사람들이 풀어주어야 마땅하나, 이 땅의 원귀들은 하소연을 들어주는 이 없이 오랜 시간을 보냈고, 악귀 다려가귀가 된 그들은 산 사람을 너무 많이 잡아먹었다. 내가 덕이 부족하여 그 한을 풀어주지 못하고 너희를 우선으로 살리기 위해 이 뱀을 여기에 봉인한다."

비구니는 사람들이 더 이상 원혼을 만들지 않을 것을, 그래서 언젠가 영물 뱀은 신령함을 회복해 봉인을 풀고 나갈 것을 믿었다. 사람들은 자신들을 위해 용이 될 기회를 잃고 요괴가 될 수밖에 없는 영물과, 그 영물에게 잡아먹힐 원혼들을 기억하겠다고 비구니에게 고개 숙이며 약속했다.

영물들을 봉인하는 것을 포함하여 많은 법력을 소진한 비구니는 명이 길지 못했다. 첫 우물을 만든 지 15년 후 비구니는 죽음을 앞두고 문득 궁금해졌다. 자신이 인간에 대한 애정과 믿음이 가득했던 시절, 어지러운 땅에 정착한 사람들을 위해 만들었던 우물들은 제 역할을 다했을까? 그곳의 사람들은 이제 평화롭게 살아가고 있을까? 그동안 인간의 욕망과 이기 사이에서 완전히 지쳐버린 비구니는 죽기 전에 확인하고 싶었다. 인간의 선함과 선함이 해낼 수 있는 일들에 관해서. 어쩌면 스스로에게 증명하고 싶었는지도 모를 일이다. 그래서 가장 원귀가 극심했던 땅, 가장 강한 영물을 묻었던 첫 번째 우물부터 찾았다.

우물은 비구니가 기억하는 모습 그대로 마을 뒷산에 있었다. 주변에 수풀이 무성했지만 방치된 것 같진 않았다. 마을 사람들이 절기에 맞춰 요괴가 된 영물 뱀과, 뱀에게 잡아먹힌 원귀들을 기리고 있다는 뜻일까? 비구니가 우물 안을 들여다보기 위해 우물에 가까이 가려고 할 때 인기척이 느껴졌다. 비구니는 반사적으로 근처 수풀에 숨었다.

마을 쪽으로 난 샛길에서 나타난 것은 세 여자였다. 셋은 낑낑거리며 포대자루 하나가 얹힌 수레를 끌고 산길을 올라오고 있었다. 비구니가 유심히 보니 여자들의 거동이 수상했다. 표정은 굳고, 새소리, 바람 소리에 깜짝깜짝 놀라며, 아무도 없을 숲속인데 자꾸 이리저리 눈알을 굴리며 주위를 살폈다.

우물에 도착한 여자들이 수레에 싣고 온 자루를 힘겹게 끌어내 우물 입구에 걸쳤다. 여자들은 그 자루 안에 든 것을 건드리기 싫었는지 자루 끝을 잡고 움직이려 애썼다. 자루는 묵직하고 커다란 무엇인가가 들어있는 듯했다. 한 여자가 수레에 함께 싣고 온 갈퀴를 집어 들더니 그것으로 자루를 냅다 우물 안으로 밀어 버렸고 동시에 우물 속에 끔찍한 비명이 울려 퍼졌다.

"으—아아아아…!"

수풀 속에서 비구니는 경악했다. 저것은 인간의 비명이 아닌가? 세 여자는 비명에 뒤도 돌아보지 않고 달아나버렸다.

여자들이 사라지자마자 비구니는 수풀에서 뛰쳐나가 우물 안을 들여다보았다. 아무 소리도 들리지 않았다. 바닥도 보이지 않았다. 자신이 만든, 영물 뱀을 봉인한 우물은 미지의 공간으로의 입구를 벌리고 있었다. 내가 잘못 들은 거겠지. 비구니는 애써 합리화했다. 짐승 소리였겠지. 여우나 너구리 소리였을 것이다. 아까 그 여자들이 정말로 산 사람을 우물에 던졌을 리는 없지 않은가. 그러나 동물이라 한들, 그것은 괜찮단 말인가? 비구니는 참담한 마음을 애써 누르며 마을로 내려갔다.

그러지 말았어야 했는데.

그대로 우물을 떠나 두 번째 영물을 봉인한 우물이 있는 마을로 갔더라면 훗날의 모든 일은 일어나지 않았을지도 모를 텐데.

"근데 그 치가 가축들을 죽인 범인이 아니면 어쩌지?"

마을 사람들이 삼삼오오 모여 숙덕댔다.

"벙어리도 아닌 게 평소에 말 한마디 안 했지? 그 새낀 오랑캐라고. 밭일도 못하면서 여태 굶어 죽지 않은 게 왜겠어? 가축들을 몰래 죽이던 게 놈이었으니까."

돌담 뒤에 숨어 사람들의 대화를 엿듣는 비구니의 마음이 오만 갈래로 찢겼다.

"그 새끼가 범인이 아니었어도 상관없어. 어차피 오랑캐야. 진짜 범인이 잡히는 날엔 우물에 던져질 거라는 경고는 되었으니까."

"그건 그렇지."

나머지 사람들이 동의했다. 그들은 안도하며 이렇게 말했다.

"그 우물이 있어서 정말 다행이야. 덕분에 마을의 골칫거리들이 깔끔하게 해결되니까."

비구니는 손을 들어 입을 틀어막았다.

…아, 아아.

역겨운 인간들.

역겹고 더럽고 비루한 존재들.

이 모든 업보를 모두 너희에게 되돌려주리라. 너희는 산 자가 산 자를 원혼으로 만드는 일이 무서운 일임을 몸소 알아야 한다.

우물로 돌아온 비구니는 남은 법력을 지팡이 끝에 집중하며 치켜들었다.

"너희는 너희 손으로 만든 원혼들에게 죽임을 당할 것이다!"

우물 내벽의 봉인을 부수고자 있는 힘껏 지팡이를 던진 순간, 기력을 다한 비구니의 숨이 끊어졌고, 비구니의 시신은 힘없이 우물 안으로 떨어졌다.

인간을 향한 실망과 회의로 방황하는 비구니의 영혼은 저승으로 가지 못했고, 마지막에 법력이 실리지 못한 지팡이는 제 역할을 하지 못했으며, 우물에 봉인된 영물 뱀은 비구니의 영혼과 죽은 몸을 한입에 삼켰다. 다만 죽기 전 남아 있던 약간의 법력 덕에 비구니는 치조에게 잡아먹히고도 소멸하지 않았다.

비구니가 자신이 만든 우물을 미처 제 손으로 부수지 못하고 죽은 뒤에도 마을 사람들은 계속 우물을 이용했다. 우물은 어느새 '귀신 잡아먹는 우물'이 되었고, 마을 사람들이 부정하다고 정한 것들의 종착지가 되었다.

비구니는 치조 안에서 버티면서 치조가 잡아먹은 혼들이 소멸하지 않도록 지켰다. 억울함과 원통함으로 우는 혼들을 달래며 붙들었다.

"언젠가 이곳에서 나가게 되면 너희를 이렇게 만든 자들에게 대가를 치르게 하자."

그러나 그 '언젠가'는 오지 않았다. 비구니가 모은 혼들은 원한에 사로잡혀 기억을 잃어갔고 영혼은 썩어 문드러졌다. 비구니의 혼조차 인간에 대한 절망과 원망으로 썩어갔다. 그 썩은 기운이 영물 뱀에게 영향을 끼쳤다. 원혼들은 자아를 잃었고 영물 뱀은 괴물이 되었지만 여전히 우물 밖의 사람들은 우물에 그들이 부정하다고 정한 것들을 던졌다.

두겸은 현기증과 함께 비구니의 기억에서 빠져나왔다. 너무 많은 사실을 한꺼번에 알게 되어 어지러웠다. 귀신 잡아먹는 우물을 만든 자가 있었을 줄이야. 왜 지금까지 생각해보지 않았을까? 그 우물은 두겸의 고향에 너무 당연한 것처럼 존재했다. 애초부터 그곳에 있었던 것처럼. 뒤늦게 누가, 어째서, 그 우물을 만들었는지 알게 되니 참담했다. 다른 사람들을 구하고자 생긴 우물이 그토록 오랜 시간 힘없고 소외된 사람들을 잡아먹는 수단으로 쓰였다는 것이.

치조의 조각이 썩게 된 원인이며 본체의 구심점인 비구니의 원혼이 두겸을 내려다보았다.

"인간을 믿고 그 우물을 만든 것을 뼈저리게 후회한다. 후회하고 또 후회한다. 인간은 결국 추하며 너희 생자들은 결코 앞으로 나아가지 못할 것이다. 그러니 나와 이 혼들은 분노에 불타 사라지는 순간까지 인간의 자격이 없는 자들을 찾아내 죽일 것이다."

분노로 까맣게 탄 비구니에게서 검은 연기가 한 가닥, 한 가닥 피어올랐다.

두겸은 떨리는 손을 말아 쥐었다. 그렇다. 가해자들은 지옥에 가야 한다. 아니, 살아서 그들이 저지른 일에 대한 대가를 치러야 한다. 하지만 어째서 그토록 당연한 인과응보가 실제로는 이루어지지 않는가? 어째서 매번 폭력과 혐오를 저지르는 이들은 사라지지 않고 다른 사람의 몸과 마음을, 삶을 망가뜨리고 유유히 제 갈 길을 가버리는가?

두겸 역시 비구니와 같은 질문을 수도 없이 해왔다. 어째서 귀신 잡아먹는 우물은 그토록 오래 우리 마을에 존재했을까? 어째서 아무 잘못 없는 사람들이, 그저 아플 뿐이었던 아이가 우물에 던져져야 했을까? 어째서 나는 계속 원혼들을 봐야 하는가? 왜 그들은 자꾸만 생겨나는가?

"당신과… 당신들이… 억울한 상황인 것은 압니다. 당신들에게 가해자들이 지옥불에 영원히 불탈 거라는 말이 어찌 위안이 되겠어요. 절대로 충분치 않다는 것을 압니다. 하지만 당신들의 삶을 망가뜨린 자들은 오래전에 죽어 저승으로 갔어요."

무엇이, 누가 이런 상황을 지속되게 하는가. 이미 돌이킬 수 없는 피해자들의 삶은 어찌해야 하나. 결국 어찌할 수 없는 일이라면 나는, 나를 비롯한 수많은 사람들은 왜 그것 때문에 괴로워하는가. 우리는 왜 분노하는가.

이 말도 안 되는 상황의 피해자이기도 했던, 그러나 생존자이

기도 한 두겸 역시 아직도 답을 찾지 못했다. 두겸은 동생을 죽인 마을 사람들을 결코 용서하지 않을 것이다. 그들이 지금 지옥의 아귀들에게 매일 내장을 뜯어 먹히는 고통을 반복하고 있다고 해도 용서하지 않을 것이다. 아니, 용서가 되지 않았다.

하지만….

두겸은 옅고 길게 숨을 쉬었다. 떨지 않으려고 양손을 움켜쥐었는데도 자꾸 떨렸다. 어둠 속에서 수많은 원혼들이 자신을 지켜보는 게 느껴졌다. 위협적인 압박이었다. 두겸은 마음을 단단히 먹었다.

"하지만 영원히 상처 속에 주저앉아 있을 수는 없어요."

술렁술렁. 주변이 들끓었다. 비구니를 중심으로 한 원혼들은 이미 대다수가 정상적으로 사고할 수 없을 테니 비구니의 노여움에 공명하는 걸 테다.

-시끄러워! 죽여!

-나를 좀 쉴 수 있게…

-화가 나! 복수!

두서없이 소리치는 원귀들의 목소리가 다시 커졌다. 비구니의 원혼이 불길한 기운을 뿜으며 조금씩 거대해지기 시작했다. 두겸은 당장 눈을 감고 입을 다물고 싶었으나 그러지 않았다.

"당신은 우리 산 사람들은 결코 나아가지 못할 거라고 했죠.

하지만 우리는 지금까지 계속 해내왔어요. 정말 느리지만 우리는, 우리 중 누군가들은… 아주 천천히 혐오와 차별, 그리고 폭력과 맞서 왔어요. 제가 사는 세상은, 제 아이들이 사는 세상과 다를 테고, 그 아이들의 아이들이 사는 세상은 또 다를 겁니다. 당신과 당신들이 저승으로 간 후… 언젠가 다시 태어나길 선택한다면 그 세상을 누리며 살 수 있으면 좋겠습니다."

두겸은 눈을 들어 노여움으로 불타는 비구니를 바라보았다. 두겸이 인간의 혼이나 신비로운 존재들의 이야기를 들어주는 일을 하면서 가지게 되는 의문에 돌아오는 속 시원한 대답은 없었다. 하지만 흔들리지 않는 믿음은 있다. 그것은 어느 순간 두겸의 마음 속에 싹을 틔워 점점 단단해진 믿음이었다. 영원히 후회하고 수치 속에 괴로워하다가 끝내 소멸할 자들은 가해자들이다.

"저는 당신이 분노로 불타 사라지지 않았으면 좋겠습니다. 당신과, 당신과 함께하고 있는 원혼들은 저승으로 가야 해요. 제가 어떻게든 당신들의 저승길을 찾아내겠습니다."

비구니는 바람 빠지는 듯한 소리를 냈다. 비웃음이었다.

"허울 좋은 소리. 번지르르한 거짓말. 역겹다."

비구니의 마지막 말을 신호로 원귀들이 두겸에게로 쏟아져 내렸다. 각양각색의 손이 두겸의 몸을 갈랐다. 살이 찢어지고 갈빗대가 뜯겼다. 심장과 호흡이 멈추고 뜨거운 피가 본체 안쪽으로 쏟아져 나왔다. 갈라진 몸 안쪽에서 두겹의 영혼이 드러났다.

두겹의 영혼은 맑고 따스한 빛을 내뿜었다. 그 빛에 의해 심해 같던 공간에 색과 깊이가 생겼다. 비구니를 비롯한 이곳의 모든 혼은 오랜 시간 원망과 억울함, 분노로 곪아 있었으므로 그것들에게 그 같은 빛은 생경했다. 예상치 못한 광경에 비구니가 멈칫했다. 하지만 이내 두겹의 영혼을 몸에서 완전히 끄집어내기 위해 잡아 끌었다. 두겹의 영혼이 힘없이 딸려 나오는가 싶더니 스스로 빛줄기를 뻗어 비구니의 팔을 움켜잡았다.

그것은 강력한 의지를 담은 몸짓이었다. 두겹의 영혼으로부터 작은 혜성 같은 빛줄기들이 뿜어져 나와 비구니의 팔을 타고 올라가 그의 심장으로 쏟아져 들어갔다. 그 빛들은 두겹이 그동안 만났던 사람들에 대한 생각과 기억들이었다.

하얀 빛 하나. 유호는 남을 깎아내리는 농담에 웃지 않으려고 노력한다. 첫 직장에서 분위기를 망친다며 공개적으로 모욕당하고 한참 울었지만 지금도 남에게 상처주는 말에 웃지 않을 용기를 내는 아이다.

하얀 빛 둘. 우인은 꾸준히 약자에 대한 기사를 쓴다. 세영과 수일을 알게 되었으니 분명 이번 기사의 주제는 가정폭력일 것이다.

하얀 빛 셋. 경 사장님은 자신이 할 수 있는 작은 선의를 베푼다. '내게 쉬운 것을 꾸준히' 그것이 경 사장의 방식이다. 지금은 가난한 조선인 아이들에게 장학금을 지원하고 있다.

그리고… 섬사람들을 위해 공포에 맞선 무녀님을, 시작은 죄책감이었을 망정 네 아이를 거두어 살린 온내를 본다. 작은 짐승인 담비를 거두고 사랑으로 함께 살아가는 보살님들을 보고, 대철의 악행에 분개하면서도 그의 부모를 보호하던 은자네 가족을, 역시 대철을 미워하면서도 그의 죽음에 대해 괴로워하던 은자를, 악습과 부당함에 온몸으로 부딪힌 고오와, 소작제 개선을 조용하지만 묵직하게 추진하던 조기를 보았다. 수많은 빛들, 자신과 상관없는 사람들까지 사랑하기로 마음먹은 수많은 사람들.

비구니는 마지막으로 귀신 잡아먹는 우물이라는 오랜 악습에 반기를 드는 어린아이를 보았다. 그 어린아이가 우물의 봉인을 부순 것도.

"네가 우물을… 부수기로 마음먹은 사람…."

비구니는 움켜쥔 영혼과 몸이 찢긴 시체를 멍하니 내려다보았다. 영혼으로부터 나와 자신을 뚫고 지나간 빛무리들이 주변을 가득 메웠다. 비구니가 모은 원혼들만큼 많았다. 본체 내부의 암흑 공간에서 그것은 은하수처럼 어둠을 밝혔다.

맥이 빠졌다. 화를 내고 냉소해야 하는데, 인간이 미워야 하는데. 오랜 시간 키워온 분노가 자꾸 흩어지려고 했다. 겨우 이 영혼 하나 때문에. 안 된다. 그럴 수는 없다. 그래, 변덕으로 가져온 이 영혼은 포기하자. 강력한 힘을 키우는 건 영물 뱀의 나머지 조각으로도 충분하다. 비구니는 두겸의 영혼을 놓아버렸다. 그러나 두겸의 영혼이 비구니를 놓지 않았다. 비구니는 따뜻한 영혼을 밀어내려 애썼다. 죄를 짓고도 멀쩡히 살아가는 자들을 죄다 죽일 것이다. 인간 같지 않은 것들을 모조리 없앨 것이다. 그럴 힘을 가져야 해. 나를 방해하지 마라. 나를 붙잡지 마!

그때 두겸의 속삭임이 진동으로 비구니의 혼에 곧장 전달되었다.

－이상해요. 타인의 불행을 외면하지 않는 사람들이 바로 그 이유로 상처받곤 한다는 것이오. 당신이 적당히 타인의 상처를 외면할 수 있는 사람이었더라면, 조금 더 스스로를 돌볼 수 있었더라면 좋았을 텐데. 그렇지요?

비구니는 경기하듯 두겸의 영혼을 뿌리쳤다. 드디어 떨어져 나간 영혼이 힘없이 쳐졌고, 온기가 떨어져 나간 부분이 서늘했다. 뿌리치자마자 알 수 없는 허전함이 밀려들었다. 할 수 있다면 저 따뜻한 온기를 다시 붙들고 싶었다.

비구니는 증오를 끌어모으려 해봤지만 움직여지지 않았다. 수백 년의 세월 동안 어떤 것도 이 분노를 흔들지 못할 거라고 믿었건만 무방비하게 제 앞에 놓인 무고한 영혼을 바라보며 두려

305

움이 밀려왔다.

내가 커다란 실수를 한 것이라면.

…어찌하지.

복수에 대한 비구니의 사명감과 믿음이 흔들렸다. 구심점이 되는 비구니가 흔들리자 본체가 허물어지기 시작했다. 다리 대신 뱀의 몸통이 달린 거대한 아기 모습을 한 본체의 표피에 균열이 생기고, 그 균열에서 갈녹색 진흙 덩어리들이 울컥울컥 새기 시작하면서 형태가 뭉개지기 시작했다. 본체에서 꾸역꾸역 녹아 내리는 진흙 같은 덩어리들은 바로 비구니가 그동안 데리고 있던 원혼들이었다. 인간의 형상을 잃어버린, 눈코입이 문드러져 겨우 얼굴의 흔적만 남은 원혼들이 촛농처럼 이공간의 바닥으로 뚝뚝 떨어졌다.

원귀들의 아우성이 이공간의 고요를 깼다. 점점 더 빨리 녹고 있는 본체를 중심으로 원귀로 이루어진 웅덩이가 번졌다. 본체 안에 흡수되었던 치조의 조각들도 그 웅덩이 위로 떨어져나왔다. 두겁의 시신 역시 본체 안에서 밀려 나왔고, 마지막 원귀가 비구니로부터 떨어져 나갔다. 그때였다.

쾅!

커다란 굉음과 함께 이공간의 하늘이 울렸다. 비구니는 하늘을 올려다보았다. 누군가 이공간을 힘으로 부숴 열려고 했다. 쾅!

306

쾅! 사방이 진동하며 군데군데 자홍색으로 물든 하늘이 일그러졌고, 그 지점을 중심으로 구름들이 회오리쳤다. 구름 소용돌이의 중심, 태풍의 눈에서 커다랗고 창백한 손 하나가 공간을 비집고 들어왔다. 치조였다.

"이 납치범! 조각 도둑놈아!!"

치조의 목소리가 쩌렁쩌렁 울렸다.

"네가 훔쳐간 모든 걸 당장 내놓지 못하냐!!"

고함과 함께 치조가 이공간 하늘의 틈에서 훌쩍 뛰어내렸다. 하늘에서부터 섬까지 엄청난 높이를 아랑곳 않고 거뜬히 착지한 치조는 인간의 형상에서 벗어난 모습이었다. 덩치가 커져 두겸이 마련해준 바지는 끝단이 무릎까지 밖에 오지 않았고, 저고리는 풀어헤쳐 겨우 걸쳤다. 피부는 푸르스름했고 여기저기 뱀 비늘이 돋아 있었다. 산발머리는 여전했지만 머리통 양옆으로 찢어진 입 안으로 날카로운 이빨과 길쭉한 혓바닥이 보였다. 웬만한 짐승의 가죽은 단번에 찢을 수 있어 보이는 길쭉한 갈고리 같은 손발톱 역시 위협적이었다.

치조는 혀를 날름거리며 낄낄댔다. 생각지도 못한 웃긴 광경이 눈앞에 펼쳐져 있었다. 숯 꼬챙이 같은 원혼이 지저분한 웅덩이 가운데 서 있는데, 이놈의 웅덩이에서는 웬 벌레 같은 것들이 빽빽댄다. 웃긴다 웃겨. 이게 뭔 상황이냐! 게다가 이 시끄러운 벌레들 위에 굴러다니는 저것들은?

"내 조각들을 벌써 대령해놨네? 항복이라 이거냐?"

치조는 웅덩이를 이룬 원혼들에도, 그 가운데 우두커니 선 원혼에게도 관심 없었다. 이자가 자신을 봉인한 비구니임도 알아보지 못했다. 치조의 관심은 눈앞에 뒹구는 자신의 조각뿐이었다. 조각을 찾고 두겸을 데리고 나가면 그만이다. 제일 근처에 떨어진 조각을 하나 주워 삼키자 찌릿찌릿, 몸통에서부터 사지 끝까지 기운이 뻗어 나갔다. 조각 하나만 되찾아도 이렇게 좋은걸! 신난다! 그건 그렇고 아이는?

"조각을 대령해놓은 건 좋다만 대체 무슨 짓을 한 거냐? 고약한 냄새가 나잖아! 그리고 내 조각 말고 또 내놓을 게 있지 않느냐? 항복하고 싶으면 네놈이 납치해 간 아이를 먼저 내놓아야지!"

한껏 기분이 좋아져 제 할 말만 늘어놓던 치조의 눈에 이상한 것이 들어왔다. 어? 저게 뭐지? 망부석처럼 선 원혼 뒤쪽에 하얀 발이 보였다. 치조가 몸을 옆으로 기울이자 시야가 변하며 원혼에 가려졌던 것이 확실히 보였다. 멀쩡히 살아 있어야 할 두겸이었다. 창백한 피부는 피범벅이고 갈라진 흉곽엔 반쯤 끌려 나온 영혼이 걸쳐 있었다. 치조는 고개를 갸웃했다. 이상하다. 두겸이는 착한 아이인데.

"저 아이가 뭘 잘못했다고 해코지를 했을까?"

정말 이상하다. 방금 조각 하나를 집어먹고 손가락 발가락 끝까지 기운이 넘실거리게 채워졌는데 왜 이렇게 손발 끝이 차갑지? 저리는 것 같지?

비구니는 치조에게서 스며 나오는 위협적인 기운에 움직일 수 없었다. 영혼이기에 현기증을 느낄 리가 없지만 눈앞이 캄캄하고 어지러웠다. 영물 뱀의 말이 귓가를 맴돌았다.

-저 아이가 뭘 잘못했다고 해코지를 했을까?

비구니는 스스로에게 답했다. 거기엔 대를 위해 소가 희생되는 건 어쩔 수 없다는 유구한 명분이 있다.

-저 아이가 뭘 잘못했다고 해코지를 했을까?

커다란 일엔 작은 모순들이 따르는 법이다. 원래 그런 것이다….

-저 아이가 뭘 잘못했다고 해코지를 했을까?

비구니의 고개가 떨어졌다.

…부끄러웠다.

그 사이 두겸의 찢긴 시신과 사라지기 직전의 영혼을 제대로 인지한 치조는 분노했다. 가늘게 벌어진 입에서 냉기 짙은 말소리가 천천히 흘러나왔다.

"너와 네 패거리들을 가루로 만들어버릴 테다. 그래서 저승조차 갈 수 없게 할 테다."

치조는 단어를 하나씩 짓씹으며 핏기가 가신 창백한 두겹의 얼굴을 뚫어져라 쳐다봤다. 아아. 아이는 죽어서도 순해 빠진 얼굴이구나. 내 이럴 줄 알았어. 거봐, 내가 뭐랬어. 너는 다정해서 큰일 날 거라고 했지? 아닌가, 아이에게 말해준 적 없던가? 말해줄 걸. 기회가 그렇게 많았는데.

비구니는 영물 뱀이 벼락에 뛰어들어 조각나버린 덕에 그 몸에서 해방되었을 때, 그동안 자신이 붙들었던 원귀들과 함께 살인자들, 강간범들, 폭력배들을 찾아 죽인 것을 후회하지 않았다. 언제까지 참기만 할 것인가? 언제까지 제도가, 법이, 많은 사람들의 생각이 바뀌길 기다리기만 할 것인가? 언제까지 훗날을 꿈꿔야 하는가? 그렇다. 비구니는 가해자들에게 응당 돌아가야 할 응보를 둘려준 것에 대해선 후회하지 않았다. 그것이 잘못이라고 한다면 당당히 비난을 들을 것이다. 하지만 단 하나의 죽음 앞에서 만큼은 더 이상 당당하게 고개를 들 수 없었다.

자신에게서 떨어져 나간 원혼들로 이루어진 웅덩이에 잠긴 두 발을 통해 그들의 괴로운 몸부림이 비구니에게 전해졌다. 반대로 두겹의 몸은 고요했다. 심장 박동도, 호흡도 아무것도 없었다. 아우성 가운데의 침묵은 존재감이 너무 컸다.

치조가 비구니에게 다가가기 시작했다. 투지를 잃기 시작한 비구니가 상대하기엔 치조의 기세가 무시무시했다. 비구니는 여기서 끝임을 직감했다. 영물 뱀의 조각에 대해 과욕을 부리지 않았더라면, 오갈 데 없는 분노를 죄 없는 인간에게 풀지 않았더라면 정말 죽어 마땅한 인간들을 계속 단죄할 수 있었을 텐데. 거듭 생각하지만 비구니는 지옥에 떨어져도 상관없었다. 지옥의 시왕에게 하고 싶은 말도 많았다. 세상을 이토록 이해할 수 없게 만들어놓고 어찌 내게 심판을 운운하느냐고.

철벅. 치조의 무자비한 발이 웅덩이의 원혼들을 짓밟았다. 원혼들이 공포에 질려 들끓었다. 그간 비구니를 불태우던 분노 대신 슬픔이 밀려왔다. 저 사람들을 기쁘게 해주고 싶었는데. 원통함 억울함, 도저히 풀 길 없는 화를 모두 풀어주고 싶었는데.

철벅. 철벅. 원혼들을 무심하게 밟으며 치조가 계속 다가왔다. 비구니는 치조 발 밑에서 비명을 지르며 몸부림치다 자신을 바라보는 원혼들을 보았다. 어쩌다가 너희는 살아서도 죽어서도 눈물만 흘리다 끝나게 되었는가. 비구니는 스스로에겐 미련도 후회도 없었지만 그가 한 선택에 대한 책임을 저 원혼들까지 지게 할 수는 없었다. 비구니는 두겸의 시체와 영혼을 보았다. 선하기 위해 싸워온 인간을 살해한 대가를 치러야 했다. 비구니는 치조 앞에 나아갔다.

"지금이라면 이자의 운명을 돌이킬 수 있다. 이곳은 이승도 저승도 아닌 고립된 틈새이기에… 그의 영혼은 어디로도 가지 않았고 육체는 따뜻하다. 결코 내가 한 일에 대한 변명이 되지 못하겠지만."

치조가 콧김을 내뿜었다.

"잘 아는구나. 완전히 죽지 않으면 다더냐? 배가 갈렸는데. 곧 삼도천 건너게 생겼단 말이다, 이 멍청한 도둑놈아!"

"염치없는 부탁이라는 걸 안다. 이 자의 육신을 돌려낼 테니 나머지 원귀들은 용서해다오. 자비를 베풀어다오."

자비? 그건 또 뭐람? 치조는 비구니를 빤히 봤다. 궁상맞게 구부정한 비구니도 그렇고 땅바닥에서 꾸물거리며 울어대는 원혼들도 짜증났다. 자비인지 뭔지 그딴 것 무슨 뜻인지 모르겠고 눈앞에 보이는 것들 전부 죄다 밟아 터트리면 기분이 좀 나아질 것 같았다.

그때 비구니가 몸을 숙여 두겸의 몸에 손을 얹었다. 화들짝 놀란 치조가 비구니에게 달려들었다. 비구니의 머리를 물어뜯으려던 치조의 날카로운 이빨이 허공을 물었다. 그 자리에 있어야 할 비구니의 혼이 순식간에 재가 된 듯 소멸하여 치조의 이빨과 손아귀 사이로 흩어졌다. 비구니의 혼이었던 결정들이 두겸의 몸 위로 쏟아져 내렸다. 치조는 심장이 덜컹 내려앉았다.

"이게 무슨 짓이야!"

치조가 그것을 털어내려고 허둥댔지만 속절없었다. 결정들이 두겸의 몸에 닿자 두겸의 갈라진 몸이 아물기 시작했다. 치조는 귀에서 심장박동이 들리는 것 같고 피가 머리로 쏠릴 정도로 화가 났다.

"이 도둑놈이 누구 마음대로! 뻔뻔하기 그지없는 자식, 자기 좋을 대로 사람을 열었다 닫았다! 네놈 따위 이 아이에게 필요 없어! 육신은 내가 살릴 수 있어! 꺼져, 꺼지라고!"

그러나 치조의 눈앞에서 스르륵 닫히기 시작한 두겸의 상처는 점점 빠르게 아물기 시작하고 육체에 반쯤 걸쳐져 있던 영혼이 순식간에 다시 안으로 들어가 사라졌다.

잠시 후.

쿵. 쿵. 쿵. 다시 뛰기 시작한 두겸의 심장이 치조의 손에 느껴졌다. 하아…. 두겸의 숨이 돌아왔다. 아무 손도 쓸 수 없던 치조는 속이 부글부글 끓었다. 치조는 고개를 돌려 바닥을 기며 울고 있는 원혼들을 노려보았다. 비구니의 부탁 따위 들어주고 싶지 않았다. 그것이 데리고 다닌 원혼들을 죄다 없애야 분이 좀 풀릴 것 같았다. 치조는 원혼들을 소멸시키기 위해 숨을 크게 들이쉬며 힘을 모았다. 단전이 뜨거워지면서 전신의 힘이 파괴력을 가진 기운으로 변하며 응축되고, 응축되고, 응축되어 정점에 다다랐다. 그 순간,

"…."

아주 작은 꺼림칙함이 고개를 들었다. 오늘 여러 번 갸우뚱했 던 치조의 고개가 다시 한번 갸웃하고 돌아갔다. 이상한 일투성 이로군. 이상하다고 또 말하기 지겹지만, 이상해. 지금 마음 내키 는 대로 이것들을 없애고 나면 왠지 아이의 얼굴을 못 볼 것 같 은 걸? 그러면 아이에게 인사하고 떠날 수 없잖아. 난 인사를 꼭 하고 가고 싶은데. 치조는 잠시 숨을 참으며 한껏 모은 기운을 유 지했다. 원혼들을 가루로 만들어버리지 않고 어떻게 이 분을 풀 수 있을까? 좋은 생각이 떠오르지 않았다. 머리를 굴려 보지만 제일 무난한 답은 '참고 두겹만 데리고 우물을 나간다'뿐이다.

푸스스…. 치조는 내부에 회오리치던 기운을 흩뜨렸다. 이런 맹숭맹숭한 마무리는 영 입맛에 맞지 않지만 내키는 대로 행동 하지 않는 건 이번이 마지막이다. 짜증 가득한 한숨과 함께 마음 을 굳혔다.

치조는 두겹을 조심스럽게 안아 들었다. 어른이 되었다고는 하나 여전히 한 손으로 거뜬히 들 만큼 가벼웠다. 그 다음 원혼 웅덩이 군데군데 뒹구는 자신의 조각들을 챙기려는 데 질척한 것이 발목에 닿았다. 치조는 인상을 찌푸렸다. 진흙같이 덩어리 진 원혼 떼가 치조에게 매달려 품에 안긴 두겹에게 손을 뻗는 게 아닌가.

"뭐야. 귀찮게!"

치조가 세찬 바람을 불어 원혼들을 떨어뜨리자 덩어리들이 울며 뒤로 나뒹굴었다. 그러나 그들 뒤에 있던 또 다른 원혼들이 그들을 타 넘고 기어왔다. 살려줘. 쉴 수 있게 해줘. 힘들어. 너무 화가 나! 각자 하고 싶은 단편적인 말을 외치며 사방에서 두겹을 향해 꾸물꾸물 기어왔다.

우웩. 빌어먹을 것들이 징그럽게 많군. 치조는 문득 언젠가 이것들이 이공간을 빠져나가는 상상을 했다. 이것들은 줄줄이 우물에서 기어나와 기어이 두겹을 찾아낼지도 몰라. 아이는 자신을 찾아낸 귀신들을 외면하지 않겠지. 저승길을 찾아주겠다고 이리저리 뛰어다닐 두겹이 눈에 선했다. 치조는 원혼들을 흘겨보았다.

"이 많은 귀신들을 아이가 언제 돌보고 앉았나? 귀신 돌보자고 태어난 아이가 아니라고."

과거의 인간들이 저지른 짓의 뒤치다꺼리만 하기엔 아이의 인생이 아깝지. 결심을 굳힌 치조는 망설이지 않았다. 고갯짓을 하자 바닥에 떨어져 있던 치조의 일곱 조각들이 허공에 떠올랐고, 떠오른 조각들이 진동하며 서서히 빛을 발하기 시작했다.

이공간의 막을 찢어 저승으로 연결되는 구멍을 만들면 저승에 속해야 할 것은 저승이 데려가리라. 치조의 녹색 동공이 완전히 확장되었다. 조각들은 점점 더 작아지고 점점 더 환해졌다. 온 힘을 쏟아 붓는 치조의 미간이 일그러졌다. 주변의 공기가 회오리치고 강력한 광선들이 조각들에서 뻗어 나왔다. 힘의 긴장이 최고조에 달했을 때 치조는 저 멀리, 이공간의 하늘과 바다가 맞닿은 지점으로 손바닥을 뻗어 응축해 모은 기를 쏟아냈고, 치조의 기를 따라 수평선까지 날아간 조각들이 시야에서 사라졌다. 사라진 지점을 진원으로 충격파가 이공간을 훑으며 퍼졌다. 그 파동을 타고 잔잔했던 이공간의 흑청색 바다 저 멀리서 해일 같은 파도가 밀려와 섬을 지나쳐 사라졌다. 그리고 아주 잠시간의 정적이 있은 뒤,

번쩍! 눈을 멀게 할 섬광이 지나가고 굉음이 터져나왔다.

콰광! 치조의 조각들이 폭발했다.

이곳은 이승과 저승의 틈새에 끼인 고립무원. 수평선 부근의 하늘에 커다란 구멍이 뚫리며 이공간의 경계가 무너졌다. 경계가 찢어진 구멍에서 바람 새는 소리가 들리더니 소리가 점점 커지고 돌풍이 불었다. 거센 바람은 돌개바람으로 변해 이공간 안의 원귀들을 빨아들이기 시작했다. 구멍 저편은 저승이었다.

바람의 기세가 치조가 휘청거릴 정도였으니 웅덩이를 이뤘던 원귀들은 버틸 재간이 없었다. 줄줄이 저승으로 빨려들어갔고 치조는 실눈을 뜨고 원귀들이 사라지는 곳을 보았다. 언제부터

인가 계획대로 풀리는 일이 하나도 없는 것 같구먼. 아쉽기도 하고 심술이 나기도 했다. 기왕 조각들을 포기한 거 저승이나 한번 보자 싶은데, 그곳은 안개로 뒤덮인 듯 흐릿해 비밀에 쌓인 실체를 보여주지 않았다.

이야! 정말 맘대로 되는 거 하나도 없구나! 치조가 흥미를 잃는 찰나, 이공간 하늘의 찢어진 구멍의 가장자리가 눈에 들어왔다. 바람에 딸려간 원혼들이 사라지는 지점과 동떨어진 구석이었다. 다른 저승과 구분된 그 공간은 핏물로 끓고 있었다. 끓는 핏물 속에 허우적대는 인간들이 보였다. 그들의 뼈가 빻아지고 살이 짓이겨진다. 치조는 모든 조각을 쏟아 부어야 겨우 엿볼 기회를 준 그곳이, 원혼을 만든 인간들이 영원히 갇힐 곳, 바로 지옥이라는 걸 본능적으로 알았다. 치조의 눈이 휘고 입꼬리가 말려 올라갔다. 신나는 광경이로구만?

폭발로 열린 저승의 틈은 이공간의 마지막 원혼까지 빨려 들어가자 한순간에 닫혔고, 하늘엔 금이 간 흔적조차 남지 않았다.

치조는 멍하니 이공간의 고요한 바다를 바라보았다. 빠른 시일 내에 원래의 영물 뱀의 모습으로 돌아갈 유일한 수단인 조각들을 제 발로 차버렸다는 게 실감이 나지 않았다. 그것도 순 충동적으로 말이다. 그래도 여기 들어오자마자 조각 하나는 삼켰으니까. 낄낄.

그러나 웃음은 금방 사라졌다.

눈을 한 번 껌벅, 머리 한 번 긁적, 입맛 한 번 쩝.

여기에서 어떻게 나가지. 저승 문을 열기 위해 모든 조각들을
쏟아 부을 땐 미처 여기까지 생각하지 못했다. 본디 불가능을 모
르던 치조다. 살면서 뒷일을 생각해본 적이 없으니. 에라 모르겠
다. 치조는 두겸 옆에 드러누웠다. 좀 망한 것 같군. 그때 치조의
귓가에 옅은 숨소리가 들리기 시작했다. 새액… 새액…. 두겸의
숨소리에 힘이 돌아오고 있었다. 치조는 멍하니 하늘을 보며 그
소리에 귀를 기울였다. 여러모로 망한 것 같지만… 그래도 아이
가 무사하니 되었다.

눈 깜빡.

그럼. 아이가 무사하니 되었지.

턱 긁적.

되었나?

되었지.

하나는 흡수했으나 나머지 조각들은 영영 사라졌고, 앞으로
한참을 형편없는 인간 거죽 속에서 살아야 하는데 정말 되었나.

"…."

정말 되었나…. 치조는 눈을 감아버렸다. 사실 되긴 뭐가 된 건
지 하나도 모르겠다. 그저 되었다고 생각해야지 별수 없다고 생

각했다. 죽은 듯 누워 있던 두겸이 부스스 눈을 뜨기 전까지는.

옆에서 기척이 나자 반사적으로 치조의 고개가 번쩍 들렸다.

"정신이 드느냐?"

치조가 두겸의 코앞에 얼굴을 들이밀었다. 모든 게 제대로 맞지? 멀쩡하게 살아난 거 맞지? 의식이 겨우 돌아온 두겸의 얼굴을 구석구석 요리조리 살피다가 어리둥절한 두겸과 눈이 마주쳤다. 정말로 온전히 돌아온 두겸이었다. 치조가 처음으로 살린 다정한 아이.

치조의 내부에서 강력한, 분명 치조가 눈으로 확인할 수 있었다면 노란 빛깔, 하얀 빛깔, 금빛 은빛으로 난만했을 무언가가 퐁퐁 솟았다. 그 기운은 걷잡을 수 없이 팽창했다. 팽창하며 치조 안의 망설임, 의문, 아직은 씨앗일 뿐인 후회를 밀어내고 몰아내고 물러나게 했다.

"하하!"

웃음이 절로 나왔다.

"아하하하!!"

가슴 깊은 곳에서 마구 솟구쳐 나왔다. 이것으로 충분했다.

〈숨겨진 이야기〉

바구니가 미처 알지 못한 또 다른 두 가지

하나. 바구니가 만든 두 번째 우물은 바구니가 죽은 후 이십 년 뒤 사라졌다. 그곳에 살던 사람들은 바구니와의 약속을 지켰다. 마을 사람들은 단한 명의 원혼도 나오지 않도록 최선을 다했다. 덕분에 빠르게 독을 정화하고 힘을 키운 영물은 봉인을 깨고 자유를 찾았다.

둘. 바구니가 만든 세 번째 우물은 바구니가 죽고 백 년 후에 사라졌다. 세 번째 우물의 봉인은 그 고을에 부임한 지방관이 부쉈다. "죄와 부정은 법과 제도로 심판한다. 그리고 그것은 정당할 것이다." 지방관은 자신의 말을 지켰다. 지방관이 그 고을에 부임했던 동안 그 고을에서 과거에 급제한 자가 두 명 나왔는데, 훗날 그 둘 역시 지방관이 되어 자신이 맡은 고을에서 같은 약속을 했고 그들 모두 약속을 지켰다.

12장

배웅

달밤의 화단은 낮과는 또 다른 매력이 있다. 인간보다 시력이 좋은 치조에겐 옅은 은빛이 더해진 꽃잎, 풀잎의 잔털과 잎맥까지 보였다. 그 밤 치조는 익숙한 툇마루에 앉아 있었다. 마루의 감촉은 이제 제법 서늘하고 건조했다. 두겸네 집 마당에 조그맣게 마련된 화단 풀잎 사이사이로 나타났다 사라지는 귀뚜라미를 시선으로 쫓으며 며칠 전을 회상했다.

　우물 속 이공간에서 눈을 뜬 두겸은 치조의 조각이 영영 사라졌다는 사실을 알게 되자 울었다. 치조는 처음엔 두겸이 이공간에 갇혔기 때문에 우는 줄 알았다. 이공간에서 오도가도 못 하는 건 재밌지 않으니까. 다행히 유호와 우인이 치조를 쫓아와 우물을 찾아냈다. 치조가 억지로 우물 안 이공간으로 들어갔기 때문에 아직 틈이 열려 있었고, 덕분에 우물 안팎의 사람들이 서로의 소리를 들을 수 있었다. 호와 우인이 재간을 발휘해 옷가지와 가방끈 등 온갖 길쭉한 물건들을 엮어 만든 줄을 우물 안으로 던졌고, 치조는 그것을 붙잡고 두겸을 들쳐 업어 우물을 탈출했다. 현실 세계로 돌아오자 두겸이 웃길래 괜찮은가 했더니 두겸은 집으로 돌아와선 또 혼자 한참을 울었다.

왜 우는지 말해주면 좋겠는데. 치조는 궁금했지만 두겸을 재촉하진 않았다. 아이는 언제나 치조가 모르는 것들을 설명해줬으니까 분명히 이번에도 적당한 때가 오면 말해줄 것이다. 치조는 눈을 감고 구절초 줄기에 자리잡고 울기 시작한 귀뚜라미 소리를 들었다.

등 뒤에서 인기척이 났다. 며칠 동안 죄인처럼 치조를 피하던 두겸이었다. 두겸은 작은 쟁반을 들고 치조 옆에 앉았다. 둘은 한동안 차와 간식을 먹으며 평안한 밤 풍경을 바라봤다.

"이십 대 땐, 제가 왜 이 일을 하는지 고민했어요."

한참을 찻잔만 만지작거리던 두겸이 어렵게 입을 열었다.

귀신과 영물을 돕는 일은 무섭고 힘들었다. 지금도 그렇지만 경험이 없었을 때는 더욱. 애초에 또래 친구들이나 이웃 어른들과 잘 지내지 못했다. 귀신을 보는 능력엔 솜씨 좋게 대화를 이어가는 법이나, 끔찍한 죽음을 당한 귀신들의 처참한 모습에 의연할 수 있는 방법은 딸려오지 않았다. 서투름 때문에 귀신, 영물, 요괴 등에게 공격당할 때도 있었고 종종 사람들에게 사기꾼 취급을 받았다. 일이 안 좋게 흘러갈 땐 심한 욕을 듣거나 심지어 얻어맞기도 했다. 그런데도 다음 날이면 또다시 원혼과 관련된 일을 찾아 나섰다. 잠 자는 시간, 밥 먹는 시간도 아까웠다. 당시 두겸에게 일상이랄 게 없었다.

당시엔 사명감이라고 생각했지만 지금에 와서 돌아보면 강박이었다. 일상과 현실의 사람들을 성가시게 여겼다. 한번은 이웃집 아이가 아팠을 때 아이 엄마는 의원을 부르러 가며 두겸에게 잠시만 아이를 맡아달라고 부탁했다. 두겸이 아이를 지켜볼 때 그 당시 귀신과 영물에 관련한 사건을 가져오던 소식통에게서 원혼이 나타난 것 같다는 연락을 받았다. 두겸은 조급해졌고 아픈 아이는 귀찮았다. 그 순간, 자신에게 문제가 있음을 인정할 수밖에 없었다.

"아마 동생이 귀신 잡아먹는 우물에 던져졌던 일에 계속 사로잡혀 있었을 거예요."

더 일찍 그 우물을 부수려고 했더라면, 동생이 죽던 날 더 일찍 집으로 갔다면, 부질없는 똑같은 가정들을 반복하면서.

"하지만 그건 네 잘못이 아닌 걸?"

위로하려는 의도 없이 순수하게 의아해하는 치조에 두겸은 절로 미소가 지어졌다.

"네. 제 잘못이 아니에요. 모든 건 동생을 우물에 던지기로 결정하고 실행한 사람들 잘못이에요. 하지만 제 마음은 제멋대로더라고요."

두겸은 거기까지 말하고 식은 보리차를 한 모금 마셨다.

그후로 신이한 존재들과 관련된 일을 잠시 멈추고 미술품, 골동품 공부에 집중했다. 두겸의 소식통은 잘 되었다며 두겸이 일을 쉬는 동안에도 종종 찾아오곤 했고 그 뒤로 둘은 친구가 되었다. 그가 바로 우인이었다. 이후 두겸은 경 사장을 만나 오월중개소에 취직하면서 현실을 돌보는 법을 배웠다.

그 이후 준비가 되었다고 느껴졌을 때 두겸은 오월중개소에서 다시 원혼들과, 저주와 염원, 영물들과 관련된 온갖 물건을 다루기 시작했다. 이번에는 산 사람들을 위해서, 그리고 두겸 자신과 소중한 주변 사람들을 우선으로 위하면서.

"이제 저는 꽤 행복해요. 귀신 잡아먹는 우물은 오래된 흉터가 되었다고 생각할 수 있게 되었어요. 가끔 생각나고 아프지만 그건 어쩔 수 없는 거였지요. 체념은 아니었어요. 정말로 제 잘못이 아니었음을 조금씩 받아들일 수 있었던 거지요. 그리고 이후 내내 우물에 던져진 사람들과, 우물에 관련된 문제는…"

두겁이 손에 든 잔을 빙글빙글 돌렸다.

"아주 현실적인 결말이 지어졌다고 생각하며 살았어요. 형사 사건으로 치자면 영원한 미제사건이 된 셈이지요. 어쩔 수 없는 거예요. 어떤 사건들은 아무리 열심히 해결하려고 해도 미제로 남고, 그건… 그냥 그런 거지요."

두겁이 고개를 돌려 치조를 보았다.

"그런데 뒤늦게 누군가 나타나서 제가 지금껏 상상할 엄두도 못 냈던 새로운 마무리를 지어주었네요. 원혼들을 저승에 보내주셔서 고맙습니다. 분명 제 동생도 치조님께서 저승으로 보내준 원혼들 중에 있었을 거예요."

치조가 두겁을 마주보고 활짝 웃었다.

"그래."

이대로 기분 좋게 오늘의 대화가 끝나는가 싶었는데 아이가 뚱딴지 같은 소리를 했다.

"나중에 제가 죽으면 제 영혼을 잡아먹어 예전에 저를 살릴 때 쓰셨던 조각을 다시 가져가주세요. 사라진 조각들에 비하면 턱도 없겠지만 원래 모습으로 돌아가는 데 조금이라도 도움이 된다면 좋겠어요."

치조가 눈을 크게 떴다. 아하! 지금 아이는 우물에서 울었던 이유를 설명해주고 있구나! 아직 인간들의 감정이 얽힌 복잡한 인과(因果), 사람과 사람 사이의 작용과 반작용, 그러니까, 어떤 사건이 사람의 생각에 미치는 영향 따위는 정확히 파악할 수는 없었으나 감은 잡혔다.

대충 이거잖아? 우물의 원귀들 생각에 괴로웠다, 지금은 잘 살고 있지만 가끔 괴롭다, 그런데 내가 원귀들을 저승으로 보내주고 문제는 해결되었다! 그치? 이거 맞지? 엥, 근데 이게 왜 아이가 울 일이지? 조각을 쓴 건 전부 내 의지인데. 치조는 더 들어도 모를 것 같아 그만 궁금해하기로 했다. 두겹의 말들을 털어버리듯 손을 휘휘 내저었다.

"네게 준 병아리 발톱만 한 힘 없어도 충분히 잘 살 수 있다. 버티면서 힘을 기르면 언젠가는 예전처럼 되겠지."

아이의 고개가 떨어졌다. 어라. 머뭇거리는 시선이 이쪽을 향한다. 어라라, 그렇지 않아도 바다 같은 눈동자라 차오르는 밀물을 못 보려 해도 못 볼 수가 없단 말이다. 치조는 두겹의 눈물이 떨어지기 전에 선수를 쳤다. 두겹의 턱 끝을 부드럽게 잡아올리고 씩씩하게 웃어주었다. 살짝 튼 두겹의 입술이 옴짝달싹 하더니 작은 웃음으로 답했다. 치조는 만족스러워 손뼉을 쳤다. 짝짝.

"자, 내일 다시 출근한다고 했지? 늦었다. 어서 들어가 자라."

치조는 두겹이 잠 든 뒤에도 오래도록 자리를 지켰다.

잠이 오지 않았다. 어제도, 그제도 잠이 오지 않았다. 처음 겪는 일이다. 머릿속인지 가슴속인지 뭔가 바글바글 들어찬 것 같다. 아까 두겹에게 제대로 웃어줄 수 있어서 다행이었다. 이 요상한 기분을 제대로 설명할 능력이 없으니까. 조각을 포기한 걸 후회하지 않는다. 정말로.

정말로 하나도 후회하지 않지만 그렇다고 아무렇지 않느냐고 하면… 치조가 명치 부근을 문질렀다. 이쪽이 좀 갑갑했다. 이 생각 저 생각인지 이 기분 저 기분, 속이 복잡도 하다. 내일 밤은 또 어떠려나. 설마 내일도 이러면? 그 다음 밤은? 다 다음 밤은? 다 다다다다 다음 밤은?

앞으로 난 어찌해야 하지?

답은 하나였다.

그로부터 며칠 후.

"안녕. 잘 있거라."

놀라서 대답도 못 하는 두겹을 마당에 우두커니 세워둔 채 치조는 시동처럼 부리는 뱀이 화단의 화초들 틈에 연 짐승 길 입구에 섰다. 두겹이 선물해준 노란 뱀이 수놓인 하얀 버선 신발 한쪽은 이미 짐승 길 안에 걸쳤다.

"그동안은 조각만 되찾으면 본모습으로 돌아갈 줄 알고 여기서 빈둥거렸다만 상황이 바뀌었으니 하루 빨리 사람 없는 산에 들어가서 기운을 받는 게 낫다 싶다. 건강해라."

당연히 치조가 자신의 집에서 조금 더 머물 거라고 생각한 두 겸은 이 작별 인사에 대답할 말이 없었다. 마음이 급한 치조는 빠르게 돌아섰고 등 뒤에서 두겸이 어떤 얼굴을 하고 있는지 보지 못했다.

사방이 암흑인 짐승 길. 한동안 서늘하고 건조한 흙길을 미끄러지듯 나아가는 흰 뱀의 소리와 치조의 발소리만 길 안을 울렸다. 흰 뱀은 짐승 길을 여는 법을 모르는 치조의 길잡이였다. 쉭 쉭. 흰 뱀이 조심스럽게 치조에게 말을 걸었다.

"그 인간 분명 울 거예요."

"두겸이가?"

"톡 치면 봄철 고로쇠나무 수액 흐르듯 눈물이 터질 것 같은 표정이었잖습니까?"

치조는 머리를 굴려보았다. 두겸 덕분에 인간은 다양한 상황에서 운다는 걸 알게 됐지만 이해는 되지 않는다. 뱀이 의아해하는 치조를 보고 설명했다.

"치조님이 작별 인사를 했으니 울지요."

아하하하! 치조가 웃었다.

"네가 업신으로 나가 살더니 인간들에 대해 제법 알게 되었구나. 하지만 이번엔 네가 틀렸을 걸? 인사를 하면 걱정을 안 해. 아무리 생각해도 아이가 울 이유가 없으니 네가 잘못 본 것 같다."

"그건 걸까요? 하긴, 전 인간들 표정은커녕 생김새 구분하는 것도 한참 걸렸지요."

아하하! 웃기는 뱀이로구나. 치조는 다시 웃었다. 흰 뱀은 함께 웃고는 치조의 고향으로 곧장 갈 수는 없다고 조심스럽게 알렸다. 치조의 고향 산은 오래 묵은 큰 영물이 사라진 지 오래여서 그동안 그 산에서부터 단번에 장거리를 이동하는 짐승들이 없었다. 짐승 길은 일부러 만든 계획된 통로가 아니라 오솔길처럼 많이 사용하다 보니 생긴 길이었기 때문에 이용하는 짐승이 없으면 사라진다.

"그래서 비교적 최근까지 오래 묵은 큰 짐승이 살던 산들을 거쳐 가야 합니다."

흰 뱀이 양해를 구했다. 치조는 상관없었다. 이 김에 다른 산들을 구경하는 것도 좋았다. 한참을 걷자 밖으로 통하는 빛이 보였다. 빛 속으로 나가니 깊은 계곡의 폭포 앞이었다. 흰 뱀이 다음 산으로 이어지는 짐승 길을 열 만한 입구를 찾기 위해 계곡의 바위 틈을 살피는 동안 치조는 산의 중심부를 바라보며 중얼거렸다.

"물 냄새가 시원하니 좋다."

"예. 이곳은 물이 맑은 명산이지요."

"주인에게 인사라도 할까 했는데 조용하다."

331

"얼마 전부터 그렇다고 합니다."

흐음. 치조는 별말 않고 다시 뱀을 따라 다음 짐승 길 안으로 들어갔다.

다음 거점은 활엽수가 빼곡한 골짜기였다. 단풍이 들기 시작해 군데군데 붉고 노란 나무들이 사방을 둘러싸왔고, 바람이 불 때마다 나뭇잎들이 스치며 내는 소리, 새소리, 벌레 소리가 들렸다. 치조가 숨을 크게 들이쉬었다. 흡수할 만한 기운은 없으나 생생한 초목과 흙의 냄새만으로도 좋았다.

"여기도 주인이 없구나."

흰 뱀이 혀를 날름거렸다.

"이 산엔 영물 곰이 살았습니다. 저도 한두 번 신세를 졌었는데 그 곰은 얼마 전에 사라졌습니다. 산맥에서 떨어져 나온 산이라 사방이 인간이 사는 마을이 되어버렸나 봅니다."

이후로도 치조와 뱀은 몇 개의 산을 더 거쳤다. 그럴수록 치조의 얼굴에서 표정이 사라졌다. 빈 산이 이 정도로 많을 줄 몰랐다. 우물에서 벗어난 후부터 지금까지 당장 눈앞에 닥친 일이 많아 주변을 살필 새가 없었다. 생각에 잠겨 걷다 보니 어느새 고향 산이었다.

"그럼 또 필요하실 때 언제든지 부르십시오."

제 소임을 다한 흰 뱀이 물러났다.

치조는 산의 심장부에 숨겨진 굴을 찾았다. 이 굴 속에서라면 외부에 방해받지 않고 수십 년은 잘 수 있을 것 같다. 깊은 잠을 자면서 산의 맑은 기운을 듬뿍 받으면 영물로의 회복이 빨라질 것이다. 치조는 눈을 감으며 잇새로 가늘고 긴 숨을 내쉬었다. 치조의 머릿속은 천천히 하얗게 비워졌다.

해가 짧아진다. 노랗고 붉은 단풍은 선명해지고 새벽의 냉기에 초목은 아침마다 서리와 이슬로 반짝인다. 짐승들은 털을 찌운다. 다람쥐들이 나무 열매를 본격적으로 저장하고 뻐꾸기가 남쪽을 향한 비행을 시작한다.

서늘한 굴 속에서 치조가 눈을 떴다. 굴을 기어 나와 공기의 냄새를 맡고 사방을 둘러봤다.

"뭐야!"

치조의 황당한 외침이 골짜기에 메아리쳤다. 적어도 10년은 잘 생각이었는데 겨우 서너 주 만에 눈을 뜨다니. 배가 꼬르륵 울렸다. 치조는 목덜미를 긁었다. 아무래도 배고파서 깬 모양인데? 손쉽게 토끼 한 마리를 잡아 산 아래가 훤히 보이는 절벽에 걸터 앉아 먹는데 영 불만족스럽다. 허기가 가시니 새로운 문제가 보였다. 치조는 지금 엄청나게 심심했다.

고기를 씹으며 머리를 굴렸다. 다시 잠들기 전에 할 게 없을까? 재미있고 신나는 거. 팔짱을 끼고 고개를 이리저리 굴려봤지만 좋은 생각이 떠오르지 않았다. 대체 예전에 뱀이었을 때 우물에서 어떻게 시간을 보낸 걸까? 그때는 시간이 절로 갔었던 것 같은데.

"!?"

치조가 갑자기 벌떡 일어나 사냥개처럼 킁킁대며 공기 중에 떠다니는 이질적인 냄새를 맡았다. 인간 냄새다! 붙잡아서 무슨 일로 산속에 들어왔는지 들어봐야겠다! 치조는 신이 나서 험한 산길을 돌풍처럼 달렸다.

냄새의 주인은 바로 찾을 수 있었다. 복장이 특이한 인간이었다. 튼튼해 보이는 갈색 상의에 기다란 가죽 신발은 발목까지 올라왔다. 옷에도 주머니가 주렁주렁 달렸고 양팔을 끈에 집어넣어 멘 가방에도 뭔가가 잔뜩 달렸다. 보아하니 여자로 추정되었다. 이 인간 여자는 하는 짓도 요상했다. 특별한 효능도 없는 풀을 요리 보고 조리 보고 열심히 들여다보더니 작은 도구로 캐서 통에 넣고 공책을 꺼내 뭔가를 열심히 적는다. 치조는 히죽히죽 웃었다. 잘되었다. 이 희한한 인간은 재밌는 얘기를 잔뜩 해줄 수 있을 것 같다.

치조가 일부러 기척을 내며 다가갔다. 이건 사냥이 아니므로 인간을 놀래키고 싶지 않았다. 하지만 여자는 다른 풀을 관찰하는 데 온 정신이 팔려 있었다. 할 수 없이 치조가 여자를 부르자 그제야 여자는 괴상하고 굉장한 비명을 지르며 펄쩍 뛰었다.

"이 산 속에서 혼자 사는 사람을 만날 거라고 누가 상상이나 했겠어요? 정말 간 떨어지는 줄 알았다고요. 그나저나 왜 여기 살아요? 안 불편해요? 엄청 무서울 것 같은데. 호랑이가 일본 순사보다 낫다 이런 거예요? 그것도 맞는 말이긴 하지만."

치조가 자신을 해칠 게 아니라는 사실을 확인한 후부터 여자는 약간의 경계심도 보이지 않았다. 쓰러진 나무 그루터기에 치조와 나란히 앉아 자신이 싸 온 도시락을 나눠 먹으며 쉴 새 없이 이야기를 늘어놓았다. 보통 수다쟁이가 아닌 걸 보면 이 여자도 엄청 심심했나 보군. 치조는 여자의 이야기를 들으며 생각했다.

여자는 '식물학'을 공부한다고 했다. 처음 듣는 단어다. 이어지는 설명도 이해가 되지 않았다.

"우리나라에서도 『동의보감』이나 『임원경제지』 등에서 식물을 다루고는 있으나 충분치 않아요. 연구는 계속되어야 하니까요. 저는 조선의 다양한 식물 종을 기록하고 수집하는 작업을 하고 있어요."

대체 무슨 소리인가. 풀이야 먹을 거 못 먹을 거 정도만 알면 되는 거 아니었나? 치조가 그런 생각을 하거나 말거나 여자는 가죽과 캔버스로 만든 투박하지만 튼튼한 가방을 열어 공책을 꺼내 보였다. 손수 그리고 설명을 빼곡히 쓴 낱장들이 수두룩했다. 진짜 식물을 납작하게 눌러 말려 종이에 붙인 것도 있었다. 특히 치조의 눈길을 끈 건 식물 표본이나 세밀화 옆에 적힌 표였다. 표의 각 칸엔 치조가 얼마 전 배운 한글과 한자, 그리고 경성에서 가끔 볼 수 있던 서양의 글자가 적혀 있었다. 치조가 그 글자에 관심을 보이니 여자가 '학명'이라고 알려주었다.

"세계 공통으로 쓰는 이름이에요. 이젠 국제적으로 통용되는 체계적인 분류와 기록이 필요하거든요. 학명이 아직 없는 식물 종이면 제가 제안하기도 해요. 우리나라 식물들이잖아요. 일본 학자들보다 한발 빠르게 움직여야지요."

학명? 국제? 체계? 하나도 못 알아듣겠는 걸? 치조는 난감했다. 여자는 꼭 다른 세계의 언어로 말하는 것 같았다.

"그래서 지금까지 이름 없는 식물이나 혹은 이름이 있어도 지역마다 달리 불려 조선 안에서도 통일되지 않은 이름을 하나로 정해서 국제 학회에 제출하는 거지요. 밥 먹을 시간도 아깝다니까요?"

다른 세계의 언어. 어쩌면 정말 그럴지도 몰라. 그 순간 담비가 했던 말이 떠올랐다.

-치조님은 살아남으려는 거지요.

또 뭐라고 했더라. 아, 맞아. 어쩌면 내가 원래 모습을 잃은 것이 잘된 걸지도 모른다고 했지. 왕방울만 한 얄미운 눈을 데룩데룩 굴리면서. 근래 들어 큰짐승들이 사라졌다고, 다 어디로 가버렸는지 궁금해했지. 그러게 말이야. 다 어디로 갔을까?

치조는 턱을 괴고 옆에 앉은 자그마한 여자를 보았다.

"이름을 정해서 뭘 하느냐?"

"종을 분류하고 파악하는 것은 시작이에요. 학자마다 왜 이 작업을 하는지 차이가 있겠지만 저로서는 일단 조선 땅을 제대로 알려는 시도죠."

진지하게 말하던 여자의 목소리에서 힘이 살짝 빠졌다.

"순수하게 탐구심만으로 연구를 할 수 있으면 좋겠지만… 저는 식민지 신민이잖아요? 우리나라 사람으로서 제 힘으로 할 수 있는 것에 대해 생각하지 않을 수 없어요."

허어. 이 대화의 팔 할이 이해가 되지 않는 치조는 애매한 맞장구를 쳤다. 알아듣지는 못하겠지만 혼자서 신이 났다 풀이 죽었다 허리를 세웠다 어깨를 늘어뜨렸다 눈을 반짝였다 입꼬리를 내렸다 정신없이 바쁜 여자를 구경하는 건 나름대로 재미가 있었다. 그리고 여자는 재미를 기대하는 치조의 바람에 부응하듯 애매한 단답의 반응에도 막힘없이 제 이야기를 이어갔다.

"사실 저는 식물 종보다는 식물 자체의 구조와 기제를 연구하

337

고 싶거든요. 현미경을 통해 보는 식물이 저에겐 훨씬 매력적이에요. 어떤 모양의 세포들이 어떻게 모여서 무슨 작용을 하며 그것으로 인해 생명체는 어떻게 살아가는지."

치조는 문득 이 여자가 보여주고자 하는 신세계가 궁금했다. 인간들은 어떤 세계로 걸어가고 있는 걸까? 두겹과 지내면서 인간들에 대한 치조의 생각도 조금 바뀌었을지 모르겠다. 두겹을 알기 전에 치조가 봤던 인간들은 거의 억울하다고 화가 난다고 울고불고밖에 모르는 귀신들이었으니까. 그 귀신들의 세계라고 생각하면 하나도 궁금하지 않았지만 두겹이 살 앞으로의 세상이라고 생각하면 조금 더 알아두는 것도 나쁘지 않을 것 같았다.

치조가 그런 생각을 하는 동안 공책을 뒤적이던 여자가 희한한 그림을 찾았다. 치조는 공책에 고개를 들이밀고 그 괴상하고 세밀한 그림을 봤다. 동그란 막 안에 더 작은 동그라미가 들어있는, 포도알 몇 개가 낱개로 굴러다니는 듯한 그림도 있었고 빽빽한 벽돌처럼 기다랗고 납작한 격자 구조 안에 동그란 점이 박힌 그림도 있었다.

"이게 세포예요. 눈에 보이지도 않을 정도로 작은 벽돌 같은 건데 수백수천억 개, 아니면 그 이상이 모여 생물을 만들어요."

이야. 치조가 감탄하자 여자가 볼에 홍조까지 띠며 즐거워했다.

"너도 이런 걸로 이루어져 있나?"

"네. 종류는 다르지만요. 어떤 세포들이 어떻게 어디에서 모이느냐도 중요해요. 법칙에 의해 모여서 줄기도 되고 잎도 되고, 또 그 줄기와 잎도 종마다 천차만별로 바뀌고요."

여자가 근처 나무를 가리켰다. 키가 어중간한 녀석으로 열매가 벌어져 붉은 씨가 얼핏 보였다. 치조는 모르는 나무였다. 몇백 년 전 산을 떠난 치조가 알기엔 녀석은 너무 어렸다. 치조는 서툰 식물들의 언어로 이름을 물었다. 나무가 대답을 해줬지만 목소리가 너무 작아서 알아듣지 못했다. 수줍은 녀석 같았다.

"저건 함박꽃나무예요."

여자가 말했다. 치조에겐 이름이 모두 다른 아이들인데 여자에겐 전부 함박꽃나무였다. 조선 각처의 깊은 산 중턱 골짜기에 주로 서식하는 '미나리아재비목 목련과의 낙엽소교목'이란다. 치조와 여자는 같은 대상을 다른 시선으로 보고 있었다.

정말로 뭔가 바뀌고 있구나.

거스를 수 없는 흐름에 우리 모두 휩쓸려 가.

'함박꽃나무'의 잎이 바람에 흔들린다. 톡, 붉은 열매 하나가 바닥으로 떨어졌다. 너희가 더 이상 신비가 아닌 법칙과 이해의 영역에 있게 된다는 뜻인가보다. 인간과 우리의 관계는 빠르게 새로워지는 중이구나.

생각에 잠긴 치조의 의식 뒤쪽으로 여자의 말이 웅웅웅 뭉개졌다. 치조는 눈을 들어 현실 너머 태고의 생명을 머금은 산과 그 기운을 받은 영화로운 짐승들과 그들이 누렸던 시간을 본다. 치조가 알던 세계는 유유히 흘러가고 있었다. 치조를 덩그러니 남겨두고.

"어머!"

여자의 감탄에 치조는 상념에서 빠져나왔다.

"신발이 너무 예뻐요. 여기 사신다니 가게에서 산 건 아닐 테고 직접 만드셨나요?"

치조는 신발을 내려다봤다. 갑갑한 양말처럼 발을 죄지도 딱딱한 신발처럼 발을 쓸지도 않는, 크지도 작지도 않은, 게다가 치조의 마음에 쏙 드는 귀여운 노란 뱀 자수가 선명한, 주문 제작된 버선 신발. 신발에 담긴 두겹의 세심한 마음이 그제야 보였다. 혼란스러웠던 치조의 마음에 다른 것은 사라지고 단 하나의 생각만이 분명하게 남았다.

아아, 집으로 가자.

다정한 아이가 있는 집으로.

13 장

길 찾기 1

경성 외곽. 잘 관리된 부지를 쭉 들어가면 그 위용을 드러내는 장 씨 저택은 야심한 시각에도 환히 불을 밝히고 있다. 저택 2층으로 올라가면 복도를 따라 몇 개의 응접실이 나란히 있는데, 계단을 올라가자마자 나오는 첫 번째 방에 사람들이 모여 있다. 이상한 점이라면 사람들이 있는 이 응접실이 전등과 기름등으로 환한 복도에 비해 오히려 어둡다는 점이었다. 손님들이 모여 앉은 모습도 특이했다. 방 가운데를 비우고 동그랗게 빙 둘러앉은 손님들 앞에는 작은 테이블이 놓여 있고, 테이블 위엔 각 손님들이 가져온 다양한 물건들이 하얀 천으로 덮여 있다. 손님들은 자신의 차례가 오면 천을 벗겨 물건을 공개하고, 자리에서 일어나 그 물건에 대해 설명하고 있었다.

'저절로 움직이는' '한밤중에 흐느끼는 소리' '이유 없는 열병' '악몽'… 발표자들의 입에서 수상한 단어들이 줄줄이 나온다. 한 명의 발표자가 자리에 앉자 나머지 손님들이 조용히 박수를 쳤다. 황토색과 고동색이 잘 어우러진 고급 양복을 입은 중키의 남자가 일어섰다. 장 씨 저택의 주인이자 떠오르는 젊은 사업가이며, 지금 진행 중인 〈괴기 물건 대회〉를 주최한 장영주다.

〈괴기 물건 대회〉라는 이름부터 수상한 이 모임은 참가자가 기이한 사연이 얽힌 물건을 소개하면 사례금을 주고, 가장 흥미로운 사연을 지닌 물건을 가져온 이에겐 상금을 수여하는 행사로, 주최자 장영주가 한 달에 걸쳐 대대적으로 신문광고를 내며 준비한 것이었다.

"다음으로 저희에게 흥미로운 물건을 소개해주실 분을 모시겠습니다."

장영주의 얼굴엔 흐뭇한 기운이 돌았다. 쭉 펴진 등과 우아한 손짓에서 이 행사에 대한 자부심이 묻어났다.

장영주의 소개에 한 청년이 일어섰다. 테가 둥근 안경을 썼고 낯빛은 창백하고 말랐다. 짙은 감색 정장은 단정하나 낡고 품이 좀 커 보였다. 젊은 사업가의 대저택을 방문한다고 신경 쓴 옷이 저것이라면 청년의 주머니 사정이 넉넉치 않으리라 짐작되었다.

그러나 청년은 화려한 저택에 전혀 주눅들지 않아 보였다.

"저는 김천호라고 합니다. 개갈촌이라는 마을에서 자랐고 지금은 경성제국대학에서 법문학을 전공하고 있습니다."

김천호가 자신만만한 태도로 자신을 소개하며 눈앞의 흰 천을 걷어내자 오래된 함이 모습을 드러냈다.

"저희 조상 대대로 내려온 물건으로 마을의 수호신을 모신 함입니다. 수호신은 특별한 이름 없이 그냥 신님이라고 불렸지만 이 함은 범 잡아먹는 함이라는 별칭이 있습니다. 하하하."

청년은 제 입으로 하는 이야기가 우스운지 설명 끝에 헛웃음을 붙였다.

"제 본가는 함경도 험한 산골에 있습니다. 원래 개갈촌은 사냥꾼의 마을이었습니다만, 제 고향은 함에 얽힌 내력에 나오는 그 개갈촌은 아닙니다. 원래의 개갈촌은 폐촌이 됐고, 제 조부모님 대에 주민들이 산 아래로 이주했거든요. 지금의 개갈촌도 깡촌이긴 합니다만 원래는 사람 구경도 못 할 정도로 깊은 산속에 있었다고 합니다. 저로서는 다행인 일이지요. 산 구석에서 미신이나 믿으며 살다 죽을 팔자도 면하고 대도시에서 공부도 하면서 새로운 세상에 어울리는 사람이 될 수 있었으니까요. 하하하."

청년이 떠드는 사이 함에서 불길한 기운이 스멀스멀 스며 나오기 시작했으나 응접실에 모인 사람들은 아무도 그 변화를 느끼지 못했다.

"함이 언제 만들어진 건지는 정확하지 않지만 전해지는 바로는 약 300년 전쯤, 아주 사나운 범 한 마리가 나타났을 때였다고 합니다. 백호였다고 하죠. 당시 마을의 가장 나이 든 장로조차도 실제로 본 적 없는 하얀 호랑이. 홀연히 나타난 백호는 개갈촌을 떠나지 않고 마을이 내려다보이는 봉우리에 자리 잡았답니다. 독 안에 든 쥐들을 구경하듯이 말입니다. '저건 사람 잡아먹은 범이다. 그래서 다른 고기는 거들떠보지도 않는 거야. 오직 사람 고기를 먹기 위해 혈안이 되어 있는 거지.' 사냥꾼들은 그렇게 말했고, 개갈촌 사람들은 집 밖으로 나갈 엄두를 못 냈대요. 고립된 상태에서 오래 버틸 재간이 없던 벽지의 작은 집단으로서는 큰 위기였죠. 위기가 비극이 된 것은 젊은 사냥꾼 셋이 한꺼번에 백호에게 목숨을 잃고 난 다음이었습니다. 고민 끝에 그들은 함을 만들어냈다고 해요. 개갈촌을 지켜줄 함, 범을 잡아먹을 함."

김천호는 거기까지 말하고 난 다음 의미심장한 눈웃음을 지으며 좌중을 둘러봤다.

"그 함 속에 들어갈 신체(神體)로 사용된 재료가 뭐였는지 아시겠습니까?"

만약 김천호가 감이 날카로운 사람이었더라면 당장 입을 다물었을 것이다. 이 방 안의 사람들이 아주 약간의 영감이라도 있었더라면 아무도 그 자리에 머물지 않았을 것이다.

　같은 시각 경성의 한 구석, 도시형 한옥과 초가집들이 밀집한 지역에선 늦게 퇴근한 한 직장인이 지친 몸을 이끌고 드디어 집에 도착한 참이었다.

　"죽겠다…."

　두겸은 앓는 소리를 내며 그대로 방에 엎어졌다. 치조가 떠난 뒤로 밤에는 제대로 잠들지 못하고 낮이면 몽롱하게 보내는 날이 이어지고 있었다. 티 내지 않기 위해 조심하는데도 주변 사람들은 두겸의 이상을 여지없이 알아챘다. 호는 매일 두겸을 위해 양갱 같은 달달한 간식을 준비했고, 심지어 많은 재주를 타고났지만 주변 사람들을 세심하게 챙기는 재주는 없는 경 사장마저 두겸을 살피며 중개소에 들락날락했다. 〈괴기 물건 대회〉라는 이상한 이름의 행사를 소개해준 것도 경 사장이었다. 장영주라는 젊은 사업가가 꼭 두겸을 초대하고 싶어 한다고 경 사장이 전해주었지만 그런 데 불려갈 기분이 아니었다.

　피곤으로 찌든 몸을 방에 들이지도 못하고 발치는 툇마루에, 나머지는 방 안에 어정쩡하게 걸치고 누워 있던 두겸은 기력을 짜내 몸을 굴려 방 안으로 완전히 들어왔다. 발로 장지문을 밀어 닫고 대자로 누웠다. 빈 툇마루를 보기 싫었다. 치조님이 좋아하던 장소들은 자꾸 눈에 밟혀 헛헛했다.

이 집에서 꽤 살았지. 역마살 낀 것처럼 이 도시 저 도시 별별 집들을 전전하다 오월중개소에 취직한 걸 계기로 세 들어 살기 시작한 지 어언 6년. 슬슬 이사 갈 때가 된 걸까?

찌르릉, 찌르릉. 두겸의 생각을 끊는 전화벨이 울렸다. 무시할까? 의욕이 사라진 몸뚱이가 너무 무거웠다. 그러나 전화벨은 집요하게 울렸다. 두겸은 겨우 몸을 일으켜 네 발로 기어가 전화를 받았다. 힘없이 수화기를 들자마자 경 사장의 다급한 목소리가 저편에서 튀어나왔다.

"큰일났어! 저번에 말한 〈괴기 물건 대회〉 있지? 거기에서 인명 사고가 났다는군. 주최한 내 친구가 사람을 네 집으로 보냈으니까 가서 좀 봐줘."

두겸은 싫은 소리가 나오려는 걸 가까스로 참았다. 인명사고가 났다잖아. 나 귀찮고 힘든 게 문제가 아닌데… 하지만….

"두겸, 두겸! 듣고 있어? 꼭 좀 가줘, 알았지? 내가 영주한테 의뢰비 네 배로 부를 테니까 이거 끝나고 좋은 데 놀러가서 쉬어! 이따 다시 연락한다!"

뚝.

두겸은 어처구니가 없어서 오밤중에 제멋대로 걸려왔다 제멋대로 끊긴 수화기를 쳐다봤다. 그래도 참 경 사장다워서 오랜만에 웃음이 나왔다. 두겸은 한숨을 쉬고 곧 이 집을 방문할 장영주의 심부름꾼을 맞을 준비를 했다.

두겸이 영주가 보낸 자동차를 타고 장 씨 저택에 도착했을 땐 이미 자정이 넘은 시각이었다. 죄책감에 울상이 된 영주는 두겸을 보자마자 천호 군을 살려달라며 두겸의 옷소매를 붙잡고 매달렸다. 대강의 상황은 저택으로 오는 길에 들은 터였다. 김천호는 혼수상태로 손님 방에 누워 있었다. 두겸은 청년의 몸에 난 상처들을 살폈다. 온몸에 멍이 번지고 살이 터져 심하게 얻어맞은 몰골이었다.

"…함에 들어갈 신체로 사용된 재료가 무엇이었답니까?"

두겸의 질문에 영주가 불안하게 위쪽을 힐끗거렸다. 이층에 있는 함이 신경 쓰이는 듯했다. 눈앞에서 멀쩡했던 사람이 피멍으로 뒤덮여 기절했으니 두려울 만했다. 영주는 하얗게 질린 손에 난 식은 땀을 바지에 닦고 떨리는 목소리로 당시 상황까지 덧붙여 실감나게 설명하기 시작했다.

"함 속에 들어갈 신체로 사용된 재료가 뭐였는지 아시겠습니까?"

김천호는 잠시 뜸을 들이며 전혀 감을 잡지 못하는 청중의 반응을 즐겼다.

"바로 백호에게 죽은 세 청년에게서 추려낸 뼈였습니다. 개갈촌 사람들은 머리가 명석했던 청년에게선 두개골을, 명사수였던 청년에게선 상반신을, 가장 재빨랐던 이에게선 하반신의 뼈를 추려내 새로운 한 사람을 만들었죠. 흰 범을 잡을 가장 뛰어난 포수를요."

소름 끼치는 이야기에 청중들이 침을 삼켰다.

전해지는 바로는 개갈촌 사람들은 추려진 뼈를 함에 담고 단단히 봉했다. 마을의 중앙 공터에 함을 놓고, 그 위에 죽은 세 청년의 옷가지로 만든 인형을 그들의 총과 함께 앉혔다. 마을 사람들은 흰 범으로 분장하고는 함을 에워싸고 돌을 던지기 시작했다. 있는 힘껏, 함의 표면에 상처가 나고 틈새를 밀봉한 금속에서 불꽃이 튀도록, 인형이 형체도 알아볼 수 없게 부서질 정도로 가차 없이, 쉬지도 않고 사람들은 범의 포효를 흉내 낸 소리를 지르며 돌을 던졌다. 범에게 죽은 청년들의 영혼을 분노케 하여, 범 잡을 신을 만들어낸다는 의도였다.

그때 소란을 뚫고 누군가 외쳤다.

-범이다! 하얀 범이 왔다!!

얼굴이 시뻘겋게 달아올라 땀을 뻘뻘 흘려가며 돌을 던지고 소리를 지르던 사람들이 마치 한 생물체인 마냥 동시에 마을 입구를 돌아보았다. 정말로 백호가 울타리 입구에 서 있었다. 백

호의 거대한 몸에서 뿜어져 나오는 생명력에 사람들은 압도당
했다.

　-초, 총!

　가장 먼저 정신을 차린 것은 촌장이었다. 촌장이 허둥지둥 함
위에 놓인 총을 잡는 동안 흰 범은 움직이지 않았다. 촌장은 총
부리를 들어 하얀 호랑이의 미간을 조준했다. 몇 주간 마을 사람
들을 공포에 몰아넣었던 흰 범이 그제서야 움직였다. 그러나 마
을 밖으로 떠난 게 아니었다. 백호는 빠르지도 느리지도 않은 발
걸음으로 곧장 총구를 향해 걸어왔다. 마치 함에 깃든 범 잡는 신
으로 탄생한 세 청년이 이 아름답고 포악한 짐승을 어서 잡을 수
있도록 끌고 오듯이.

　탕!

　한 발의 총성과 함께 마을의 재난은 끝이 났다.

　여기까지 말하고 김천호는 크게 웃었다.

　"제법 깜찍한 논리를 가진 전설 아닙니까? 범에게 죽은 청년
들의 영혼을 분노하게 하여 범 잡을 신을 만드는 주술이라니요.
하긴 미신이란 게 아주 뚱딴지 같기만 하다면 사람들이 믿지 않
을 테니 나름대로 논리를 생각해낸 거겠지요."

　개갈촌 사람들은 그후로 함을 극진히 모셨다. 다만 함과 함께
개갈촌에는 두 가지 금기가 대대손손 전해졌는데 김천호도 어렸

을 때부터 부모님으로부터 귀에 못이 박히도록 들은 금기였다.

첫째, 함에 모신 신을 극진히 모실 것.

둘째, 신이 들을 수 있는 곳에서 신의 내력을 말하지 말 것.

청중들이 으스스한 듯 서로를 쳐다보았다. 그중 한 사람이 손을 들었다.

"그런데 이렇게 여기에 가져와서 얘기해도 되는 겁니까?"

청년은 능청스럽게 청중을 향해 양 팔을 벌렸다.

"지금 제가 이렇게 멀쩡하게 서 있지 않습니까? 아무튼 함에 관련된 이야기는 여기까지입니다. 오늘부로 이 함에서 손을 뗄 수 있다니 어찌나 후련한지요. 저는 이런 미신과는 거리가 먼 사람이니…"

김천호는 말을 끝내지 못했다. 갑자기 코피가 흘러내렸고 눈이 뒤집혀 흰자가 드러났다. 얼굴을 시작으로 온몸에 멍이 찍혔다. 김천호는 피멍 든 손으로 얼굴을 움켜쥐며 비틀거렸고, 놀라서 엉거주춤 얼어붙었던 손님들은 비명을 지르며 달아나기 시작했다.

"아…"

미처 마무리되지 못한 탄식을 마지막으로 김천호는 피를 토하며 뻣뻣한 통나무처럼 굳어 바닥에 쓰러졌다.

장영주가 현장감 넘치게 전한 사고의 전말을 들은 두겸은 고개를 갸웃했다. 함 이야기는 독특한 전설이었다. 내용 자체로는 흥미롭기까지 했다. 다만 한 가지가 마음에 걸렸다. 왜 신 앞에서 내력을 말하면 안 될까? 보통은 신의 내력을 알리고 남긴다. 굿을 할 때도 먼저 하는 일이 신의 내력을 밝히는 것이다.

두겸은 김천호가 누워 있는 방을 나왔다. 사전 정보는 더 얻을 만한 게 없었다. 혼자서 머리를 굴려봐야 나오는 건 없다. 일단 함을 직접 봐야 한다. 천호 군이 받은 저주는 함에 얽힌 수수께끼를 풀면 저절로 풀릴 것이다. 아마도.

두겸은 홀로 계단을 올라갔다. 영주가 따라오고 싶어 했으나 말렸다. 천호 군이 저주를 받은 데에 대한 모임 주최자로서의 책임감은 알겠으나 이제부터 그가 할 수 있는 일은 없었다. 두겸은 아르데코식 응접실 문의 두툼한 황동 손잡이를 잡고 심호흡했다. 정체를 알 수 없는 상대를 만나러 가는 것은 언제나 무섭다. 망설임 때문일까, 세련되게 세공된 호두나무 문이 실제보다 무겁게 느껴졌다. 두겸은 천천히 함이 있는 응접실 안으로 발을 들였다.

함은 대번에 눈에 띄었다. 검은 연기 같은 것이 문제의 함 위에 떠 있었다. 두겸은 걸음을 멈췄다. 두겸의 눈앞에 있는 것은 세 청년의 뼈로 만들어진 '신'이 아니라 험한 죽음을 맞은 한 여자의 원혼이었다. 머리는 산발이었고, 옷은 돌팔매질 혹은 구타를 당했는지 여기저기 찢어지고 헤졌으며 멍들고 터진 살이 보였다. 두겸은 김천호의 몸에 생긴 흔적들의 정체를 조금 알 것 같았다. 함에 묶인 이 원혼은 자신이 겪은 고통을 그대로 저주로 돌려준 게 분명했다.

원혼의 얼굴은 보이지 않았다. 그을음으로 한 겹이 덮인 것처럼 얼굴 쪽만 유독 흐릿하고 지저분했다. 두겸은 이 원혼이 분노에 사로잡혀 자아를 잃기 일보직전임을 깨달았다. 방금 담금질한 쇠처럼 열기가 살아 있는 분노가 위협적이었다. 실제로 함의 원혼을 보니 김천호가 함을 들고 고향에서부터 장 씨 저택까지 멀쩡히 올 수 있었던 게 오히려 기적이었다. 하지만 지금까지 이 함을 보관했던 개갈촌 사람들도 그렇고, 김천호가 '금기'를 어기고 저주받기 전까지 괴기 물건 대회의 참가자들도 해를 입지 않았다. 무슨 이유에서였는지 이 원혼은 그동안 자신의 분노를 있는 힘껏 삭이고 있었던 것 같았다.

대체 왜 함의 원혼은 스스로를 망가뜨려 가면서 분노를 삭였을까? 왜 함의 전설에서 전하는 신과 실제 주인공이 다른 걸까? 두겸은 빠르게 머리를 굴리며 함 쪽으로 천천히 다가갔다. 원혼이 응시하는 시선이 찌릿찌릿 두겸에게 경고했다. 다가오지 마. 두겸은 원혼을 자극하지 않기 위해 거리를 두고 멈췄다. 험한 죽음을 당한 영혼과의 첫 마디는 언제나 어렵지만 이번은 더욱 적절한 말이 생각나지 않았다. 결국 내뱉은 첫 마디는 이 따위였다.

"그 상처들… 아직도 아픈가요.?"

그 순간 주위가 서늘해지더니 원혼에게서 뿜어져 나온 적대적인 기운이 파동처럼 두겸에게 닿았다.

"윽!"

칼로 살을 긋는 듯한 통증에 절로 놀란 소리가 튀어나왔다. 원혼의 기운이 닿은 손이 일순에 짙게 멍들었다. 뒷걸음치지 않고 가까스로 자리를 지켰지만 모골이 송연했다. 천호 군이 혼수상태인 게 차라리 다행인 걸? 손만으로도 이렇게 아픈데 맨 정신으로 온몸을 돌로 찧는 고통을 느끼는 건 너무 잔인했다.

"아…파… 아직도 너무 아…파."

목이 메인 목소리였다. 두겸이 다시 함에 다가갔지만 다행히 원혼은 더 이상 두겸을 공격하지 않았다.

"아… 파…."

말이 끊어지고 떨렸다. 두겸은 무의식적으로 멍이 든 손에 반대쪽 손을 갖다 댔다. 이것은 원귀가 느끼는 고통일 것이다. 두겸은 장 씨 저택에 와서도 반쯤은 한시 빨리 이 일에서 벗어나고팠던 마음을 완전히 버렸다. 더 이상 두겸은 방황하던 이십 대 시절처럼 죄책감에 쫓기며 원혼들을 돕는 데 목메지 않는다. 하지만 인연이 닿아 이 원혼과 만났다. 원혼의 오랜 고통을 끝낼 수 있다면 끝내리라. 두겸은 마음을 다잡았다.

원혼의 얼굴을 가렸던 그을음이 살짝 걷히고 나지막한 목소리가 들려왔다.

"허무하고 억울하다. 나는 악만 남았구나. 무엇을 위해 그토록 오랜 시간을⋯."

두겸은 걷힌 그을음 사이로 원혼과 눈을 마주쳤다. 푸르뎅뎅하게 부패한 시체의 얼굴에 박힌 번들거리는 검은 눈알이었다. 썩은 진물이 눈물처럼 눈꼬리를 타고 너덜너덜한 뺨으로 흘러내렸다.

"당신을 만나니 금기의 이유는 알겠습니다. 그건⋯ 함의 내력이 가짜였기 때문이에요. 그래서 함 앞에서 함의 내력을 말하면 안 되는 거였어요. 김천호 군은 금기를 어겼고 당신은 그를 공격했죠. ⋯당신은 가짜 내력이 전해지고 있었다는 걸 지금까지 몰랐던 거죠⋯?"

원혼이 두겸을 응시했지만 두겸은 원혼의 표정은 읽을 수 없었다.

"그 금기가 생긴 사연이 당신을 저승으로 가지 못하게 묶어두는 걸까요?"

"저승⋯."

원혼이 나직이 읊조렸다.

"전 원귀들을 여러 번 만났습니다. 다행히 그들이 저승으로 갈 수 있도록 도울 수도 있었고요. 당장 당신의 저승길을 찾아드릴 수 있다고는 약속하지 못해요. 하지만 찾을 때까지 당신을 돕겠습니다."

"내 저승길은 찾을 수 없다. 그건 잃어버렸어. 사라졌어."

"저를 믿어주세요. 당신의 이야기를 들려주세요. 왜 이 함에 묶이게 되었는지, 어째서 개갈촌 사람들은 가짜 신의 내력을 만들었는지. 이야기를 하다 보면 실마리가 보일지도 몰라요. 당신의 고통은 끝날 수 있어요. 어쩔 수 없지 않아요."

두겸은 너무 빠르지도 느리지도 않게, 너무 강하지도 나긋하지도 않은 어투로 말했다. 원혼은 함 위에 웅크렸다. 아무에게도 억울한 마음 털어놓지 못하고 화가, 원통함이, 억울함이, 마음 밖으로 새어 나가려고 할 때마다 꾹꾹 눌러왔었다. 그렇게 하는 것이 당연해질 때까지, 그것이 그의 의무로 굳어버릴 때까지. 그래서 어느새 누군가에게 털어놓고 잘못을 바로잡는다는 생각 자체가 들지 않게 된 것인지도.

너무해.

나를 이렇게까지 망가뜨렸어.

원혼은 개갈촌 사람들을 저주했다. 나는 더 이상 참지 않을 것이다.

"내 이름은 어정. 나는 금기를 깬 사냥꾼이다."

개갈촌은 호랑이를 사냥하는 사냥꾼들의 마을이었다. 험한 산, 험한 일. 안전이 보장되지 않는 세계. 그래서 그곳은 미신과 금기가 지배했다.

개갈촌이 위치한 산 아래쪽에는 도원마을이라는 작은 고을이 있었다. 개갈촌에 비하면 번화했으나 도원마을 역시 장이 서는 더 큰 마을로부터 걸어서 반나절이나 걸리는 외딴 곳이었다. 따라서 장사꾼들이 찾을 리 없는 곳인데, 얼마 전 웬 약장수 하나가 자리를 잡았다. 약장수는 매일 댕기머리를 질끈 묶고 무명 앞치마를 야무지게 두르고 도원마을 중앙 공터의 담벼락 앞에서 미열에 좋은 약, 소화를 도와주는 환 등 약과 약초들을 팔았다. 소소하게 하루에 한두 명 오는 손님들 외에 그를 찾는 이들은 외지인인 그와 수다를 떨러 오는 마을 사람들뿐이라 대체 어떻게 먹고사는지 걱정 반 신기함 반이긴 했지만, 어쨌든 약장수는 매일 작은 나무 탁자 위에 물건들을 펼쳐놓고 부지런히 장사를 했다.

그러던 어느 날이었다. 초여름의 뜨끈한 오전 햇살과 늦봄의 서늘한 바람이 공존하는 기분 좋은 아침, 그날은 도원마을의 분위기가 평소와 달랐다. 주민들은 약장수가 매일 매대를 펴는 중앙 공터에 평상을 설치하고 천막을 치는가 하면, 지난 주에 오일장이 서는 두네리까지 가서 교환해온 온갖 생필품들을 꺼내놓았다. 그뿐만 아니라 커다란 솥 여럿에 국밥을 끓이고 전 부칠 준비를 했다. 덕분에 약장수도 국밥 한 그릇을 푸짐하게 얻어먹을 수 있었다. 무슨 일이냐고 물으니 도원마을에 손님들이 온다고 했다. 그 말에 약장수도 부리나케 자기 매대로 돌아가 평소엔 걸지 않는 작은 깃발을 내걸었다. 대목이라면 그 덕을 좀 봐야지 싶었다.

다만 도원마을 사람들도 손님들이 언제 도착하는 지는 모르는 듯했다. 손님들이 오는 산속은 날씨도 변덕스럽고 길도 험해서 시간을 딱딱 맞출 수 없다나? 그래서 약장수는 잠시 매대 뒤 담벼락에 기대 눈을 감았다. 배부르게 먹은 아침 때문에 졸음이 몰려왔다.

"기가 허한 데 좋은 거 있습니까?"

머리 위에서 들리는 목소리에 정신차리고 고개를 드니 콧잔등에 주근깨가 귀엽게 내려앉은 여자가 멀뚱히 쳐다보고 있었다. 발목과 팔뚝에 색 바랜 천들을 꽁꽁 동여맸고, 치마는 움직이기 편하게 무릎 바로 아래 정도까지밖에 오지 않았다. 전체적으로 차림새가 독특한데 그중에서 가장 독특한 것은 눈썹이었다. 붉은 눈썹이었다. 지금껏 한 번도 본 적 없는 눈썹에 장사 중이라는 것도 잊고 입을 헤 벌린 채 쳐다보니 가시 돋힌 "뭘 쳐다보시나?"가 돌아왔다.

약장수는 얼굴이 벌겋게 달아올랐다. 사람을 빤히 쳐다보는 게 얼마나 기분 나쁜지 잘 알고 있으면서 무례하게 굴다니! 재빨리 사과를 하고 잘 손질된 육계(5~6년 이상 자란 계수나무의 두꺼운 껍질을 한방에서 이르는 말. 건위제와 강장제로 쓴다)를 건넸다. 값을 치룬 붉은 눈썹의 여자는 다른 말 없이 바로 한 무리의 사람들이 있는 곳으로 갔다.

"개갈촌 사람들이야."

약장수의 시선이 어디를 향하고 있는지 눈치챈, 이제 제법 안면을 튼 동네 아낙이 알렸다. 보통은 사냥꾼과 그 후계인 아들들만 도원마을까지 내려오는데 계집이 껴서 왔다며 희한해했다. 아낙은 약장수가 관심을 갖자 아예 옆에 자리를 깔고 이런저런 이야기를 해줬다. 대부분은 흉이었지만.

들어본즉, 개갈촌은 독특한 집단이었다. 그 촌락에선 대대로 붉은 눈썹을 가진 사람들이 태어났다. 부모 중에 한쪽이라도 붉은 눈썹을 가졌으면, 대부분 그 자식들도 붉은 눈썹을 가진 아이들이 섞여 태어났다. 하지만 그 안에서 정말 의미가 있는 건 붉은 눈썹을 가진 '남자'들이었다. 그들은 개갈촌의 왕처럼 군림했다. 험하고 척박한 땅은 농사에 부적합했지만 그 산엔 다른 지역에 비해 우량한 짐승들이 많았다.

"저 치들이 우리 촌장님보다 부자일걸?"

아낙은 질투와 선망이 섞인 눈으로 사냥꾼들을 흘겨보았다.

개갈촌의 부는 사냥에서 왔고, 사냥은 하늘에서 내려준 붉은 눈썹을 가진 남자들만의 권리였다. 개갈촌에는 강력한 금기가 존재했기 때문이다. 큰 짐승들이 사는 윗산에 들어갈 수 있는 건 오로지 눈썹 붉은 개갈촌 남자들뿐이다. 외지인, 여자, 검은 눈썹의 남자들이 들어가면 산이 노하신다. 그들은 부정하니까. 부정에 노한 산은 사냥꾼들을 잡아먹는다. 그렇기에 금기를 절대로 깨선 안 된다.

"너는 어떻게 생각해?"

완전히 원혼, 어정의 이야기에 빠져 있던 두겹은 그것이 자신에게 한 질문이라는 걸 조금 뒤에 깨달았다.

"무엇을요?"

어정의 얼굴은 여전히 일렁대고 구불대고 부풀었다 흩어지는 검은 연기에 가렸다. 그래서 두겹은 어정이 어떤 얼굴로 질문을 했는지 알 수 없었다.

"개갈촌의 금기에 대해서."

두겹은 한 팔로 팔짱을 끼고 다른 한 손을 턱에 갖다 댔다.

"이상합니다. 적어도 제가 아는 선에선 사람들이 산신이라고 부르는 자연의 영물들은 인간과는 달라요. 외지인이니, 어린아이니, 여자니, 노인이니, 붉은 눈썹이니 그런 걸 따지지 않죠. 부정의 기준이 너무 인간적이라고 할까요."

토지신도, 치조님도, 심지어 적극적으로 사람들과 함께 살고자 하는 담비 동자마저도 인간과는 다른 사고방식을 가졌다. 우물에 봉인되었던 치조님이나 절에서 사는 담비 동자는 그나마 인간에 익숙한 편일 텐 데도 말이다. 고오를 데려왔던 토지신은 여자와 남자를 구분할 수 있는지조차 의문이었다.

"그리고 왜 개갈촌의 산신은 윗산에 들어간 부정한 장본인을 벌하지 않을까요? 왜 애먼 사냥꾼들을 잡아먹을까요?"

두겸은 미간을 찌푸리고 집중했다. 어정이 금기에 대해 설명하는 부분에서 왜 가슴 한편이 쎄했을까? 왜 나는 그 대목이 불쾌했을까? 개갈촌의 붉은 눈썹 사내들이 하는 짓이 꼭 양반들 같으니까. 양반들 외엔 인간 취급도 하지 않겠다는 그들만의 규칙을 만들어놓고, 양반이 아닌 사람들이 양반 될 기회를 원하는 것마저도 죄악으로 만들어버린 그들 같았기 때문이었다. 양반이 아닌 사람들은 글을 배우는 것마저도 금기시해버린 조선의 지배층들.

"개갈촌의 금기는 사냥이 유일한 부를 쌓는 수단인 마을에서,

사냥을 소수끼리 독점하려는… 고약한 냄새가 풍기는 금기라고 생각해요."

두겹의 대답에 어정이 입을 벌리고 웃었다. 두겹을 움찔하게 만드는 날카롭고 새된 웃음 소리였다. 어정이 공격했을 때 든 손의 멍이 시큰거렸다. 그 통증이 뼈가 울릴 정도였다. 순간 숨 넘어갈 듯한 웃음소리가 뚝 끊겼다.

"애신. 그 약장수. 약장수가 너와 똑같은 소리를 했지."

14장

길
찾
기
2

어정은 첫 도원마을 나들이로부터 한 달 후, 두 번째로 약장수를 찾았다. 원래대로라면 엄마와 어정 단 둘인 어정네는 필요한 물건을 사냥꾼들 편에 부탁할 테지만, 엄마가 아프고 난 뒤로는 살 물건의 종류가 많고 복잡해졌다. 그래서 절대로 정해진 길을 벗어나지 않겠다는 맹세와 끈질긴 부탁 끝에 도원마을행에 함께하게 된 것이었다.

어정은 약장수에게서 엄마가 쓸 약과, 얼마 전 사냥꾼들을 따라 개갈촌에 들어온 강이 아저씨를 위해 멍에 잘 듣는 연고를 샀다.

"근데 멍이라니 어디 다쳤어요?"

호기심이 많은 건지 아니면 배려를 잘하는 건지 약장수가 걱정스레 물었다. 숨길 일도 아니어서 어정은 자초지종을 설명했다.

사냥을 할 수 없는 개갈촌 사람들은 사냥꾼들이 잡아온 짐승들을 나눠 받고 손질을 한다. 나눠 받는 사냥감의 양은 대체로 각 가정의 구성원 수와 가죽을 손질하는 실력에 따라 정해지나 사냥꾼들의 마음에 따라 가감된다. 사냥감을 손질한 수고비로 가죽이나 고기 일부를 얻고, 그걸 다시 사냥꾼들에게 전달해 도원 마을행 때 필요한 걸 사달라고 부탁하는 식이다.

강이 아저씨는 외지인이라 일감을 적게 받았다. 사냥꾼들이 그렇게 하기로 했다면 별수 없다. 괜히 토를 달다 받을 가죽도 못 받으면 어떡하나? 하지만 강이 아저씨는 외지인이라 적응을 못 했던 게 분명했다. 자신은 가죽 손질에 자신이 있으니 조금만 더 맡겨달라고 했고…

"비 오는 날 먼지 나게 얻어 맞았지."

어정은 개갈촌의 사냥꾼들 대신 변명하듯 멋쩍게 웃었다. 약장수는 말없이 연고를 포장했다. 약장수의 빳빳한 저고리 옷감이 바스락거리는 소리만 두 사람 사이를 맴돌았다. 어정이 발뒤꿈치로 흙바닥을 비비며 괜히 주변을 둘러보는데 약장수가 연고를 건넸다.

368

"개갈촌에서 사냥이 그렇게 큰일이라면 당신도 사냥을 해볼 생각은 없어요?"

"말 조심해!"

어정은 자기가 그렇게 반응할 줄 정말 몰랐다. 미처 생각이 따라잡기 전에 이미 약장수의 멱살을 틀어쥐고 있었다.

"그딴 소리를 하면 산이 사냥꾼들을 잡아먹으니까!"

약장수는 기가 막힌 표정을 했고 어정은 인상을 찌푸렸다. 기막힐 쪽은 이쪽인 걸. 이 여자는 해선 안 될 소리를 겁도 없이 하는군 그래. 약장수는 도톰한 외꺼풀의 작은 눈을 몇 번 끔벅이더니 어정의 멱살 쥔 손을 부드럽게 풀었다.

"그래요. 그 마을엔 그런 금기가 있다고 들었습니다."

"아는 년이 함부로 지껄여?"

"내 이름은 애신인데 그쪽은 이름이 뭐죠?"

어정은 이 약장수가 엄한 소리 해놓고 갑자기 말을 돌리네 싶었지만 숨길 일은 아니니 자신도 이름과 나이를 밝혔다. 시비와 다를 바 없는 무뚝뚝한 말투이긴 했지만. 약장수가 눈을 동그랗게 떴다.

"우리 동갑이네? 신기하다."

애신의 태도엔 어정이 멱살을 잡은 데 대한 악감정이 없었다. 그동안 장사를 하면서 별별 사람과 상황들을 대했던 경험 덕분일까 애신은 넉살 좋게 사과했다.

"널 화나게 할 생각은 없었어. 미안. 다음에 필요한 게 있으면
또 와줘."

어정은 애신이 건넨 연고를 낚아채고는 바로 너무했나 싶어
어색하게 고개를 까닥여 인사하고 돌아섰다. 등에 느껴지는 애
신의 시선에서 벗어나고 싶어 발을 부지런히 놀렸다. 도원마을
주민들이 개갈촌 사냥꾼들을 위해, 정확히는 그들에게서 가죽을
받고 준비한 잔칫상에 둘러앉아 먹고 마시는 사냥꾼들을 찾아,
역시 도원마을 사람들을 통해 미리 가죽과 맞바꾼 쌀과 옷감, 생
필품들로 구성된 짐 꾸러미 사이에 쪼그리고 앉았다.

어정은 기분이 좋지 않았다. 애신의 시야에서 벗어났는데도
매대 앞에서 느꼈던 불편함은 사라지지 않았다.

체기(滯氣) 같은 갑갑함.

어정은 가죽을 손질하느라 트고 갈라져 성할 날이 없는 손바
닥에서 벗겨지는 껍질을 뜯어내는 데 집중했다. 튼 손바닥 껍질
을 모두 뜯어내고는 허리춤에 찬 주머니에서 실과 바늘을 꺼내
치마의 나간 올과 헤진 솔기를 수선하기 시작했다. 어정이 가진
두 벌의 옷 중 그나마 상태가 나은 옷이었다. 사냥꾼들이 나눠주
는 가죽을 매일 손질하는데, 손의 지문이 닳고 살이 틀 때까지 일
하는데 왜 옷 한 벌 더 지을 수가 없을까? 왜 엄마와 나, 두 식구

가 매 끼니를 아껴가며 먹어야 할까?

체기 같은 갑갑함.

사냥꾼들이 술에 취해 왁자하게 웃는다. 국밥과 전으로 부른 배를 두드린다. 그들의 나들이용 옷은 튼튼하고 깔끔하다. 바래지 않은 색이 곱다. 당연하다. 사냥꾼들의 집엔 염색포와 비단을 포함해 옷감이 많다. 사냥꾼들 집엔 곡식도 많다.

체기 같은 갑갑함.

드디어 개갈촌으로 돌아갈 시간이었다. 어정은 무리 끝에서 말없이 부지런히 걸었다. 뒤쳐지거나 넘어져 짐이 되면 안 된다. 골짜기 아래로 계곡 너머로 암벽 너머로 걷고 또 걷다가 드디어 개갈촌에 도착했다.

사냥꾼들은 도원마을에서 가지고 온 짐 중에서 마중 나온 개갈촌 사람들에게 각자의 몫을 나누어 주고 각자 집으로 흩어졌다. 어정은 기둥과 벽을 제대로 세우고 든든한 지붕을 씌운, 산속의 뇌우와 바람, 추위를 막아주는 사냥꾼들의 집을 보았다. 엄마와 둘이 사는, 판자와 거적으로 이루어진 움막으로 돌아간 어정은 흙 바닥 위에 깐 삭은 대자리에 누웠다.

체기 같은 갑갑함.

체기 같은 갑갑함.

어정은 손바닥을 펴 바닥을 내리쳤다. 그 약장수! 아무것도 모르면서 되는 대로 지껄일 줄만 아는 그 약장수! 다음에 가면 그 여자에게 제대로 한마디 해줄 것이다. 개갈촌의 금기가 얼마나 중요한지에 대해서, 윗산의 산신님이 노하시면 얼마나 무서운지에 대해 똑똑히 확실하게 알려줄 것이다. 이 갑갑함은 약장수를 향한 화일 것이라 스스로를 설득하며 어정은 눈을 감았다.

"그래서 그렇게 했어."

함 위에 떠 있는 어정이 웅크렸다. 콩벌레처럼 고개를 푹 숙이고 산들바람처럼 아주 여리게 속삭였지만 원혼이 된 어정의 목소리는 두겹 바로 곁에서 나는 것처럼 잘 들렸다.

"다음에 도원마을에 갔을 때도 애신은 그 자리에 있었어. 나는 다짜고짜 우리 마을에 대해 설명했지. 개갈촌보다 더 깊게 들어가는 산을 우린 윗산이라 불러. 윗산엔 산의 정기를 받고 태어난 붉은 눈썹을 가진 남자들만 들어갈 수 있지. 외지인과 여자는 안 돼. 부정하니까. 부정한 존재가 산에 들어가면 산신님이 노하시거든. 거기다 그 부정한 게 산신님의 짐승들까지 잡아? 그러면 포수들이 다치고 죽어. 산신님께 해코지를 당하고 될 사냥도 안 되고.

애신이 내게 물었어. '누가 그래?' 그런 건 생각해본 적 없었어. 그런 걸 물으면 안 되는 거야. 개갈촌에선 아무도 그런 걸 묻

372

지 않아. 그래서 나는 대답했어. '누가 그러긴? 원래 그런 거지.'
애신은 거침없었어. 애신은 계속 물었지. '원래 그런 게 어디 있
어?' '내가 윗산에 들어가면 그래도 너네 사냥꾼이 다치니?' '그
런다고? 웃긴다. 나 때문에 산신이 노하신다면 나한테 화내실 것
이지 왜 애꿎은 사냥꾼들에게 화를 낸대?'

나는 화가 나서 악을 썼어. 순 멍청이 아니냐고, 산신님이 사람
인 줄 아느냐고 되는 대로 말했어. 산신님 생각이랑 우리 같은 사
람들 생각이랑 똑같은 모양새로 움직이는 게 아니라고.

있잖아, 아빠가 돌아가시고 엄마와 둘만 남기 전에 난 아빠랑
친했는데 말야. 아빠는… 애신이 같은 데가 있었어. 나는 애신에
게 그 얘기도 했지. 아버지는 붉은 눈썹 토박이었음에도 불구하
고 젊었을 적 외지에서 살다 돌아왔기 때문에 개갈촌에 적응하
지 못했거든. 나 어렸을 즈음해서 총이 쓰이기 시작했는데 나에
게 총 다루는 법을 알려주시면서 뭐라고 하셨는지 알아?

'됐다. 이게 있으면 너도 커서 사냥을 나갈 수 있을거다! 자아,
자아, 지금부터 이 감촉에 익숙해지거라.'

…즐거워 보이셨지. 사실 아빠는 사냥을 좋아한 적이 없거든.
개갈촌을 떠났을 시절 배웠던 옷감 염색을 죽는 날까지 그리워
하셨고. 하지만 그런 말을 하면 안 됐어. 나를 사람들 몰래 산에
데리고 가 총 쏘는 법을 가르쳐주셔선 안 됐던 거야. 바로 다음

사냥에서 그 총의 화약이 터져 죽을 뻔하신 적이 있어. 금기는 허튼 소리가 아니야."

어정이 멍든 푸르스름한 손끝으로 함의 검은 표면을 긁었다.

"당신은 개갈촌의 금기가 부정의 냄새가 풀풀 풍기는… 너무 인간적인 금기라고 했지."

두겸이 고개를 끄덕였다.

"애신도 단호하게 딱 잘라 말했어. 그건 단순한 우연이었을 뿐이라고. 나는 또 화를 냈고. 개한테 뭐라고 했는지 기억은 안 나는데 뻔하지. 대충 넌 외지인이니까 아무것도 모르고 쉽게 말할 수 있는 거라고 욕했을 거야."

어정은 잠시 말을 멈췄다. 함의 표면을 문지르는 어정의 손끝에 힘이 들어갔다. 원혼인 어정에겐 실체가 없었지만 오랫동안 삭인 분심의 위력은 강력했는지 어정의 손끝이 닿은 검은 금속면에 긁힌 자국이 남았다.

"우리 마을의 금기는 누가 만들었을까?"

어정이 혼잣말처럼 뇌까렸다.

"언제, 누가 그것을 만들었을까…?"

웅크렸던 어정이 슬며시 고개를 들어 두겸을 쳐다보았다. 두겸은 조심스럽게 의견을 말했다.

"몇몇 단서들을 가지고 추측하는 게 최선이지만, 금기가 시작부터 터무니없지는 않았을 것 같습니다. 분명 개갈촌이 위치한 산은 험한 산이었고 사냥은 쉽지 않았겠죠. 사냥할 구성원을 제한했던 것은 초기엔 정말 마을 사람들을 보호하기 위해서였을 것 같아요."

그렇지만 시간이 지나면서 개갈촌의 금기는 전혀 다른 이유로 존재하게 되었을 것이다.

"개갈촌은 부를 축적할 수단이 거의 사냥이 유일한 특수한 환경이었어요. 한 가지 더 있죠. 그 촌락에 정착한 일족들 중엔 붉은 눈썹이라는 눈에 띄는 특징을 가진 사람들이 있었다는 점이요. 어쩌다 붉은 눈썹 쪽이 사냥하게 되었는지는 알 수 없습니다. 하지만 사냥을 해보니 위험하긴 하지만 그것이 그들에게 권력을 준다는 걸 알게 됐을 거라고 생각해요. 경제력은 곧 권력이니 욕심이 생겼겠죠. 권력은 소수가 독점하기에 의미가 있으니까요."

그런 욕심이 세대를 거듭하며 금기를 공고히 했으리라.

"보호가 아니라 개갈촌 출신의 눈썹 붉은 남자들 외의 모두를 배제시키기 위해서 존재하는 금기가 된 거지요. 금기를 어긴 사람이 아니라 타인, 즉 사냥꾼이 신벌을 받는 설정은 고약하지만 꽤 효과적이었다고 봐요. 죄책감은 강력하니까요."

두겸은 어정의 이야기를 되짚으며 덧붙였다.

"당신의 아버지 세대부터 총이 개갈촌에 들어왔다고 했죠? 어쩌면 윗산에 들어가지 말라는 금기는 당신 세대 이후에 사라졌거나 더욱 정교한 방향으로 바뀌었을지도 모르겠군요."

어정이 크게 반응했다. 지금까지는 가만히 관조하거나 자조적인 무력감을 내비쳤을 뿐이었는데, 어정을 둘러싼 거뭇한 장막이 비 오는 호수처럼 물결쳤다. 두겸은 정신을 바짝 차렸다. 지금 어정에게 공격성은 없었으나 흥분한 원혼은 언제나 위험했다. 그리고 원귀가 된 어정은 사람을 정말, 정말 아프게 할 수 있는 능력이 있었다.

"왜? 왜 그렇게 생각했지?"

어정의 목소리가 높고 갈라져서 나왔다. 두겸은 천천히 자신의 생각을 이야기했다.

"총은…, 그것을 이용한 사냥 역시 결코 쉽지 않겠지만 지금까지 외지인이라서, 경험이 없다는 이유로, 여자라 완력이 부족하다는 이유 등으로 윗산에서 사냥할 엄두를 내는 것조차 차단당했던 이들에겐 가능성을 열어주는 도구였을 테니까요. 그 가능성은 개갈촌에서 사냥을 소수의 것으로 남겨야 하는 이들에겐 엄청난 위협이었겠죠. 그래서 사냥꾼들이 먼저 선수를 쳐서 금기를 강화했든, 지금까지 사냥에서 소외된 사람들 중 누군가가 금기에 도전을 했…."

두겸은 말을 멈췄다. 어정의 첫 마디가 뭐였지?

-내 이름은 어정. 나는 금기를 깬 사냥꾼이다.

두겸은 천천히 눈을 감았다 떴다. 다정하지만 쓸쓸한 눈이 바닥의 광 나는 마루에 깔린 고급 카페트에서 정면의 어정에게로 천천히 이동했다. 그렇구나. 지금 자신과 마주하는 이 영혼은 외로운 길을 선택했다. 그리고 그 때문에 죽었으리라.

마지막으로 애신과 다투고 난 후, 어정은 도원마을로 가는 다음 차례 사냥꾼들 무리에 끼지 않았다. 심난하기도 했고 엄마가 몸이 안 좋기도 해서 배당받은 가죽 손질을 끝내지 못했다. 그 때문에 도원마을에서 곡식과 맞바꿀 가죽이 없었다.

남은 곡식으로 풀죽을 쒀 엄마와 나눠 먹던 어정은 두 울타리 건너 사냥꾼의 집에서 풍기는 고기 냄새를 맡았다. 지금까지의 어정이었다면 별 생각 없었을 것이다. 아 부럽다, 하며 엄마와 함께 웃어 넘겼을지도 모른다. 이번에 손질할 가죽을 조금 더 달라고 해서 고기 반찬 먹어볼까? 오히려 의욕을 다잡았을 수도.

그날 어정은 그러지 않았다. 엄마가 움막 밖으로 나갔을 때, 움막의 중앙 기둥 안쪽을 파고 보관해둔 아버지의 총을 꺼냈다. 그리고 날렵하게 산길을 따라 숲속으로 들어갔다. 총소리가 개갈촌에 닿지 않을 만큼 충분히 이동한 후 어정은 아버지가 가르쳐줬던 총 쏘는 법에 대한 기억을 더듬었다.

입추, 말복이 지나고 잎사귀 끝이 슬슬 노랗고 빨갛게 물들기 시작할 무렵까지 어정의 비밀스러운 사냥 연습은 계속되었다.

한편 도원마을에 자리를 잡았던 떠돌이 약장수 애신은 슬슬 추워지는 바람을 가늠했다. 개갈촌의 금기 때문에 또 한바탕한 후부터 도원마을로 내려온 사냥꾼들 무리에 어정은 없었다. 애신은 후회했다. 자신은 헛똑똑이었다. 어정의 말이 맞았다. 아무리 불합리한 금기라고 할지라도 어정은 따를 수밖에 없었을 것이다. 따를 수밖에 없다면 금기의 불합리함을 생각하지 않는 게 좋았다.

애신은 착잡하게 주변의 산을 둘러보았다. 불타는 빛깔의 활엽수와 짙은 녹색의 침엽수가 완연한 대비를 이룬다. 이 지역은 조선 북방, 꾸물거리다가는 눈 깜짝할 새에 동장군에게 발목을 잡힐 것이다. 남쪽으로 떠날 때가 되었다.

떠돌이 약장수는 여름을 났던 자리를 정리했다. 어정과 친구가 되고 싶었는데. 아쉬운 마음도 짐과 함께 꾹꾹 잠궈야 하리라. 마지막으로 남은 약들을 차곡차곡 넣은 약상자를 무명 보자기에 쌌다. 어중간한 남쪽인 경기도나 충청도 말고 아예 경상도나 전라도 쪽으로 갈 생각이었다. 애신은 보자기의 매듭을 한 번, 두 번 힘껏 당겨 묶었다.

작게 기합을 넣으며 짊어진 등짐은 기억에 비해 무거웠다. 심리적인 무게인지도 몰랐다. 애신은 마지막으로 개갈촌이 있다는 산을 돌아보았으나 낮게 깔린 회색 구름 때문에 봉우리가 보이지 않았다. 애신은 도원마을 밖으로 걸음을 옮겼다.

장승이 서 있는 마을 어귀쯤 갔을 때였다.

"애신아!"

익숙한 목소리가 뒤에서 들렸다. 애신은 빙글 돌아보았다. 믿기지가 않았다. 어정이었다. 뛰어오느라 벌게진 얼굴로 품속에서 털가죽 모자를 꺼내 애신에게 건넸다.

"남쪽으로 떠날 때가 되었다고 들었어. 어디까지 내려가는지는 모르지만 동장군이 보통 드세셔야지. 내가 잡은 토끼 가죽으로 만든 모자야."

어정이 멋쩍게 웃었다. 그리고 작은 목소리로 말했다.

"사람들 몰래 사냥을 하고 있어."

애신의 눈이 더욱 커졌다.

"곧 내가 사냥을 하고 있다는 사실을 마을 사람들 앞에서 밝힐 생각이야. 누구나 사냥을 할 수 있다는 걸 보여주면 우리 마을은 어떻게 될까? 우리 모두 귀한 사람, 귀한 일을 하는 사람들이 될까?"

어정은 상기된 표정이었다.

"다음에 올 땐 진짜로 좋은 소식 들려주고 싶다. 그땐 장터에서 맛있는 거 사 먹으면서 수다 떨자."

애신은 진심으로 즐거워 활짝 웃었다. 어정이 손수 만든 토끼 가죽 모자를 썼다. 딱 맞았다. 그리고 정말 따뜻했다.

"내년 초여름에 여기로 반드시 돌아올게. 그때 꼭 얘기해줘야 해."

"너도 남쪽 지방은 어떤지 얘기해줘."

두 소녀는 서로의 행운을 빌며 작별 인사를 했다. 남쪽으로 떠나는 발걸음이 가벼워 애신은 콧노래를 불렀다. 작년에 부모형제 잃고 천애 고아가 되어 시작한 떠돌이 약장수 생활. 외로운 떠돌이 생활에 다시 볼 수 있는 친구가 생겼다. 떠돌이지만 돌아올 장소가 생겼다는 건 굉장한 일이었다.

그로부터 한 달 후.

약장수 애신은 나주 평야에 도착했다. 겨울을 나기 딱 좋은 지역이었다.

어정은 윗산에서 노루를 잡았다. 그리고…

어정의 계절은 영원히 멈췄다.

어정이 죽기 며칠 전, 촌장은 그날따라 일찍 잠이 깼다. 깬 김에 방광이나 비울까 밖으로 나간 그는 믿을 수 없는 광경을 목격했다. 누군가 홀로 윗산으로 들어가고 있었다. 개갈촌에서 사냥은 사냥꾼들이 삼인 일조가 되어 돌아가도록 정해져 있었다. 그 규칙을 깨고, 게다가 사냥꾼들의 우두머리인 촌장 본인 몰래 윗산에 들어가는 고약한 놈이 있다니? 촌장은 순식간에 혈압이 오르는 걸 느끼며 빌어먹을 규칙 위반자가 조금 더 잘 보이는 곳으로 이동했다. 그리곤 정말로 혈압이 올라 그 자리에서 쓰러질 뻔했다. 윗산에 몰래 들어가는 자는 사냥꾼이 아니었다.

여자! 어정이었다.

촌장은 급히 자신의 세 아들을 불러 모았다.

"어정이 뭣을 하러 윗산에 들어갔는지 알아봐라."

능숙한 사냥꾼인 세 아들이 어정을 몰래 쫓는 동안 촌장은 어둠 속에서 초조하게 기다렸다. 반 각쯤 지났을 때 세 아들이 헐레벌떡 돌아와 자신들이 본 것을 고했다.

"총으로 새를 잡았다고? 산으로 들어간 것이 사냥을 하기 위함이었더냐?"

촌장이 이를 악물었다. 어정의 사냥은 금기에 대한 도전이었고 불온한 반항이었다. 어정을 이대로 두면 사냥을 개나 소나 넘볼 평범한 무엇으로 전락시킬 것이었다. 새카맣게 탄 낯빛으로 눈을 감고 있던 촌장이 눈을 떴다. 벌겋게 충혈된 눈이 마치 아귀 같았다.

"어정이 개갈촌의 금기를 깨려 한다? 그렇다면 금기가 진짜임을 증명하면 그만 아니겠느냐."

촌장은 그렇게 내뱉고는 비열한 미소를 지었다.

이튿날. 개갈촌 사냥꾼들이 사냥을 하러 윗산에 들어가는 사냥 날이 돌아왔다. 어정은 마을 사람들 사이에 끼어 사냥꾼들을 배웅했다. 소꿉친구 사이인 세 젊은 청년들이 오늘의 사냥조였다. 어정도 그 셋과 친했다. 세 청년들은 어정보다 나이가 겨우 서넛 많았고 어렸을 때부터 어정을 비롯한 동네 꼬마들을 데리고 놀아주곤 했다. 청년들이 마을에서 더 이상 보이지 않게 되자 사람들은 윗산으로 들어가는 입구가 보이는 중앙 공터에 삼삼오오 자리를 잡았다. 그들은 세 청년 사냥꾼이 돌아올 때까지 그곳에 모여 앉아 가죽을 손질하고 새끼를 꼬며 기다릴 것이다.

어정은 무리에서 몰래 벗어나 움막으로 돌아왔다. 벌써 피곤했다. 어젯밤 한숨도 못 잔 탓이다. 그도 그럴 것이 오늘이 드디어 결전의 날이었기 때문이다. 긴장만으로 진이 다 빠졌지만 쉴 틈이 없었다.

어정의 계획은 이러했다. 사냥꾼들이 사냥을 하러 윗산에 들어가면, 어정 역시 반대쪽 윗산으로 들어가 사냥을 한다. 사냥꾼들이 무사히 사냥을 하고 돌아오면, 어정도 자신이 잡은 사냥감을 가지고 마을 사람들 앞에 나선다. 금기가 가짜임을 몸소 증명하는 것이다.

어정은 움막 뒷마당에서 윗산으로 들어가는 샛길로 이어지는 수풀 속에 숨겨둔 총을 챙겼다. 그리고 달리다시피 윗산으로 들어갔다. 어정의 뺨은 흥분과 긴장으로 상기되어 있었다.

그때 어정은, 어정네 움막이 내려다 보이는, 개갈촌 바로 밖의 바위 그림자 속에 도사리던 날카로운 눈의 존재를 꿈에도 몰랐다. 촌장의 둘째 아들이었다. 어정이 윗산으로 들어가는 걸 확인한 그는 신속하게 오늘의 사냥조가 윗산으로 들어간 길목 쪽으로 이동했다. 그곳에서 몸을 숨기고 그를 기다리던 첫째, 막내와 합류했다.

"들어갔다. 어정이 제 집 뒤쪽 샛길로 윗산에 들어갔어."

"우리도 빨리 움직이자."

"오늘 사냥조가 어디로 간다더냐?"

"참매골짜기 쪽에서 사냥한다더라. 찾기 쉬울 거다."

"좋아. 빨리 가자."

어정이 노루를 발견하고 떨리는 마음을 진정시키며 총부리를 조준한 시각, 윗산의 다른 쪽에서 촌장의 세 아들의 총부리가 향한 곳은, 세 청년 사냥꾼들이었다. 멧돼지의 흔적을 쫓아 참매골짜기에 들어온 세 청년들은 잠시 멈춰 서서 멧돼지가 어느 쪽으로 이동했는지 의견을 나누는 중이었다.

탕! 탕! 탕!

거의 동시에 촌장의 세 아들의 총부리가 불을 뿜었다. 젊은 사냥꾼들은 자신들에게 무슨 일이 일어난 것인지도 모른 채 죽었다. 청년들이 쓰러진 걸 확인한 촌장의 세 아들이 아귀 떼같이 죽은 사냥꾼들에게 다가갔다. 그들은 미리 준비한 도구를 꺼냈다. 돌을 갈아 범 발톱처럼 만든 갈고리였다. 거칠게 숨 쉬며, 땀을 뻘뻘 흘리며 세 사냥꾼들의 시신을 마치 범에게 당한 것처럼 갈기갈기 찢었다.

"이 정도면 범이 낸 상처처럼 보이나?"

"흔적이랄 것도 없이 찢겼는데 알아보고 자시고."

형제들은 피에 젖은 청년 사냥꾼들의 옷가지를 챙겨 개갈촌으로 돌아갔다. 마을에 도착하기 직전, 두 형들은 막내를 돌아봤다.

"막내. 각오 되었느냐?"

"되었습니다."

막내가 결연하게 대답했다. 두 형은 갈고리로 막내의 살을 찢었다. 막내는 비명을 지르지 않으려 이를 악물었다. 신속히 작업을 끝낸 두 형은 막내에게 청년 사냥꾼들의 옷가지를 맡기곤 마을 사람들 몰래, 막내보다 먼저 마을 안으로 들어갔다.

호랑이에게 공격받은 상처를 꾸미고 홀로 산에 남은 막내는 생살을 찢은 고통에 혼미해지는 정신을 붙들고 세 사냥꾼의 피묻은 옷가지를 흔들며 개갈촌 사람들 앞에 나타났다.

"사냥꾼들이 죽었다!"

촌장의 막내아들이 울며 외쳤다.

"사냥꾼들이 죽었다! 신벌, 신벌이다!"

촌장의 막내아들이 피에 전 옷가지를 끌어안고 주저앉았다. 사냥조가 돌아오길 기다리던 마을 사람들이 우르르 달려가 그를 에워쌌다.

"그게 무슨 소리야?!?"

"신벌이라니, 빨리 말해! 이거 내, 내 남편 옷이잖아!"

"이건 내 동생 거야…. 뭘 봤는지 당장 말해!"

채근하는 마을 사람들 사이에서 얼이 빠져 껍데기만 남은 것 같은 촌장의 막내아들이 중얼거렸다.

"어정이 윗산에 들어갔어요. 저는…저는 어정을 막으려 따라 들어간 거예요. 어정을 쫓아가던 도중에 무시무시한 짐승의 포효를 들었어요, 그리고…!"

얼굴을 양손에 파묻으며 흐느꼈다.

"사람들의 비명소리도…!"

개갈촌 사람들은 새하얗게 질렸다. 촌장의 막내아들은 더욱 애절하게 절규했다.

"비명을 따라 갔을 땐 이미 세 사람은 처참하게 죽어 있었습니다. 거기엔 거대한 범이 있었습니다! 어정이 금기를 깬 것을 벌하러 온 산신이었습니다! "

술렁술렁술렁. 일렁일렁일렁. 불온한 공기가 꿈틀대기 시작했
다. 향할 곳 모른 비탄과 공포, 혼란과 충격이 증오가 되어 한데
모였고, 그렇게 모인 감정이…

"저기, 어정이 온다!"

누군가의 외침과 함께 한 사람에게 향했다. 어정이 노루를 어
깨에 들쳐 메고 마을 안으로 들어오고 있었다. 어정의 뿌듯한 웃
음은 마을 사람들의 시선과 함께 좌절로 바뀌었다. 마을 사람들
의 새된 외침, 벌겋게 달아오른 얼굴, 막무가내로 뻗어오는 주먹
과 거침없는 발길질. 어정의 눈이 질끈 감겼고, 눈물이 떨어졌다.

어정은 그렇게 맞아 죽었다.

"이것이 나의 이야기다."

어정이 이웃 사람들에게 어떻게 살해당했는지까지 들은 두겹
은 피로가 급격히 밀려왔다. 아무도 없는 곳에 있고 싶었다. 악의
는 영혼에 상처를 남긴다. 당사자뿐만 아니라 그 악의가 해친 사
람을 위해 슬퍼하고 분노하는 사람들의 영혼에도. 얼마 전 귀신
잡아먹는 우물에서 만난 비구니 역시 악의를 옆에서 보는 것 만
으로 다친 영혼이었다.

"나는 원망하며 죽지 않았다. 그러나 워낙 잔인한 죽음이었기

때문일까 아니면 깊은 의문을 품고 죽었기 때문일까? 나는 바로 저승으로 가지 못했다. 천천히 저승으로 향하는 길을 걷던 와중에 내 죽음에 어떤 음모가 얽혀 있었는지 알게 되었지."

어정의 원혼은 무릎에 얼굴을 파묻었다.

"순식간에 내 앞에 놓였던 저승으로 가는 길이 사라졌다. 억장이 무너졌다."

두겸은 적절한 위로의 말을 찾을 수 없었다.

"속에서 불이, 자꾸 피어올랐다. 그 불을 견딜 수 없어 소리 지르고, 울분을 토해내려 내달렸다."

그럴 때마다 개갈촌 사람들은 멍으로 뒤덮여 쓰러졌다. 사람들은 원혼이 된 어정이 보이지 않았지만 쓰러진 사람들의 상처를 보고 돌에 맞아 죽은 어정이 원통함에 자신과 똑같은 상처를 남기는 거라고 여겼다. 몇몇이 그렇게 죽자 사람들은 산에 버린 어정의 시신을 수습해 장례를 치렀다.

"그것은 거래였다. 나를 신으로 모실 테니 자신들이 한 짓을 잊어달라고 했지. 신이 되면 내 마음은 평화로워질 거라면서. 놈들은 정성스레 제사를 지내며 나를 섬겼다. 적어도 섬겼다고 지금까지 생각했다. 뒤늦게라도 내가 신이 된 내력을 자자손손 전하며 자신들의 죄를 고했다고 믿었다."

어정의 얼굴이 울 것처럼 일그러졌다.

"나는 약속을 지켰다. 그들이 한 짓을 잊으려고 노력했어. 그러나 내 마음의 고통은 여전하다. 이제야 그 이유를 알았어. 나는 신이 되지 못했던 거야. 그들이 신심으로 섬겼던 것은 가짜 신이지 내가 아니었던 거야."

두겸이 어정의 괴로움을 달래주고 싶어 함에 손을 얹었다. 그러자 함에 묻은 촌장의 추한 마음이 거머리처럼 팔을 타고 올라왔다. 어정의 유골을 함에 봉하던 촌장의 모습이 번뜩 보였다. 함에 묻은 촌장의 마음은 너무나 지독했다.

-분수도 모르고 날뛰다 죽은 계집이 죽어서도 골치를 썩이는구나.

추하고 질척한 속내가 선명하게 두겸의 귓가에 울려 퍼졌다.

-그것이 생사람들을 잡고 다니니 신으로 모시겠다 약속을 해버렸지만 내 어찌 개갈촌이 어정을 신으로 섬기는 꼴을 보고 있을 수 있겠는가?

그렇게 어정은 지워지고 세 청년으로 만들어진 신의 이야기가 대대손손 전해지게 되었다.

"으!"

두겸은 진저리치며 함에서 손을 뗐다. 그러나 이미 몸에 묻은 촌장의 지질한 악의는 기름때처럼 떨어지지 않았다.

"그놈들의 무덤을 파헤치고 관을 끄집어 내어, 그자들의 수치스러운 삶을 온 세상에 내보일 수 있다면 내 속의 천불이 꺼지려나…."

어정이 서서히 희미해지며 모습을 감췄다. 응접실 안엔 어정이 남긴 마지막 말의 음산함만이 감돌았다.

두겸이 영주가 기다리고 있는 응접실에 들어서자 영주가 양팔을 번쩍 들어올리며 달려왔다.

"깨어났어요! 김천호 군이요, 방금 눈을 떴습니다!"

다행이다. 두겸은 침울한 와중에 안도했다. 흥분을 주체하지 못하고 방방 뛰던 영주가 그제야 두겸의 표정이 미묘함을 눈치챘다.

"괜찮으세요? 기운이 너무 없어 보이십니다."

두겸은 영주와 마주 앉아 어정의 사연과 자초지종을 설명했다. 김천호 군에 대해선 저주는 걷어주었지만 어정은 여전히 저승으로 가는 길을 찾지 못했다고도. 이야기를 다 듣고 난 영주는 어정의 저승길을 찾아주고 싶다고 했다. 필요한 게 있다면 무엇이든지 지원하겠다는 열의를 보였다.

어정은 가해자들이 저지른 짓이 밝혀지길 원했다. 어떤 방식으로 그 옛날에 벌어진 살인사건을 밝혀야 어정이 원한을 풀고 저승길을 찾을 수 있을까? 두겸의 관자놀이에 날카로운 통증이 지나갔다. 함을 만지고 촌장의 환영을 본 뒤로 속이 메스껍고 머리가 지끈거렸다.

"일단 내일 어정의 유골을 함에서 꺼내지요. 어정의 저승길을 찾을 방법은 그후에 생각해보겠습니다."

점점 속이 울렁거려 머리가 돌아가지 않았다. 영주가 두겸을 집으로 데려다줄 운전수를 다급히 불렀다. 그만큼 영주가 보기에도 두겸의 상태가 나빠 보였던 것이다. 두겸은 일단 급한 대로 내일 어정의 유골을 함에서 꺼내 옮기는 것만 합의하고 장영주의 저택을 떠났다.

두겸은 집으로 돌아와 그대로 쓰러져 정신을 놓았다. 죽은 듯 잠들었던 그는 미처 닫지 못했던 장지문 틈으로 들어오는 강한 햇살에 겨우 깨어났다. 머리가 깨질 듯이 아팠다. 질 나쁜 술을 한계치까지 마신 것 같았다. 세수라도 해야겠군. 겨우 몸을 일으켜 부엌까지 갔지만 현기증 때문에 세면대를 양손으로 붙잡고 균형감각이 돌아올 때까지 버텨야 했다. 얼음장같이 찬물을 얼굴에 가져다 댔으나 기분은 나아지지 않았다. 두겸은 고개를 들어 거울을 봤다.

어… 이게 뭐지? 목덜미 부근에 점액질의 탁한 응어리가 붙어 있었다. 어정의 함을 만졌을 때 두겸의 팔을 타고 올라온 것과 똑같아 보였다. 설마 그게 아직도 몸에 붙어 있던 걸까? 건드리기 싫었지만 그것을 움켜쥐자 그것은 물때처럼 미끄덩거리고 썩은 고기처럼 물컹했다.

　-개갈촌이 어정을 신으로 섬기는 꼴을….

　그것이 마구 꿈틀거리자 또다시 촌장의 비열한 목소리가 들렸다. 어정의 살해를 은폐하는 계획이, 어정을 향한 조롱과 모욕이 들렸다. 두겸은 몸서리치며 그것을 바닥에 패대기쳤다. 타일 바닥에 떨어진 악의는 뒤집힌 바퀴벌레처럼 버둥대다 사라졌다.

　두겸은 쪼그려 앉았다. 물론 이전에도 실체가 없는 기운에 물리적인 영향을 받긴 했다. 하지만 원혼이 매우 강력한 의지를 담아 기운을 뿜어내는 경우에 한했고, 역으로는 불가능했다. 즉 지금까진 두겸은 실체가 없는 것들에 물리적으로 영향을 끼칠 수 없었다. 그러나 이 점액질 악의는 이전과 달랐다. 나에게 무슨 일이 일어난 거지? 두겸은 혼란스러웠다.

　그때 누군가 대문을 두드렸다. 장영주였다. 맞다. 오늘 어정의 유골을 옮기기로 했지. 하지만 두겸은 지금 상황에서 함을 다시 보고 싶지 않았다. 유골을 함에서 꺼내는 정도야 다른 사람도 충분히 할 수 있잖아? 어정의 유골은 영주 씨가 충분히 신경 써서 보관할 테고. 오늘의 임무에서 빠져나갈 핑계를 찾는데 다시 영주가 대문을 두드렸다.

　"두겸 씨, 계신가요? 너무 일찍 찾아와서 미안해요."

젊은 사업가의 목소리는 잠겨 있었다. 밤새 깨 있었을까? 두겸은 무릎을 짚고 일어서 나가 대문을 열었다. 영주의 눈 밑에서 피로의 흔적이 보였다. 하지만 두겸의 몰골은 그것보다 훨씬 더 끔찍했다. 영주가 깜짝 놀라며 몸 둘 바를 몰라 했다.

"제가 너무 경우가 없었군요. 이른 시간에 정말 죄송해요."

영주가 연달아 고개를 숙였다.

"한시라도 빨리 어정을 함에서 나올 수 있게 해주고 싶어서 저혼자 함을 열어보려고 했거든요. 그런데 저는 어정을 볼 수가 없으니 어정이 제가 함을 뜯는 이유를 이해하는 건지 알 수가 없어서… 이미 고생을 많이 했는데 또 놀래키고 싶지 않아서…."

눈치를 보며 설명하는 영주에게 두겸은 괜찮다고 하고는 빠르게 외출복으로 갈아입었다. 영주 말이 맞다. 함을 부술 때 어정이 어떻게 반응할지 모르는 일이다. 좋든 싫든 두겸이 동석해야했다. 금방 외출 준비를 마친 두겸은 영주가 타고 온 차에 올라탔다.

만든 지 오래 된 함은 녹슬어 몸체와 뚜껑, 모서리의 이음쇠할 것 없이 한 덩어리가 되어 있었다. 어정은 보이지 않았지만 시선은 느껴졌기에 두겸은 어정이 지켜보고 있음을 알았다. 대장장이가 함을 부수기에 앞서 두겸이 어정에게 유골을 다른 유골함으로 옮길 거라고 설명했다. 대장장이는 단단한 함을 부수는

데 생각보다 애를 먹었지만 내용물을 건드리지 않고 여는 데 성공했다. 함 안에는 삭아버린 천에 싸인 오래된 뼈가 있었다.

두겸은 어정의 유골을 깨끗한 백자로 만든 새 유골함으로 옮겼다. 함을 만지지 않으려 조심하며 뼈들을 하나하나 백자 유골함 안에 옮겨 담았다. 마지막은 두개골이었다. 두겸은 심호흡을 한 번 하고 양손으로 어정의 두개골을 살며시 들어올렸다. 함 안쪽에서 불쾌한 녹색 광택이 있는 흑갈색 점액질이 꿀렁이며 스며 나왔다. 상처에서 고름이 흐르는 모양새였다. 그것은 어정을 놓아주지 않겠다는 듯 튀어 올랐다. 두겸은 반사적으로 한 손을 뻗어 촌장의 악의로 이루어진 역겨운 진물을 막았다. 이 지경이 되어서도 지칠 줄을 모르는군. 두겸은 그 오물을 함 안으로 털어 냈다. 어정의 유골에 한 방울도 묻히지 않을 것이다. 이 순간만큼은 제 능력의 변화가 반가웠다. 예전이었다면 이 악의가 무슨 짓을 하려고 했는지 몰랐으리라. 알아도 별 수가 없었던가.

어정의 유골이 사라지자 악의의 점액질은 갈팡질팡 못하며 함 위를 벌레처럼 기어 다니다 말라붙기 시작했다. 두겸은 경멸을 숨기지 않고 악의의 잔재들이 모두 말라 비틀어져 소멸하는 것을 두 눈으로 확인했다.

두겸이 함의 뒤처리까지 끝냈을 때, 장영주가 차로 데려다주 겠다며 나섰다. 진이 다 빠진 두겸은 사양하지 않았다. 집이 있는 오르막 아래쪽, 차가 들어설 수 있는 한계인 큰길에서 내려 무거운 발을 끌며 경사진 길을 올랐다. 어정의 저승길을 찾는 방법은 더 쉬고 난 후 고민해봐야 할 것 같았다. 자꾸 한숨이 나왔다. 밤새 자신에게 붙어 있던 악의 덩어리는 떼어냈지만 그것이 뿌린 독기는 아직 남아 있었다.

두겸은 원혼들을 도와주고 싶고 응당 그래야 한다고 생각하지만 다른 사람의 악의를 이렇게까지 들여다보고 싶지는 않았다. 매번 이렇게 누군가를 증오하는 마음에, 해치려는 마음에, 지질하고 역겨운 욕망에 여과 없이 노출된다면 견디지 못할 것이다. 지금까지의 경험을 통해 타인을 돕기에 앞서 스스로의 안위를 지키는 게 얼마나 중요한지 잘 알고 있다. 감당할 수 없는 악의에선 도망치는 게 맞다. 앞으로 대체 어떻게 해야 하지? 정말로 자신의 능력에 변화가 생겼다면 앞으로 계속 개갈촌 촌장의 악의 같은 걸 마주칠지도 모르는데. 그럴 가능성이 클 것이었다.

두겸은 고개를 들어 경사진 골목 끝, 저 멀리 있는 집을 봤다. 생각은 이제 그만하고 싶다. 머지 않아 다시 고민해야겠지만 지금 당장은 다 잊고 집에 가서 눕고만 싶다. 사막의 오아시스로 걸어가는 여행자처럼 두겸은 집만 바라보며 걸었다.

한 발, 한 발… 집이 가까워질수록 이상했다. 두겸의 마음을 짓누르는 피로감과 불안이 파스스 떨어져나간다.

어?

어어?!

고개를 든 두겸의 눈엔 놀람과 기대가 차올랐다. 익숙하고도 그리운 느낌. 두겸은 두근거리는 마음으로 한달음에 집으로 달려가 대문을 열어젖혔다. 곧 두겸의 얼굴은 벌개지면서 웃는 건지 우는 건지, 환호하는 건지 모를 요상한 표정이 되었다.

노란 꽃술이 달린 신, 알록달록 화려한 초록 저고리, 풀어헤친 검은 머리.

"왔냐!"

그리웠던 목소리와 함께 두겸의 눈에 주변 풍경은 수묵처럼 흐려지고 오롯이 치조만이 선명히 보였다. 두겸은 그대로 치조에게 뛰어가 품에 와락 안겼다. 치조는 아주 잠시 의아해하다가 웅크린 몸으로 자신을 구명줄처럼 붙잡은 두겸을 힘껏 끌어안았다.

사람과 영물 뱀은 잠시 서로의 숨소리를 조용히 들었다. 두겸은 그 끝에 나지막이 한마디를 내뱉었다.

"뭔가 변했어요."

치조는 고개를 기울여 자신의 어깨에 이마를 묻은 두겸과 머리를 살포시 맞댔다. 그래. 뭔가 변하고 있어.

둘은 서로에게 기대어 한 치 앞도 보이지 않는 각자의 미래를 생각했다. 두겸은 자신에게 일어난 능력의 변화와 그로 인한 불안과 두려움을, 치조는 자신을 둘러싼 세계의 변화와 낯섦을.

치조는 두겸 뒤, 담장 너머, 저 멀리 보이는 산자락을 바라보았다. 아직도 뭐가 뭔지 알 수 없었다. 변화에 적응한다는 게 무엇인지도, 이곳에 돌아오는 게 맞는지도 몰랐다. 품에 안긴 두겸의 고개가 살짝 움직였다. 치조는 두겸의 상기된 귀 끝을 보았다.

"치조님께서 돌아오셔서 기뻐요."

치조는 두겸의 등을 토닥였다. 정말 뭐가 뭔지 하나도 알 수 없다. 그래도 돌아와보니 한 가지는 확실했다. 어느새 치조는 환히 웃고 있었다.

"나도 여기 올 수 있어서 좋다."

종장

새로운 시작

겨울 초입에 들어섰다. 티하우스1은 커피와 차 외에 겨울 한정 음료와 다과들을 선보였다. 두겸의 부름에 한걸음에 달려온 사장 경소흠은 두 사람 분의 홍차와 밤이 가득 든 빵을 시켰다. 경사장은 기쁜 마음으로 계산했다. 한동안 산송장 같아 걱정스러웠던 부하직원의 돌아온 화색이 보기 좋았다. 가끔 실없는 얼굴로 혼자 헤실거리는 게 웃기기도 했고.

지금도 두겸이 차를 마시다 혼자 갑자기 히죽댄다. 아니 근데. 이 녀석은 치조님 앞에선 늘 이렇게 싱글벙글인 걸까? 내 앞에서는 맨날 삐죽대면서! 살짝 얄밉지만 여기에서 종아리를 슬쩍 걸어찰 수는 없지. 두겸은 지금 자신의 친구인 장영주의 의뢰 때문에 나온 거니까.

두겸이 자신의 억지에 〈괴기 물건 대회〉에서 일어난 사고를 처리하러 장영주의 저택에 갔던 게 약 보름 전이었다. 현장에서 돌아온 두겸은 자신에게 사고에 대해 전해주었는데, 듣자 하니 어정이라는 원혼은 개갈촌민의 범죄를 밝히길 원했다. 하지만 약 이백 년 전에 벌어진 살인을 누가 진지하게 여기겠는가? 대부분 일제의 식민지 신민으로 살아가는, 제 코가 석자인 사람들인데. 그 뒤로 며칠을 고민하던 두겸이 뜻밖의 제안을 들고 왔다.

영화였다. 두겸은 연극 배우인 소흠이 최근에 영화에 관심이 많다고 했던 걸 기억하고 있었다. 소흠은 단순한 호기심을 넘어 실제로 영화 공부를 시작한 차였고, 두겸은 어정이 겪은 일을 영화로 만들어보는 건 어떨까 물었다. 두겸은 잘 만들어진 이야기의 힘을 믿었다. 영화라면 관객들이 사건에 몰입하게 만들 수 있을 것이다. 또한 조금 더 오래 사람들의 기억에 남을 확률도 클 것 같았다. 그러면 어정의 마음도 좀 풀리지 않을까 하고 두겸은 생각했다.

경 사장은 직원의 제안을 받아들였다. 시나리오는 어정의 사연이니 이미 나와 있었고, 제작비는 젊은 갑부 영주가 댈 것이니 연출과 촬영 정도만 집중적으로 신경 써도 되는 귀한 기회였다. 거창한 영화는 힘들겠지만 어차피 지금의 소흠으로선 거기까지는 무리였다.

오늘은 바로 그 영화의 진척 상황에 대해 얘기하려 모인 것이었다. 본론에 들어가기 앞서 시시콜콜한 잡담을 늘어놓던 경 사장이 양손을 문질렀다. 몸짓에 기대감이 묻어나왔다.

"두 가지 판으로 만들 거야."

"두 가지요?"

두겸이 되물었다. 소흠은 밤 빵을 야무지게 한 입 떼먹었다. 달달하고 고소한 맛이 아주 괜찮았다. 한쪽 볼에 밤 빵을 우물거리며 발랄하게 설명했다.

"응. 하나는 개봉용, 하나는 오직 어정을 위해서. 어정이 겪은 일을 밝히는 건 좋다 이거야. 그치만 기왕 영화로 만드는 거 보는 사람 속도 시원하게 해줘야지. 오락성은 중요하다고. 어정이 어떻게 살해당했는지만 보여주기보다는 그 살인자 놈들이 지옥 불가마에서 활활 타는 모습까지 만들까 해."

소흠은 열심히 손짓을 해가며 설명했다.

"개봉용 영화는 정식 배우들로 촬영하겠지만 어정을 위해 만드는 지옥도는 공개할 영상이 아니니까 네가 만난 독특하신 친구분들 (소흠은 두겸의 '인간이 아닌' 손님들을 이렇게 불렀다) 중에서 보통 사람 눈에도 보이는 분들을 모셨으면 해. 그분들의 능력을 이용해서 최대한 그럴듯한 지옥도를 만드는 거지."

두겸은 자신의 사장을 다시 보았다. 우리 사장님이 이렇게 듬직할 수 있다니. 충분히 책임지고 이끌 수 있는 사람이었잖아? 지금까지 중개소 경영을 호와 나한테 맡기겠다고 떼쓴 건 아무래도 우리가 너무 열심히 일해서였나. 앞으로 대충해야겠는 걸? 호한테도 꼭 말해줘야지. 너무 열심히 하지 말라고. 두겸은 월급쟁이로서 굳게 다짐하며 소흠을 향해 활짝 미소 지었다.

"촬영 일정을 알려주세요. 최대한 많은 분들을 모아보겠습니다."

그 이후는 정말 바쁘게 흘러갔다. 오월중개소 식구들은 영화에 출연할 수 있는 사람들과, 사람이 아닌 이들을 찾아 조선 팔도 방방곡곡에 연락하고 뛰어다녔다. 경 사장에 의하면 지옥불에서 벌 받는 악인들을 연기할 보조연기자들은 많으면 많을수록 좋았다.

중개소 거래 중에 알게 된 여러 공예 장인들을 비롯하여 우인, 호, 호의 고향친구 은자, 경성제대 우 선생 부부는 물론이요 담비 동자와 보살님들, 이전보다 훨씬 밝아진 온내 씨, 티하우스1의 주인 등 그동안 오월중개소와 두겸이 맺은 많은 인연들이 속속 참여하겠다는 답을 보내왔다. 저주의 충격에서 회복한 천호군의 참여 또한 반가웠다.

"전 과학이 미신을 완전히 몰아내는 사회를 믿으며 살아왔어요. 앞으로도 그걸 믿을 거고요. 하지만 그러려면 어정의 일을 마무리 지어야만 할 것 같아서 말입니다."

영화의 지옥도에서 매우 중요한 한 축을 맡을, 즉 신묘한 능력을 발휘하여 기괴하고 비현실적인 지옥의 광경을 실감나게 만들어 줄 신이한 이들에게 영화 참여를 부탁하는 건 두겸의 몫이었다.

치조는 두겸이 입을 열자마자 "할래!"를 외쳤다. 호가 이미 영화 제작에 대해 귀띔을 해줬다고 했다. 최근 치조는 심심하다를 입에 달고 있었다. 한시 빨리 조각을 모아 원래 모습으로 돌아간다는 목표가 사라지니 헛헛한 것 같았다. 두겸은 한 달 만에 돌아온 치조가 했던 말을 곱씹었다.

-예전에 어떻게 시간을 보냈는지 모르겠어. 우물에 있었을 땐 십 년 이십 년은 아무렇지 않게 가만히 앉아서 보냈는데.

인간의 탈을 쓰게 된 치조님은 시간의 체감마저 인간과 비슷해지는 걸까? 진지하게 고민해봐야 할 문제였으나 일단 어정의 일을 마무리하는 게 먼저였다.

두겸이 영화에 참여할 다른 영물들을 찾으러 갈 때 담비 동자가 기꺼이 짐승 길을 열고 길동무가 되어주었다. 인간들에게 호의적이면서 자신의 보금자리를 떠날 수 있는 영물들은 두겸의 부탁에 기꺼이 도와주겠다고 나섰다.

"금방 다시 보네요."

배우들 섭외로 바쁘던 때 전보를 보내러 외출했다 돌아온 두겸은 응접실에서 익숙한 얼굴들을 보고 깜짝 놀랐다.

"토지신님! 고오 씨!"

반가워하는 두겸에 영물과 혼령이 웃으며 반겼다.

"당신이 나 같은 영물들을 찾고 있다고 귀 큰 녀석이 귀띔을 해주었답니다."

토지신은 초승달같이 가늘고 긴 눈을 휘며 자신의 귀를 손끝으로 톡톡 쳤다.

"그이는 이제 아주, 아주 희미해져서 당신이 만들려는… 그…"

토지신은 단어가 떠오르지 않는지 말을 늘어뜨렸다. 두겸이 알려주자 가볍게 손뼉을 치며 고개를 끄덕였다.

"그래요, 영화. 정말 이젠 인간들의 문물을 따라갈 수가 없다니까요. 호호호. 귀 큰 이는 영화엔 참여할 수가 없다고 전해달랍니다."

두겸은 다시 한번 귀님이 떠나시는 길이 즐겁고 평안하기를 빌었다. 지금도 종소리처럼 웃으면서 낯선 장소들을 지나고 계시겠지.

토지신이 두겸을 찾아가기로 결정하자 고오도 구경하고 싶다며 따라왔다고 했다. 두겸은 그렇지 않아도 아직까지, 비록 제 의지로였지만 이승에 남은 고오가 종종 생각나곤 했었는데 다시 보게 되어 반가웠다. 동시에 토지신은 인간령인 고오가 하는 말이 들리지 않을 텐데 서로 의사 소통하는 방법을 찾은 걸까 궁금하던 찰나, 토지신이 두겸의 생각을 읽은 것처럼 알려주었다.

"관심을 가지고 관찰하다 보면 서로의 몸짓과 표정으로 나름대로 소통이 가능한 것 같더라고요. 어디까지나 나름대로일 뿐이지만요. 하지만 그건 서로의 언어를 알아듣는다고 해도 마찬가지일 테니 우리는 꽤 잘 지내고 있는 거겠죠."

마주보고 미소 짓는 영물과 영혼 사이에 환하고 반짝이는 장막 같은 것이 보였다.

두겸은 자신에게 일어난 변화를 상기했다. 예전보다 훨씬 기민해지고 섬세해진 능력이 어쩌면 나쁜 쪽으로만 작용하지는 않을지도 모른다. 왠지 모르게 작은 자신감이 생겼다. 두겸은 이 긍정이 치조 덕이라고 생각했다. 치조가 곁에 있다는 것만으로도 든든했다. 개갈촌 함에 묻어 있던 촌장의 악의 같은 것은 여전히 상대하기 싫고 마주치지 않을수록 좋겠지만, 잘하면 새로운 능력을 이용할 수 있을지도 모른다. 함에 붙은 악의를 실제로 잡아 뗄 수 있었던 걸 보면 말이다.

영화 제작은 저돌적으로 일을 밀어붙인 경 사장 덕분에 일사

천리로 진행되어 첫눈이 내리기 전에 완성되었다. 어정을 위해 만들어진 판은 개봉판이 극장에 걸리기 전, 장영주의 저택에서 어정과 출연진에게 가장 먼저 공개되었다.

저택에는 많은 사람들이 모였고 2층까지 뚫린 홀의 한쪽에 하얀 스크린이 걸렸다. 출연진이자 관객인 사람들은 홀에 준비된 좌석에 나란히 몇 줄로 앉았다. 새 유골함에 안치된 어정은 홀의 가장 안쪽, 관객들과 약간 떨어진 곳에 놓였다.

전등이 꺼지고 영사기가 돌아가기 시작했다. 영사기에서 나온 한 줄기 빛이 홀 앞쪽에 걸린 흰 스크린을 밝혔다. 치조, 고오가 깃든 나무 그루터기, 토지신과 함께 가장 뒷줄에 자리한 두겸은 공중에 부유하는 먼지가 빛에 반사되는 걸 멍하니 바라보다가 재생되는 영상으로 눈을 돌렸다. 두겸을 비롯해 관객들은 서서히 영화에 빠져들었다. 숨죽여 집중하자 외부의 자극을 느끼는 감각은 서서히 무뎌지고, 모두가 같은 공간에 있지만 각자의 세상 속으로 고독해진다.

영화가 얼마쯤 진행되었을 때 두겸은 어정을 돌아보았다. 푸르스름하고 어렴풋한 어정과 영사기에서 뻗어 나오는 새하얀 빛이 겹쳐 환상적이지만 아련했다. 많은 감정이 담겨 오히려 애매해진 어정의 표정에 두겸은 명치가 저렸다. 그와 함께 결코 답을 낼 수 없는 생각들이 꼬리를 물었다.

우리 모두가 평안하게 살다 갈 수 있다면 얼마나 좋을까? 상처를 받더라도 깨끗이 회복할 수 있는 상처만 받을 수 있다면 얼마나 좋을까? 그러나 그럴 수 없기 때문에 우리는 좌절하고 질문하고 방황하는 거겠지. 우리 스스로가 추스르고 다시 일어설 순간을 만나기 위해 얼마나 버티고 힘을 내야 하는 걸까.

어떤 사람들은 겨우 영화로 그간의 원한이 풀릴 리 있겠느냐 하겠지만 이건 컵의 물을 넘치게 할 마지막 물 한 방울이라고 생각했다. 어정이 '이제는 괜찮아'라고 할 수 있기까지 견뎌온 시간들에 마침표를 찍어줄 마지막 물 한 방울. 하지만 이 영화가 그 마지막 한 방울이 아니어도, 꼭 오늘이 아니어도 상관없다. 어정이 스스로 이젠 괜찮다고 느낄 때까지 곁에 있어줄 사람들이 있으니까.

스크린 속에서 사람들이 분주히 움직이고 흑백의 어정이 산속으로 들어간다. 두겸을 포함한 사람들의 상체가 점점 앞으로 기울고 영상 속 개갈촌 사람들에 대한 분개로 어깨들이 굳는다.

이날 어정은 저승으로 갔다. 모두가 영화에 빠져 있을 때 어정은 자신 앞에 다시 펼쳐진 저승길을 보았다.

어정이 떠나는 걸 지켜본 이는 치조였다. 그날따라 치조는 영화에 집중할 수 없었다. 그랬기 때문에 영화가 중반을 지났을 즈음 어정의 저승길이 열린 걸 눈치챌 수 있었다. 금방 닫힐 줄 알았는데 저승길은 계속 열린 채였다. 굳이 확인하진 않았지만 치조는 어정이 다시 찾은 저승길을 앞에 두고 움직이지 못하고 있음을 알았다.

어정이 왜 움직이지 않는지, 혹은 움직이지 못하는지 잘 이해되지 않았다. 옆자리에 놓인 나무 그루터기에 깃듯 혼령 고오도 치조와 비슷한 것 같았다. 고오의 혼잣말이 들렸다.

"쟤는 왜 저러고 있담. 잃어버린 저승길 찾았으면 냉큼 갈 것이지."

그러니까 말이야. 치조는 속으로 동의하며 고개는 앞으로 고정한 채 눈동자만 돌려 고오를 보았다. 어라? 곁눈으로 보이는 고오의 표정에는 의문이 없다. 어라라. 너도 나처럼 저 귀신이 왜 저러고 있는지 이해가 안 되는 거 아니었냐? 고오는 어정에게 들으라는 듯이 말을 계속 이어갔다.

"지옥까지 찾아가서 개갈촌 놈들에게 결국은 내가 이겼다고 웃어줘야지. 그리고 보고 싶은 사람들 찾아서…"

고오는 말을 끝맺지 않았다. 푸른빛이 어슴푸레 빛나는 혼령 고오는 허공을 바라보았다. 만약 치조가 조금만 더 사람의 마음과 표정에 익숙했더라면 이렇게 생각했을 것이다. 너, 그리운 이의 얼굴이 떠올랐구나. 드디어 너의 때가 왔구나. 그러나 치조는 어정의 마음에서 무슨 일이 일어나는지도, 고오가 속으로 어떤 변화를 겪고 있는지도 몰랐다. 그 순간 고오가 토지신을 돌아보고 손짓하며 말했다.

"나 이제 그만 갈게요."

치조는 토지신에게 속삭인 고오의 말이 참 뜬금없다고 생각했다. 오늘은 저승에 지각생이 둘이나 가겠군 그래? 이런 생각이나 하며 슬쩍 옆을 보다 토지신과 눈이 마주쳤다. 토지신의 가느다란 눈이 웃자란 손톱 끝처럼 휘었다. 치조는 웃지 않았다.

토지신은 그동안 가려주었던 고오의 저승길을 드러내주었다. 고오는 자신의 저승길을 보고는 그간 깃들었던 나무 둥치에서 일어나 어정에게 미끄러져 갔다. 그때 치조는 앞을 보며 등 뒤로 고오가 어정에게 건네는 말을 들었다.

"나는 아직도 속에서 불이 나는데 저승은 이만 내 갈 길 가라고 하고. 어쩌자는 건가 싶지?"

"…"

"같이 가자."

그리고 잠시 후, 치조는 등 뒤로 두 혼을 위한 저승길이 사라졌음을 느꼈다.

"갔네."

치조가 영물들끼리만 들을 수 있는 소리로 토지신에게 속삭였다.

"당신, 기분 좋아 보여."

"그럼, 좋지. 멋진 이별이었는 걸."

"멋진 이별?"

토지신은 고오가 머물던 나무둥치를 떠올렸다. 고오가 떠나간 자리엔 예쁜 버섯들이 돋을지도 모른다. 버섯이 시들고 나면 토끼가 굴을 파고 살다 죽을지도. 그의 영역에서 앞으로 많은 것들이 살다 갈 것이다. 지금껏 그랬듯이.

"만나고 헤어지고, 만나고 헤어지고. 예기치 못한 만남들과 다양한 이별들이 있지. 어떤 이별은 고약하지만 어떤 이별은 슬프면서도 따뜻해. 이번 이별은 좋은 이별이야."

치조의 고개가 기우뚱했다.

"나는 한 가지 만남과 한 가지 이별밖에 몰라."

다들 치조 앞에 난폭하게 떠밀려왔다. 우물에 던져진 원혼들도, 두겁도 그렇게 만났다. 이별은… 이별이라고 거창하게 부를 것도 없다. 사나운 사라짐이다. 지금까지 치조는 힘으로 원혼들을 눈앞에서 치워버렸다. 시간마저 똑같이 떠나갔다. 오래된 땅의 신비한 영물들이 살던 시대는 치조가 미처 눈치채지 못한 사이 그를 두고 제멋대로 가버렸다.

토지신의 온화한 목소리가 치조의 생각을 끊었다.

"다양한 경험이 꼭 필요하진 않겠다만. 궁금하다면 제일 적절한 곳에 머물기로 결정한 것 같네. 그 경험들은 여기 있는 동안 이미 시작되지 않았나?"

토지신의 회색 눈동자가 움직였다. 토지신이 누굴 가리키는지는 굳이 시선을 따라가지 않아도 명백했다. 치조는 입을 삐죽였다. 물론 나도 아이가 생각나서 인간들이 사는 곳으로 돌아오긴 했다만 나는 어째서 돌아왔는지 여전히 잘 모르겠는데. 시간을 보내는 방법도, 앞으로 무엇을 바라고 살아야 할지도 모르겠는데 이 토지신도 그렇고 담비 놈도 그렇고 왜 나 빼고 다들 확신에 찬 걸까? 치조는 눈을 꽉 감아버렸다. 곱씹어봤자 골치만 아플 거 생각을 말자. 지금까지 어떻게든 됐던 것처럼 앞으로도 어떻게든 되겠지.

영화가 끝났다. 검은 화면에 참여한 배우들의 이름이 점멸하며 차례대로 올라가고, 지금껏 영화에 몰입하여 각자의 세계로 빠져들었던 관객들은 환상에서 깨어나 이제 사람들이 움직이는 기척, 좌르르 영사기가 돌아가는 소리, 밖에서 우는 부엉이 소리를 들었다.

어정은 물론 고오까지 무사히 저승으로 갔다는 소식에 사람들은 진심으로 즐거워했다. 두 영혼의 새로운 출발과 성공적인 영화 제작을 축하하는 뒷풀이는 웃음으로 가득했다. 물론 맛있는 음식과 술도. 축음기에서 경쾌한 음악이 재생되었고, 웬만하면

취하지 않는 말술인 경 사장이 얼굴이 벌게져서 춤을 추기 시작했다. 경 사장의 도발에 치조와 담비 동자가 기꺼이 춤 대결에 뛰어들었고 뒤이어 너나 할 거 없이 흥겹게 박자를 탔다. 호와 은자가 손을 맞잡고 빙글빙글 회오리 춤을 추자 감탄사가 사방에서 흘러나왔다.

상영회는 성공리에 끝이 났다.

사박사박, 자박자박.

한밤의 경성 거리를 한 남자와 한 뱀이 걸어가고 있다.

"아하하! 재미있었다. 영화도, 끝나고 벌인 잔치도!"

좋은 음식과 술로 빵빵해진 배를 두드리는 치조는 싱글벙글이다. 두겸 역시 장영주의 저택에서부터 내내 입꼬리가 행복하게 말려 올라간 상태다. 장 씨 저택 앞에서 출발한 전차는 두겸의 집이 있는 언덕 아래에 바로 서지만 둘은 그보다 집에서 더 먼, 비교적 번화한 길에 내렸다. 밤길을 걷고 싶었다.

"만드는 과정도 재미있었다. 고향에 잠시 돌아갔을 때부터 이상하게 심심했거든. 다 끝났다니 아쉽네."

치조의 말이 두겸에게 일종의 신호처럼 다가왔다. 왠지 지금 이 서로가 변화에 도전해야 할 바로 그 시점 같았다.

"치조님."

진지한 두겹의 부름에 흥겨운 발걸음으로 살짝 앞서가던 치조가 돌아봤다.

"앞으로 상황이 어떻게 변할지 알 수 없지만… 당분간 저와 함께 이번 같은 일을 하며 지내는 건 어떠세요?"

차가운 바람이 불어왔다. 살짝 흐트러진 두겹의 앞머리가 흔들렸다. 숨을 쉴 때마다 옅은 입김이 보였다. 어느새 완연한 겨울이었다. 파란만장했던 한 해였지만 그 또한 별일 아니었던 듯 지나가고 있었다.

"요즘 제 능력이 변한 것 같아서 걱정이 많았는데 치조님과 함께라면… 지금까지보다 더 많은 것들을 해볼 수 있지 않을까 싶어요."

치조는 눈을 몇 번 깜박였다.

"귀신이나 영물 같은 걸 돕는 일 말이냐?"

치조는 좋은 헤어짐과 또 다른 만남들이라는 토지신의 말을 떠올렸다. 흐으음. 하소연 같은 건 딱 질색인데. 우물 안에서 듣던 귀신들의 울음소리가 자동적으로 귓가에 울리는 것 같았다. 그래도 이젠 다르다. 귀신들을 잡아먹지 않아도 된다. 이번 어정의 일도 울음이 울음으로 끝나지 않았다. 게다가 될 대로 되라고 아까 생각했잖아? 대충 괜찮게 느껴지는 대로 살다보면 어떻게든 될 거라고. 치조는 가볍게 결론을 내리고 고개를 끄덕였다.

"그래. 이런 것도 나쁘지 않을 것 같아."

소리 내어 말하자 어쩐지 정말로 꽤 괜찮을 것 같았다. 치조의 대답에 두겸이 활짝 웃었다. 아이의 웃음에 치조는 다시 한번 제 결정이 꽤 나쁘지 않은 선택이라고 생각했다.

두겸은 앞을 보았다. 안개가 내려 건물의 경계는 사라졌고 창에서 비추는 빛은 뿌옇게 퍼져 나간다. 분명히 아는 거리인데도 꼭 새로운 미지의 세계로 나아가는 기분이 들게 만드는 짙은 안개다.

"기분도 좋은데 한잔 더 하고 가자."

치조의 제안에 두겸이 맛있는 가게를 안다며 적극적으로 나섰다. 둘은 다시 돌아온 겨울의 찬 공기를 깊이 들이마시며 다시 걷기 시작했다.

자박자박.

두겸의 발걸음이 또렷하다.

사박사박.

치조의 발소리는 거침없다.

깊은 밤 사방이 흐려진 거리를 한 사내와 한 뱀이 나란히 나아가고 있었다.

어둠이 걷힌 자리엔

초판 1쇄 발행 2022년 2월 21일
초판 2쇄 발행 2022년 2월 28일

지은이 홍우림
펴낸이 유정연

이사 임충진 김귀분
기획편집 신성식 조현주 심설아 김경애 이가람 **디자인** 안수진 김소진 **일러스트** 신은정
마케팅 박중혁 김예은 **제작** 임정호 **경영지원** 박소영

펴낸곳 흐름출판 **출판등록** 제313-2003-199호(2003년 5월 28일)
주소 서울시 마포구 월드컵북로5길 48-9(서교동)
전화 (02)325-4944 **팩스** (02)325-4945 **이메일** book@hbooks.co.kr
홈페이지 http://www.hbooks.co.kr **블로그** blog.naver.com/nextwave7
출력·인쇄·제본 상지사 **용지** 월드페이퍼(주)

ISBN 978-89-6596-498-8 03810